시우

공주의 남자
박시후

공주의 남자 세령이예요..?
저희 드라마 e랫동안
많이 사랑해주시길..
채원

공주의 남자

차라리 필부의 딸로 태어났더라면 이리 괴롭지 않았을 것입니다.

내가 그분의 그림자가 되어드리고,
그분이 내 그림자가 되어주시기를 바랐습니다.

부디 저를 위해 살아주십시오
살아만 계셔주십시오.

더는 나 자신을 속이기 싫소.
이제 내 마음속에서 그대를 밀어내지 않을 것이오.

서로의 목숨을 노리는 자를 어찌 벗이라 할 수 있습니까.

살아 있는 내가 죽은 그놈보다 못한 것입니까?
제 가슴속에 또렷이 살아 계신 분입니다.

몸은 멀리 있으나 마음은 늘 곁에 있겠습니다.

얼마나 힘드셨습니까.

상상도 못할 그 고통을 어찌 견뎌내셨습니까?

제 목숨이라도 취해서
그 고통을 잊으실 수만 있다면
천 번 만 번이라도 달게 죽겠습니다.

저보다 제 마음을 더 알아주시던 분이
돌아오시지 못할까 봐 두렵습니다.

차라리 저와 함께 떠나주십시오.
아무도 없는 곳에 가서 같이 살아요.

날 따르면 더 없는 고생길이오.
어디든 상관없습니다. 저승길이어도 좋습니다.

공주의 남자

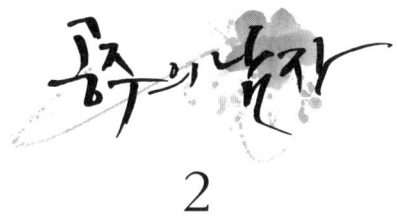

2

김정민 기획 • 조정주 김욱 원작 • 이용연 장편소설

페이퍼스토리

| 일러두기 |

조선 역사의 흐름을 바꾼 계유정난(1453년)이라는 비극적 사건을 배경으로 한 〈공주의 남자〉는 긴장감 넘치는 전개와 극적 재미를 더하기 위해 역사적 인물과 사건들에 상상력을 가미하여 재구성한 소설입니다.

차례

피의 향연 · 7

복수의 칼날 · 47

죽음의 문턱 · 79

모반의 꿈 · 101

슬픈 연정 · 125

분노의 화살 · 159

정인의 눈물 · 195

대호의 그림자 · 235

여원여모 如怨如慕 · 249

등장인물 · 298

피의 향연

세령은 승유가 참수당한다는 말에 온몸에 소름이 돋았다.

그것만은 막아야 한다!

세령은 그 길로 마구간으로 향했다.

풀 한 포기 보이지 않는 황량한 곳이었다. 경혜는 이곳이 어디인지 몰라 사방을 둘러보지만 아무것도 보이지 않는다. 아바마마도 동생 홍위도, 지아비 정종도 보이지 않았다. 갑자기 두려움이 몰려왔다. 온몸을 태울 듯이 강렬하게 내리쬐던 태양을 어느새 구름이 삼켜버리고 건조한 바람이 불어왔다. 밤이 온 것인가, 경혜는 하늘을 올려다본다. 순간 온몸에 소름이 끼쳤다. 온 세상이 시뻘겋게 물드는 섬뜩한 광경에 경혜는 공포감을 느끼며 비명을 질렀다.

'헉' 소리와 함께 눈을 뜬 경혜는 머리가 어지러웠다. 방안에 가만히 누워 있었지만 마치 뜀박질을 한 것처럼 요동치는 심장은 쉽게 진정되지 않았다.

출합한 지도 꽤 시간이 흘렀다. 하지만 아직도 이곳이 내 집처럼 편하게 느껴지지 않아서인지 이런 꿈을 자주 꾸었다.

경혜는 하나밖에 없는 전하의 누이로서 지금보다 더 강해져야 한다고 생각했다. 강건하고 지혜롭게 버틴다면 제 아무리 숙부라 하더라도 전하를 쉽게 생각하지는 못할 것이다.

바로 그때, 어디선가 짧은 비명이 들렸다. 경혜는 잠이 덜 깼는가 싶어 자리에서 일어나 머리맡의 자리끼를 한 모금 마셨다. 아직 초가을이지만 물이 차갑게 식어 있었다. 마음을 진정시키고 잠을 청하려는 순간, 또다시 비명 소리가 들려왔다.

경혜는 자리에서 벌떡 일어섰다. 전하가 이곳에 와 계신다. 누이의 몸 상태를 걱정하여 찾아주셨는데, 불미스러운 일이 벌어져서는 절대 안 된다. 알 수 없는 불길한 느낌이 경혜를 사로잡았다. 경혜는 서둘러 옷을 챙겨 입고 전하의 침소로 달려갔다.

정종 역시 편히 잠을 이루지 못하고 있었다. 경혜공주의 닫힌 마음이 도대체 언제쯤 열릴지, 혼인은 했으나 홀아비 신세를 언제 면할 수 있을지, 훗날 웃으며 이 모든 것을 추억할 수 있게 되는지, 이런저런 생각으로 마음이 복잡하고 속이 편치 않았다. 그런데 밖에서 들려오는 소리가 심상치 않았다. 야심한 이 시각에 요란하게 뛰어다니는 발소리가 들리는가 하면, 누군가 끔찍하게 비명을 지르며 쓰러지는 소리까지 들리는 게 아닌가.

정종은 자리에서 일어나 급히 옷을 꺼내 입었다. 전하께서 와 계신 밤이니 그 어떤 불미스러운 일도 일어나서는 아니 되었다.

정종은 곧장 공주의 침소로 달려갔다. 방 문을 여는 순간 심장이 덜컥 내려앉았다. 공주의 침소는 텅 비어 있었다. 정종은 그 길로 전하의 시어소*로 가 문을 열어젖혔다.

 잔뜩 긴장한 눈빛으로 전하를 안고 있는 경혜공주와 눈이 마주치자 정종은 안도의 한숨을 내쉬었다. 언제까지고 차갑게 대해도 상관없다. 그저 이렇게 공주가 계속 곁에만 있어준다면 그것으로 족하다고 정종은 생각했다.

 "어찌된 일입니까?"

 불안한 기색을 감추며 경혜가 물었다.

 "처소에 안 계셔서 얼마나 놀랐는지 모릅니다. 전하와 꼼짝 말고 여기 계십시오. 제가 나가 살펴보겠습니다."

 경혜는 정종의 의연한 표정에 마음이 놓였다. 저 사람을 지아비로 맞는다는 것에 큰 슬픔을 느끼며 한 치의 틈도 주지 않았던 것이 조금은 미안했다. 전하와 자신을 위해 애쓰는 모습을 보니 비로소 지아비의 순수한 마음을 엿본 것 같아 마음이 저려왔다.

 경혜의 처소 옆에 마련된 단종의 침전을 지키고 있던 내금위 군사들은 눈앞에 벌어진 사태에 입을 다물지 못했다. 한성부 군사들이 감히 내금위장을 향해 검을 겨누고 있었기 때문이었다.

 일국의 군왕이 머물고 있는 곳을 지키는 내금위들에게 검을 겨누다니, 이유는 하나였다. 반역!

 내금위장은 한성부 군사들을 이끌고 나타난 신면을 보고 아연실색했다.

---

* 시어소時御所 : 임금이 임시로 지내던 궁전.

"신 판관, 이게 무슨 짓인가? 이곳은 전하께서 머물고 계신 곳임을 모르는가?"

"쳐라!"

신면의 명령이 떨어지자마자 송자번과 한성부 군사들은 내금위 군사들을 무참히 죽였다. 가차없이 공격명령을 내리는 저 자가 과연 신면이란 말인가. 내금위장은 자신의 부하들이 하나둘 한성부 군사들이 휘두른 칼에 쓰러져 가는 상황을 도저히 믿을 수 없었다.

그때, 신면은 검을 빼들고 내금위장에게 달려들었다. 신면의 얼굴에 서린 살기를 본 순간 살기 위한 본능이 살아나 내금위장은 검을 휘둘렀으나 역부족이었다. 도대체 지금 무슨 일이 벌어지고 있는 것인가. 내금위장의 머릿속은 하얗게 변해 아무 생각도 떠오르지 않았다. 오늘 공주의 사저에 가는 것을 저어하던 좌상 대감의 얼굴이 문득 스쳤다. 전하를 지키지 못할 바에야 차라리 적의 손에 죽는 것이 낫다. 신면의 파상공세에 밀리자 내금위장은 자신의 죽음을 직감했다. 순간 그의 목줄기에서 피가 흐르기 시작했다. 내금위장은 전하가 머무는 전각을 쳐다보며 원통해했다.

'전하, 소신을 용서치 마옵소서.'

무릎이 꺾이며 바닥에 쓰러진 내금위장은 피를 철철 흘리며 숨을 거두었다.

신면은 아직도 핏물이 뚝뚝 떨어지는 검을 흔들었다. 신면의 검에서 흘러내리는 피는 그의 가슴 깊은 곳에 배어 있는 수많은 핏물과 함께 점점 그의 영혼을 잠식하고 있었다.

큰일을 도모하려면 어쩔 수 없다. 신면은 이런 일쯤은 아무것도 아니라고 스스로를 위안하며 눈을 질끈 감았다.

"면아!"

정종은 충격에 빠진 듯 놀란 눈으로 신면을 바라보았다. 신면은 이 순간을 보이고 싶지 않았다는 듯 정종의 시선을 피했다. 피를 뒤집어쓴 괴물의 모습으로 가장 친한 벗 앞에 서고 싶지는 않았다.

"부마를 안으로 뫼셔라."

신면은 얼굴이 달아올랐지만 냉정하게 돌아섰.

한성부 군사들이 정종의 양팔을 붙들고 단종의 처소로 끌고 갔다. 그를 책망하는 정종의 목소리가 계속 신면의 귓가에 맴돌았다.

"면아, 네가 어찌!"

대의를 위한 것이다. 대의, 과연 그러한가. 정말 나는 대의를 위해 검을 빼들었던가.

신면의 머릿속이 복잡해져갔다.

"수고 많으셨습니다, 신 판관."

수양대군이었다. 신면이 예를 갖추고 보니, 그의 옷깃에도 핏방울이 아직 선명하게 묻어 있었다. 좌상대감과 승유의 피일지도 모른다는 생각에 모골이 송연해졌다.

시어소로 향하는 수양의 일행을 뒤따르며 신면은 이제는 돌이킬 수 없는 선을 넘었음을 깨달았다.

경혜는 방에 떠밀려 들어온 정종의 얼굴을 보자 심장이 덜컥 내려앉았다. 심상치 않은 일이 일어난 것이 분명했다. 그리고 그것은 쉬이 넘길 수 있는 사안이 아니라 경혜와 전하의 안위를 위협하는 일이라는 것임을 한눈에 알 수 있었다. 드디어 숙부가 움직이기 시작했음을 깨닫자 경혜는 온몸이 떨려와 자기도 모르게 단종을 힘껏 껴안으며 물었다.

"내금위장은 어디 있습니까?"

"죽었습니다."

침통함을 감추지 못하고 정종이 답했다.

단종은 떨고 있는 경혜공주를 보자 아바마마께서 염려하던 일이 벌어졌음을 눈치챌 수 있었다.

"전하, 수양대군께서 뵙기를 청하시옵니다."

"야심한 시각에 기별도 없이 이 무슨 불경한 짓이란 말이냐? 날이 밝거든 다시 오시라 하여라."

경혜는 쿵쾅대는 가슴을 애써 누르며 사뭇 당당하게 큰 소리로 외쳤다. 날이 밝으면 다시 오라는 공주마마의 명을 듣지 못하였느냐고 수양에게 고하는 내관의 목소리가 들려왔다. 순간 짧은 비명과 함께 장지문에 핏자국이 선명하게 흩뿌려졌다. 정종은 드디어 수양이 본색을 드러냈음을 직감하고 반사적으로 공주와 단종 앞으로 다가갔다. 정종은 공주와 전하의 안위를 살피는 일이 자신의 소임이라는 걸 되새겼다. 때마침 요란한 소리를 내며 장지문이 열리고 수양이 당당한 걸음으로 들어섰다.

경혜는 수양의 도포에 묻은 선명한 핏자국을 보았다. 아직 채 마르지 않은 핏방울은 누구의 것인가.

"화급을 다투는 일이라 무례를 범했습니다."

수양의 목소리는 너무도 당당했다. 수양의 뒤에 서 있는 신면. 피가 뚝뚝 흐르는 신면의 검을 뚫어져라 쳐다보던 정종은 벗에게 시선을 멈추었다. 저 냉정한 얼굴이 정답게 술잔을 주고받던 벗의 얼굴이던가 싶어 가슴이 아득해졌다.

"이 숙부, 역적 김종서를 처단하고 오는 길인지라 피치 못하게 군사를 대동하였나이다."

수양의 말에 어린 단종을 비롯한 경혜와 정종의 눈앞이 까마득해졌다. 역적 김종서라니…….

"처단이라니요? 좌상을 죽였단 말씀이십니까?"

떨리는 목소리로 경혜가 물었다. 그러자 역적의 수괴는 단죄하는 것이 마땅한 일이라는 수양의 답이 돌아왔다. 그러면서 수양은 역모에 가담한 잔당들의 이름이라며 종이 한 장을 내밀었다. 그들을 불러 모을 명패*를 내어달라는 것이었다.

경혜는 그 말을 듣는 순간 온몸이 부들부들 떨렸다. 숙부의 뜻에 반하는 자들을 모조리 죽이겠다는 말이었다.

"역모에 가담한 자들을 두둔한다면 아무리 일국의 공주라 할지라도 무사할 수 없을 것이오!"

수양은 협박하듯 자신의 심중을 드러냈다.

"왜요? 그 칼로 내 목이라도 치시겠습니까?"

---

* 명패 : 1. 임금이 3품 이상의 벼슬아치를 부를 때 이름을 적어 보낸 붉은 칠을 한 나무패.
      2. 형장으로 가는 사형수의 목에 거는 패.

경혜는 수양의 두 눈을 쏘아보며 물었다. 어떤 답이 돌아올 것인지는 이미 알고 있었다. 수양은 이제 자신의 야욕을 숨기지 않을 것이다.

"내게 반기를 든다면 아무도 살아남지 못할 것이다!"

수양이 안색도 변하지 않은 채 서늘하게 내뱉었다.

"대군!"

전하와 공주에게 위해를 가하려는 수양을 향해 정종은 피가 끓도록 소리쳤다. 이에 아랑곳하지 않고 수양은 공주와 부마를 처소로 모시라고 명했다. 경혜공주가 다가오는 군사들에게 물러나라고 외쳤지만 아무 소용이 없었다. 군사들은 수양의 졸개에 지나지 않았다. 그들은 이미 전하의 군사가 아니라 수양의 개가 된 것이다.

정종은 두려움에 떨고 있는 전하를 향해 심기를 굳건히 할 것을 당부했다. 고개를 끄덕이고는 있지만 단종의 얼굴은 공포에 떨며 새파랗게 질려 있었다.

"승유는? 설마 승유까지 죽인 건 아니지?"

정종이 신면을 지나쳐가면서 물었지만, 신면은 말이 없었다. 하지만 차갑게 외면하는 신면의 얼굴에서 답을 들은 것 같아 정종은 가슴이 답답했다.

모두 끌려 나간 방안에서 홀로 수양과 마주한 단종은 숙부의 얼굴을 차마 쳐다보지 못한 채 떨림을 감추느라 애썼다. 그럴수록 두려움이 온몸으로 퍼져나갔지만 어찌 할 수가 없었다. 단종은 너무 어리고 수양은 너무 강했다. 수양은 홀로 남아 겁에 질려 있는 단종에게 명패를 내려달라며 나지막이 말했다. 단종은 알고 있었다. 그것은 임금에게 청하는 것이 아니라 명령이라는 것을, 명령을 어길 시에는 자신도 죽음과 마주하게 될 것임을.

세령은 곳간에 갇힌 채 여리가 돌아오기를 기다리고 있었다. 창살 밖은 달빛이 교교하게 비추고 있건만 세령의 마음은 캄캄한 암흑과도 같았다.

세령은 스승님만이라도 무사하길 바라며 하염없이 달을 쳐다보았다. 그분마저 이 무서운 음모에 휩쓸려 목숨을 잃게 된다면 세령은 세상을 붙들 수 있는 힘을 잃을 것만 같았다.

그때였다. 곳간 문틈으로 곤혹스러운 표정의 여리가 보였다. 세령이 한달음에 달려가 여리를 향해 손을 뻗었다. 여리의 손을 잡자마자 스승님이 어찌 되었는지 물었다. 여리는 난처한 듯, 서찰은 건네었으나 그 이후의 일은 모른다고 전했다. 어쩐지 불안해 보이는 여리의 모습을 보니 세령의 마음도 편치 않았다. 혹시 걱정했던 일이 기어이 벌어진 것은 아닐까. 세령은 여리의 손을 꼭 잡고 애원했다.

"여기서 나가야 된다. 여기서 나가 그분이 안전하신지 내 눈으로 확인해야만 해."

그 순간 세령의 눈앞이 캄캄해졌다. 휘청하며 쓰러지는 세령을 보자 여리는 깜짝 놀랐다. 다급해진 여리가 소리치자 숨어서 이를 지켜보던 숭이가 모습을 드러냈다. 세령의 동생이자 수양의 장자인 숭, 그는 누이가 어떤 상황에 처해 있는지는 짐작하지 못했지만 며칠 새 초췌하게 변해버린 누이를 보니 마음이 아팠다.

숭은 여리와 함께 곳간의 문을 열고 세령을 침소로 옮겼다. 혼절하여 정신을 차리지 못하는 세령의 얼굴을 물끄러미 바라보며 숭은 누이의 가슴속에 대체 무엇이 들어 있기에 누이를 이렇게 만든 것인가 짚어보았다. 도무지 그 마음을 알 수 없었다. 아버지가 오늘 밤 행하는 일은 가문을 위한 일이라고 들었다. 그런데 누이는 도대체 무엇 때문에 혼절할 정도로 괴로워하는 것인가.

한편 경혜공주의 사저에서는 피의 잔치가 벌어지고 있었다. 살생부를 펴들고 잔치에 초대된 손님을 기다리는 한명회의 입가에는 야비한 미소가 스며 있었다.

병조판서 조극관이 도착했다는 전갈이 왔다. 한명회는 재미난 구경거리가 곧 시작된다는 흥분을 감추지 못하고 음흉한 표정을 지으며 함귀를 쳐다보았다. 검과 철퇴 따위의 무기를 들고 서 있는 함귀 무리와 사병들은 소리를 죽이며 킬킬거렸다.

조극관은 야심한 시각에 전하께서 명패를 보낸 이유가 무엇인지 궁금했으나 아무런 의심 없이 대문에 들어섰다. 좌상 대감을 비롯하여 다른 대감들에게도 명패가 내어졌다는 말이 그를 안심시켰던 것이다.

대문을 지나 몇 걸음 더 걸어가기도 전에 문이 탁 닫히는 소리가 들렸다. 조극관이 뒤를 돌아보는 순간, 불길한 생각이 번뜩 머리를 스쳤다. 공주의 사저는 고요하기만 했다. 조극관은 왜 이런 생각이 머리를 스쳤는지 혼자 헛웃음을 지으며 다시 걸음을 옮겼다. 그는 수양의 무리들이 궐 밖으로 내쳐지고 좌상대감이 굳건히 버티고 있는 지금, 전하는 강건한 군주로 거듭날 것이라고 굳게 믿고 있었다.

조극관은 괜한 노파심에 불길한 느낌을 받았을 뿐이라 생각하며 전하가 머물고 있는 시어소로 향했다. 시어소로 통하는 중문을 넘는 순간 조극관은 무언가 잘못되었다는 것을 깨달았다. 켜놓은 등불 하나 없이 캄캄한 마당에 들어서자마자 눈앞에 정체 모를 공포가 엄습해오는 게 아닌가. 그런 생각도 잠시, 중문이 거칠게 쾅 소리를 내며 굳게 닫혔다. 내금위가 아닌 낯선 자들이 문을 닫아 걸고 있었다. 조극관은 어둠 속에서 흐릿하게 보이는 얼굴, 허연 이가 모두 보일 만큼 만면에 웃음을 머금고 있는 섬뜩한 얼굴을 보고 반사적으로 소리쳤다.

"대체 누구냐?"

"저승사자다!"

나지막이 외치는 소리와 함께 조극관의 눈앞에 함귀가 모습을 드러냈다. 곧이어 무어라 말할 틈도 없이 함귀의 철퇴가 날아와 조극관의 얼굴을 무참하게 내리쳤다. 충격으로 비틀거리는 조극관을 향해 막손이 다가와 검을 휘둘렀다. 그것이 끝이었다.

정신없이 말을 타고 달려온 승유는 공주의 사저 앞에서 긴장을 늦추지 않은 채 주위를 살폈다.

승유는 대문 앞에 서 있는 신면을 보자 마음이 놓여 아는 체를 하려고 했었다. 그런데 그것도 잠시, 병판 조극관이 들어가자마자 신면과 송자번 등 한성부 군사들이 조극관의 겸종들을 무참히 도륙하는 모습을 보자 온몸이 얼어붙었다.

신면은 기어코 수양의 개가 된 것이란 말인가.

혼란에 휩싸인 승유는 생각을 정리하려 애썼다. 신면이 대문 앞에서 도륙을 저지르고 있다면 대문 안쪽의 상황도 마찬가지일 것이다. 내금위장은 어찌 되었을까. 아버지 김종서의 충실한 부하였던 그분이 아버지와 전하를 배신하여 수양에게 붙지는 않았을 것이다. 그렇다면……. 이미 수양의 졸개들이 이곳을 장악했다는 말인가. 이런 상황에서 전하와 경혜공주에게 아버지가 살아계심을 어찌 알려야 할지 머릿속이 복잡하게 돌아갔다.

섣불리 움직였다가는 자칫 개죽음을 당할 수도 있었다. 하지만 좌상이 죽었다는 소식에 전하와 공주가 자포자기해버려 자칫 수양의 뜻대로 움직인다면 그것 또한 안될 일이었다. 승유는 조심스레 어둠 속으로 몸을 숨기고 사저 안으로 들어갈 방도를 궁리했다.

후문의 동태를 살폈지만 한성부 군사들의 경계는 삼엄했다. 도무지 틈을 찾을 수가 없어 승유는 애가 탔다. 그때 후문이 안에서 열리고 한성부 군사들의 시선이 그쪽으로 집중되었다. 승유가 재빨리 담벼락으로 달려가 몸을 숨긴 채 조심스레 움직였다. 사방이 쥐죽은 듯 조용한 탓에 승유의 심장이 쿵쾅대는 소리가 크게 울리는 것 같았다. 감시하는 군사들이 잠시 모습을 감추는 틈을 노려 승유는 잽싸게 담장을 넘었다.

담장 아래로 떨어진 승유는 몸에 닿은 물컹한 느낌에 자기도 모르게 온몸에 소름이 돋았다. 설마하는 마음으로 내려다보는 순간 승유는 경악을 금치 못했다. 그것은 조극관의 시신屍身이었다. 그뿐이 아니었다. 조극관을 비롯하여 내금위장과 내금위 군사들, 하다못해 내관까지 무참한 시신으로 쓰러져 있었다. 심한 충격으로 속이 뒤집히는 것 같아 승유는 고개를 돌렸다.

"이조판서 민신 대감 듭시오!"

가까운 곳에서 들려오는 그 소리에 승유는 눈을 치켜뜨고 쳐다보았다. 중문이 열리고 민신이 들어오고 있었다. 무방비 상태의 민신이 들어오자마자 함귀와 사병들이 달려들었다.

함귀가 철퇴를 날렸지만 민신을 제대로 겨냥하지 못했다. 그 틈에 민신이 주춤거리며 도망쳤지만 사방이 막혀 있었다. 죽음을 눈앞에 마주한 민신의 얼굴에는 충격과 공포가 뒤섞여 있었다. 이윽고 사병들이 검을 휘둘러 민신의 목숨을 앗아갔다.

승유는 그 끔찍한 광경을 그저 보고만 있어야 했다. 사병들이 민신의 시신을 짐짝처럼 끌고 승유가 있는 곳으로 왔다. 승유는 황급히 몸을 숨겼다. 시체로 산을 이룬 그 속으로 들어가 승유는 죽은 척 눈을 감았다. 사병이 민신의 시신을 승유 위에 던져놓고 가자, 승유가 눈을 떴다. 민신의 부릅뜬 두 눈이 승유와 마주쳤다.

믿을 수가 없었다. 어떻게 하룻밤 사이에 이런 무참한 도륙이 일어날 수 있단 말인가. 승유는 떨리는 손으로 민신의 눈을 천천히 감겨주었다.

내당은 침통함으로 분위기가 가라앉아 있었다. 경혜는 두려움과 긴장감을 어찌하지 못한 채 방안을 서성였다. 아무리 생각해도 전하를 혼자 두고 온 것이 마음에 걸렸다. 전하 앞에서 내관의 목을 쳐낸 수양이 아닌가. 혹시라도 불미스런 일이 벌어진다면 경혜는 스스로를 용서할 수 없을 것 같았다. 경혜가 성큼 장지문으로 발걸음을 옮기자, 정종이 막아섰다.

정종은 공주의 마음을 잘 헤아리고 있었다. 오랜 벗의 배신으로 자신도 혼란스럽고 가슴이 찢어지는 아픔을 겪고 있었지만 정종은 내색할 수 없었다. 공주를 지키기 위해 단단해져야 했다.

"위험하니 마마는 여기 계십시오. 제가 가보겠습니다."

정종은 단호하게 공주에게 말하고 돌아섰다. 장지문을 열어젖히자 한성부 군사들이 칼집을 들이밀며 정종을 가로막았다.

정종은 서늘한 눈초리로 군사들을 노려보며 매섭게 다그쳤다.

"감히 일국의 부마를 가로막느냐? 당장 비켜서거라!"

군사들이 주춤하는 사이, 정종은 그들의 몸을 두 손으로 확 밀치며 밖으로 나갔다.

경혜는 정종이 보여준 의외의 모습에 계속 놀라고 있었다. 어리바리하고 볼품없는 사내라고만 생각해왔는데 저런 강건한 면이 있었단 말인가. 경혜는 언젠가 김승유가 했던 말이 떠올랐다.

'믿음직한 지아비가 될 것입니다.'

그때는 그 말이 그리 고깝게 들렸건만, 지금은 정종에게 믿음이 조금 생겨나는 듯했다.

정종은 전하가 있는 곳을 향해 걸음을 재촉했다. 그 뒤를 주춤주춤 한성부 군사 두 명이 뒤따랐다. 그때, 멀리서 필사적으로 달려오는 한 사내가 있었다. 어둠 속에 가려진 사내는 정종을 향해 달려오고 있었다. 군사들이 정종의 앞으로 나서며 달려드는 자를 가로막았다. 그러자 사내는 순식간에 검을 휘둘러 군사들을 베어버렸다. 휘둥그런 눈으로 이를 쳐다보는 정종의 앞에 나타난 사람은 승유였다.

"승유야! 살아 있었구나! 난 네가 꼭, 죽은 줄만 알았다. 대체 이게 어찌된 일이냐? 좌상께서 역모를 꾸미셨다는데 그게 사실이냐?"

정종은 승유를 보자마자 놀람과 반가운 마음이 뒤섞여 말을 마구 쏟아냈다.

아무에게도 속내를 드러낼 수 없어 정종은 답답했었다. 정종은 살아 있는 승유를 만나니 마음이 놓이면서도 한편으로는 불안감을 감출 수가 없었다.

"전부 수양의 짓이다. 아버지는 살아 계셔."

승유는 주위를 경계하며 조심스럽게 말했다. 그 말에 정종의 눈동자가 빛났다. 좌상 대감이 살아 계시다면 전하께도, 공주께도 아직 희망의 불씨가 남아 있는 셈이었다.

"지금 뭐라 했느냐? 김종서가 살아 있다?"

수양은 뒤통수를 맞은 듯 충격을 받았다. 김종서가 살아 있다는 말은 거사巨事를 망칠 수도 있다는 뜻이다.

격노하는 수양의 얼굴을 보자 칠갑은 잔뜩 주눅이 들어 고개를 들지 못했다. 권람을 비롯한 온녕군과 신숙주, 한명회 역시 얼굴이 흙빛으로 변했다. 대호 김종서는 살아 있다는 사실만으로도 이들을 긴장시키는 위협적인 인물이었다.

"얼른 말씀드려라!"

한명회가 칠갑을 다그쳤다. 한명회는 김종서의 사저를 나오면서 승유가 돌아오기를 기다렸다가 처치하라며 칠갑과 사병들을 남겨두고 왔었다.

"김승유가 제 아비를 피신시키려는 것 같았습니다."

칠갑이 머리를 조아리며 상황을 설명했다. 승유를 기다리던 칠갑은 김종서가 살아 있음을 뒤늦게 알아채고 덤벼들었으나 분노에 휩싸여 죽기를 각오한 승유를 이겨낼 수 없었던 것이다. 승유의 검에 속수무책으로 쓰러지는 사병들을 버리고 도망쳐 나온 칠갑은 그 길로 수양에게 소식을 전하러 달려온 것이다. 칠갑의 말을 듣는 순간 수양의 두 눈동자는 싸늘하게 변했다. 김종서가 살아 있는 것도 모자라, 김승유까지 살아 있다는 말인가!

"찾아라! 어떻게든 그 아비와 자식의 목을 베어 오너라!"

수양은 칠갑에게 불호령을 내렸다.

정종은 승유와 함께 내당으로 조심스럽게 걸어갔다. 밖은 피바람이 몰아치고 있었지만 내당은 쥐죽은 듯 고요했다. 정종이 먼저 주위를 살피고는 승유를 향해 손짓했다. 승유가 몇 걸음 옮기다 말고 문득 걸음을 멈춰섰다.

인기척이 느껴졌다. 신면이었다.

승유를 매섭게 쏘아보고 있는 신면을 보자, 승유의 눈빛도 불타올랐다. 정종이 승유를 온몸으로 막아섰다. 정종은 벗들이 서로 검을 겨누는 상황만은 피하고 싶었다.

"내 벗이 수양의 개가 됐구나."

분노를 참으며 승유가 신면을 향해 내뱉었다.

"내가 택한 길에 후회는 없다."

신면은 곧바로 승유를 향해 검을 휘두르며 달려왔다.

승유와 신면은 파죽지세로 서로를 향해 검을 휘두르며 싸우기 시작했다. 그 모습을 지켜보는 정종의 마음은 조마조마했다. 서로를 죽일 듯이 노려보는 두 사람, 이제는 돌이킬 수 없을 정도로 변해버린 벗들과 자신의 모습이 참담하기 그지없었다. 두 사람의 검술 실력은 우위를 가늠할 수 없었지만 벗에 대한 배신감으로 사력을 다해 싸우고 있는 승유의 공격이 더 날카로웠다. 신면은 분노에 가득찬 승유의 검을 번번이 받아쳤지만 점차 밀리고 있었다. 승유는 힘을 다해 마지막 일격을 가했다. 결국, 신면은 검을 놓치고 말았다. 신면이 검을 다시 집으려는데, 어느새 승유가 신면의 목에 칼날을 들이대고 있었다. 승유는 차마 그대로 베어버리지 못한 채 한때 벗이었던 신면의 얼굴을 쏘아보았다.

"승유야!"

다급해진 정종과 동시에 갑자기 승유의 팔을 향해 날카로운 칼날이 스쳤다. 그 바람에 승유의 손에서 검이 떨어져나가고, 놀라 뒤돌아보는 순간 송자번의 날카로운 칼끝이 승유의 목 끝에 닿아 있었다. 정종은 이미 한성부 군사들에게 붙잡혀 있었다. 송자번이 칼끝을 거두지 않은 채 승유의 오금을 발로 탁 쳤다. 승유는 자기도 모르게 바닥으로 무릎을 꿇듯이 주저앉았다. 그 틈을 타 신면은 자리를 털고 일어나 검을 주워 들었다.

승유는 분노로 이글거리는 눈빛으로 신면을 노려보았다.

"신면, 널 용서치 않을 것이다!"

순간, 송자번이 승유의 목덜미를 칼등으로 세차게 내리쳤다. 정신을 잃고 쓰러지는 승유를 보자, 정종은 눈앞이 아득해졌다.

"면이 네가 어찌 벗들을 무참히 죽일 셈이냐?"

신면은 눈짓으로 정종을 끌어가라고 명했다.

"승유야!"

정종은 질질 끌려가며 소리쳤다. 바닥에 쓰러져 있는 승유를 차가운 눈빛으로 바라보던 신면도 발길을 옮겼다.

수양은 김승유를 잡아들였다는 신면의 보고를 받고 한시름을 놓았다. 하지만 김종서가 살아 있으므로 아직 안심할 수 없었다. 한명회는 뱀 같은 눈으로 수양을 바라보며 미소지었다. 대호를 잡을 계책이 머리에 떠올랐던 것이다. 수양은 한명회의 계책을 듣고 나니 오늘 밤의 거사가 훌륭하게 마무리되리라는 생각이 들었지만, 방심할 수만은 없었다. 수양은 일을 그르칠 경우를 생각해 임운에게 집으로 돌아가 있으라고 명했다.

모든 것이 희미하게 보였다. 세령은 평생을 지내온 자기 방이 너무도 낯설게 느껴져 멍하니 방을 둘러보았다. 여리는 옆에서 꾸벅꾸벅 졸고 있었다. 긴 잠에서 깨어난 듯 세령은 모든 것이 비현실적으로 느껴졌다. 적요한 밤, 등불은 흔들림 없이 방안을 비추고 있었다. 그러다 제 손을 내려다보던 세령은 손가락 끝에 말라붙어 있는 핏자국을 보았다. 그 순간 모든 것이 분명하게 눈에 들어왔다. 스승님…….

계곡에 앉아 서로의 마음을 보여주었던 날, 다정하게 문답을 주고받으며 승유의 마음을 그리고 세령의 마음을 고백했던 그날이 아득히 멀게만 느껴졌다. 자신의 입술에 와 닿았던 그의 입술의 촉감이 아직 생생한데 이렇게 허망하게 헤어져야 하는지 세령은 자신의 운명이 원망스러웠다.

아니, 이렇게 끝날 수는 없었다. 무엇이라도 해야만 했다.

세령은 휘청거리는 몸을 일으켜 옷매무새를 가다듬고 조용히 장지문을 열고 나갔다.

사랑채 마당에 이르렀을 때 나지막한 말소리가 들려와 세령은 걸음을 멈추고 몸을 감췄다.

어머니 윤씨가 숭과 함께 임운을 맞고 있었다. 놀란 얼굴로 임운을 바라보며 윤씨가 말하는 소리가 들려왔다.

"김종서 대감이 살아 있다니, 낭패로구나. 일이 틀어지면 어찌한단 말이냐…….”

불안한 윤씨의 말에 임운은 아무 말도 못한 채 고개를 숙였다. 김승유는 어찌 되었느냐 묻는 윤씨의 말에 세령은 귀를 쫑긋 세웠다. 순간 청천벽력 같은 말이 들려왔다. 승유가 공주의 사저에 침입했다가 붙잡혔으며 곧 참수될 것이라는 임운의 말에 세령의 다리가 휘청거렸다.

거사가 잘못되면 멸족지화를 당할지도 모르는 두려움을 느꼈지만 윤씨는 한 집안의 안주인답게 애써 감정을 눌러 감추고 담담하게 임운을 쳐다보았다.

"여긴 됐으니 너는 대감 곁을 지키거라! 대감께서 잘못되시면 우리 모두가 살아남지 못할 것이다! 어서 가서 집 걱정은 마시라 전하여라!"

윤씨는 지아비가 큰 뜻을 품고 밖에서 일을 도모하는데 방해가 되어서는 안 된다고 생각했다. 대군의 일이 계획대로 무사히 치러지는 것만이 모두가 살 길임을 잘 알고 있었던 것이다. 망설이던 임운은 윤씨의 단호한 태도에 어쩔 수 없이 서둘러 걸음을 옮겼다. 지아비를 믿고 기다리는 수밖에 없다. 믿어야 했다. 윤씨는 한숨을 내쉬며 안방으로 들어갔다.

세령은 승유가 참수당한다는 말에 온몸에 소름이 돋았다.

그것만은 막아야 한다! 세령은 그 길로 마구간으로 향했다. 사람들에게 들키지 않으려고 슬금슬금 비호를 끌고 나오던 세령은 마구간 앞에서 동생 숭이와 마주쳤다.

"대체 어딜 가시려는 것입니까?"

"공주마마 사저로 갈 것이다. 가서 아버님을 뵐 것이야."

세령은 강단 있게 대답했다.

"그곳은 위험합니다."

"그런 것 따윈 두렵지 않다. 난 꼭 가야만 해!"

군사들이 겹겹이 에워싸고 있는 그곳에 무슨 일로 가려는 걸까 숭은 궁금했다. 대체 어찌하려는 것일까. 김승유라는 자에게 누이가 이렇게 마음 쓰는 이유는 무엇 때문이란 말인가.

"김승유를 만나러 가는 것입니까?"

"누구든 나서서 이 끔찍한 일을 막아야 하지 않겠니?"

세령은 안타까움이 배어나오는 목소리로 동생에게 말했다.

숭은 차마 아무 말도 못한 채 고개를 떨어뜨렸다. 숭도 잘 알고 있었다. 아버지가 지금 피의 향연을 벌이는 이유가 무엇인지, 먼저 치지 않으면 저쪽에서 우리의 목을 칠 것이라고 말씀하셨지만 사실 아버지는 왕위에 마음이 있다는 것을 숭은 잘 알고 있었다. 그리고 그 일이 성사된다면 숭은 왕세자가 될 것이었다. 왕세자.

숭은 한 번도 그런 꿈을 품은 적이 없었다. 그러나 자신의 뜻과 상관없이 그리될지도 모를 일이었다. 숭은 수많은 사람의 피를 제물로 삼아 세자 자리에 오르는 건 원치 않았다.

숭은 대문을 지키는 가노들을 따돌리고 세령이 말을 타고 나갈 수 있도록 길을 터주었다.

세령은 오랜만에 말에 올랐지만 두려움보다 어서 빨리 공주마마의 사저로 가야 한다는 긴박함이 더 컸다. 세령은 이를 앙다물고 박차를 가하며 어두운 밤길을 내달렸다.

 신면은 수양의 말을 곱씹고 있었다.
'한때 벗이었던 자의 최후가 안타까우신가?'
 온몸을 꽁꽁 결박당한 채 피투성이가 되어 혼절해 있는 승유를 보며 수양이 신면에게 했던 말이다. 신면은 아니라고 말했지만, 누가 그 심정을 헤아릴 수 있을까. 아버지조차 아들이 무슨 심정으로 이 거사에 뛰어들었는지는 짐작할 수 없으리라고 신면은 생각했다.
"승유를 어찌할 작정이냐?"
 갑작스런 정종의 목소리에 신면이 돌아보았다. 정종의 질문에 신면은 가슴팍을 누군가 바늘로 찌르는 듯했다.
"이미 돌이킬 수 없는 일이다."
 오랜 벗의 따가운 시선을 외면하며 신면이 답했다.
"너 미쳤어? 친구를 죽이고 제 정신으로 살 수 있을 것 같아?"
 정종의 다그침이 이어졌다.
 과연 그럴 수 있을까. 이 모든 일을 잊고 자신에게 다가올 것을 온전히 누리며 행복하다 말할 수 있을까. 솔직히 그럴 자신이 없었다. 하지만 승유에게 가졌던 열패감은 이미 오래전부터 신면의 감정을 갉아먹었다. 아버지 신숙주가 김종서에게 모욕을 당했던 일, 승유의 앞에 펼쳐져 있던 화려한 미래, 그리고 그녀 세령까지. 이 모든 일을 되돌려 아무 일도 없던 어제로 돌아간다고 해도 신면에게 승유는 이미 벗이 아니었다.

"면아, 네가 아직 나를 벗으로 생각한다면 내 청을 들어다오. 승유를 만나게 해줘. 부탁이다."

일렁이는 눈빛으로 생각에 잠겨 있던 신면에게 정종이 부탁했다. 그의 안타까운 눈빛을 바라보는 신면의 얼굴에 갈등의 기색이 스치고 지나갔다.

포박당한 채 무릎 꿇려 있는 승유는 겨우 눈을 떠 주위를 살폈다. 반사적으로 몸을 비틀었지만 꼼짝도 하지 않았다. 사병들 대여섯이 주변에서 감시를 서고 있는 것이 보였다. 이대로 끝인가. 승유는 아무것도 하지 못하고 이렇게 무력하게 저들에게 무릎을 꿇어야 한다는 것이 치욕스러웠다. 승유는 참담한 자신의 꼴에 눈을 질끈 감았다.

"승유야!"

눈을 떠보니 정종이 안타까운 표정으로 바라보고 있었다. 그 뒤로 송자번이 보였다.

송자번은 승유를 힐끗 쳐다보더니 사병들에게 다가가 뭐라고 속삭였다. 물러가 있으라는 말이 언뜻 들렸다. 사병들이 주춤주춤 자리를 떠나자, 송자번은 예를 갖추고는 서둘러 사라졌다.

승유와 단둘이 남게 된 정종은 품에서 은장도를 꺼내 들고 서둘러 승유의 오라*를 잘랐다. 혹시라도 사병이 다시 들이닥칠까 주위를 살

---

*오라 : 도둑이나 죄인을 묶을 때 쓰던 붉고 굵은 줄. 오랏줄.

피며 오랏줄을 잘라냈다.

승유는 도대체 어찌할 작정으로 이러는지 정종을 물끄러미 바라보았다. 정종은 이대로 있으면 개죽음일 뿐이라며, 신면이 길을 터주기로 했다고 나지막이 말했다. 승유는 의심스럽다는 표정으로 정종을 바라보았다. 그럴 것이었으면 좀 전의 일은 무엇이란 말인가.

"면이가 말이냐?"

"면이도 네가 죽는 건 바라지 않는다. 일단은 여길 빠져나가는 게 우선이니 뒷일은 나중에 생각하자. 바로 뒤로 돌아가면 마구간이 있으니 그곳으로 가자. 면이가 잠시 군사들을 물려준댔어."

정종이 오랏줄을 끊어내며 말했다.

이러다 종이까지 위험해진다면 이는 공주마마께도 영향을 미칠 것이다.

승유는 망설여졌다. 자칫 제 목숨을 구하자고 도망쳤다가 일이 커진다면 씻을 수 없는 죄를 짓는 셈이 아닌가. 하지만 정종은 강건한 얼굴로 승유의 걱정을 덜어주려고 단호하게 말했다.

"제 아무리 무도한 자들이라 해도 부마를 함부로 하진 못하겠지. 네 아버님만이 유일한 희망이다!"

정종은 승유의 손을 꼭 잡았다. 승유는 정종의 이야기를 듣고 다시금 마음을 다잡았다. 손을 힘주어 맞잡고 정종과 눈빛을 주고받으며 고개를 끄덕였다.

"반드시 전하와 공주마마를 지켜내고야 말 것이다."

정종이 주위를 경계하며 말을 끌고 후문으로 갔다. 후문을 조심스레 열고 군사들이 있는지 살펴보았지만 아무도 없었다. 신면이 약속대로 감시하는 군사들을 모두 물려준 것이다. 뒤따라 나온 승유가 정종이 내어준 말에 올랐다. 승유는 내일을 기약할 수 없는 길을 떠난다는 생각에 정종을 쳐다보았다. 정종 역시 눈물을 글썽이며 승유를 바라보았다.

 승유는 이 모든 일이 지독한 악몽이었으면 좋겠다고 생각했다. 하지만 끝나지 않을 악몽이었다. 이 꿈에서 깨어나려면 서둘러야 했다. 승유는 비장한 각오로 말을 힘껏 찼다. 승유의 말은 달빛 아래 어두운 밤길 속으로 점점 멀어져갔다. 정종은 크게 숨을 들이마셨다. 차가운 밤공기가 몸속으로 들어왔지만 정종은 연기를 들이마신 것처럼 갑갑함이 가시지 않았다. 어둠 속으로 말을 타고 사라지는 승유를 바라보고 있는 것은 정종만이 아니었다. 신면 역시 멀리서 그 모습을 담담하게 지켜보고 있었다.

 승유를 지키던 사병들은 승유가 사라진 것을 알고 기겁하여 돌아다녔지만, 수양은 만면에 미소를 지었다. 승유는 도망친 것이 아니었다. 아니 도망쳤다 생각했겠지만 그것은 대호를 잡게 해줄 미끼일 뿐이었다. 일부러 자신을 놓아준 것임을 까마득히 모르는 승유가 제 아비를 향해 달려갔으리라 생각하니 저절로 웃음이 났다. 이미 승유의 뒤를 함귀 무리가 말을 타고 쫓고 있었다. 수양은 신면의 얼굴을 물끄러미 쳐다보았다.

 "자네가 직접 다녀와야겠네. 그자들만으로는 마음이 놓이질 않아.

자네가 가서 김종서와 그 아들놈의 목을 확실히 거둬 오게나."

수양의 명에 신면은 가슴이 콱 막히는 것 같았다. 돌이킬 수 없는 일이지만, 피하고 싶었던 순간이었다. 하지만 신면은 수양이 왜 이런 말을 하는지 짐작할 수 있었다. 수양은 자신을 시험해보려는 것이다. 정말 자신의 편인지, 벗의 목을 베어낼 수 있을 정도로 야심을 품고 있는지를 가늠해보고 싶은 것이다.

승유는 말을 타고 정신없이 거리를 내달렸다. 온통 피로 붉게 물든 한쪽 팔에 통증이 왔지만 승유는 이를 악물고 박차를 가했다. 그의 말이 교차로를 지나가고 얼마 뒤 세령이 탄 말이 다른 방향에서 달려와 승유가 왔던 거리로 쏜살같이 달려갔다. 만약 그 교차로에서 두 사람이 마주쳤다면 상황이 달라질 수 있었을까. 바로 눈앞에서 승유와 길이 어긋난지도 모르는 세령은 오로지 승유를 살리겠다는 마음으로 정신없이 말을 몰았다.

어둠 속에 잠긴 사방에 불빛이 비추는 곳은 경혜공주의 사저뿐이었다. 그 앞을 지키고 서 있는 한성부 군사들이 보였다. 세령이 말의 속도를 점차 줄이고 대문 근처에 섰다. 그러자 군사들이 달려와 검을 들이댔다. 세령은 놀랐지만 예상했던 일인지라 다부지게 마음을 먹고 말에서 내렸다.

수양대군을 뵈러 왔다고 당당히 말했지만, 군사들이 앞을 막아섰다. 그때 송자번과 함께 나오던 신면이 그 광경을 보고 외쳤다.

"무슨 짓들이냐! 당장 놓아드려라!"

신면의 호통에 군사들은 얼른 세령의 팔을 놓고 물러났다. 세령은 제 앞에 서 있는 신면을 기가 막히다는 듯 바라보았다. 그 표정이 마치 찬물을 뒤집어쓴 것 같이 오싹했다. 그는 이곳에서 대체 무엇을 하고 있었단 말인가.

"어찌 여기 계십니까? 혹 제 아버님과 뜻을 같이하시는 것입니까? 그분의 친구인 분이 설마……."

세령은 믿을 수 없다는 얼굴로 신면을 바라보았다.

"위험한 곳이니 돌아가십시오."

신면은 무표정하게 말했다. 이럴 새가 없었다. 군사 한 명에게 세령을 댁으로 모시라는 명을 내리고 서둘러 걸음을 옮겼다.

"그분은요? 그분은 어디 계십니까?"

세령의 말에 신면은 멈칫 돌아섰다. 낯빛이 차가워지는 것을 스스로도 느낄 수 있었다. 대문 앞에서 세령과 마주쳤을 때 잘못 본 것이었으면 했다. 신면은 수치스러웠다. 반역의 피를 묻힌 제 손을 들킬까 두려웠다. 하지만 그녀의 입에서 승유를 걱정하는 말이 나오자 수치심은 썰물처럼 빠져나갔다. 세령은 그런 신면의 표정을 읽었다. 세령은 경멸하듯 매섭게 신면을 노려보고는 그대로 대문으로 향했다.

신면은 세령을 어찌할 수 없는 자신이 원망스러웠다.

"수양대군께 모셔다 드려라."

어쩌자고 세령을 마음에 품었는지 스스로를 탓하며 신면은 힘껏 발을 구르며 갈 길을 재촉했다. 그녀의 마음이 언젠가 조금이나마 열리다면, 그것만으로도 족하다고 생각했다. 그러나 그날이 언제가 되려는지, 이 밤이 지나면 영영 닫히는 것은 아닌지 신면은 두려웠다.

승유가 무사히 탈출했다는 소식을 들은 경혜는 안심이 되었다. 좌상이 함길도에 있는 군사들을 움직인다면 승산이 있다고 생각했다. 정종은 경혜의 손을 꼭 잡으며 승유가 반드시 전하와 마마를 지키러 올 것이라고 안심시켰다.

경혜는 부마에게 잡힌 제 손을 물끄러미 바라보았다. 처음 맞잡는 정종의 손은 부드럽고 따스했다. 불안하기만 했던 경혜의 마음을 다독여주는 손이었다.

"마마, 전하께서 놀라셨나 봅니다. 식은땀이 범벅인 데다 손발이 차가워지셔서는……."

인기척도 없이 장지문을 덜컥 열고 들어온 은금이 다급하게 고했다.

경혜는 심장이 철렁 내려앉는 느낌에 벌떡 일어났다.

단종이 머물고 있는 침전 앞을 막아선 한성부 군사들은 한사코 물러서지 않았다. 전균과 문 내관이 어쩔 줄 몰라하며 그 옆에서 안절부절하지 못했다. 경혜는 기막힌 상황에 격노하며 당장 물러나라 고함을 쳤지만, 그들은 꼼짝도 하지 않았다.

"비키거라! 이러다 전하의 옥체가 상하기라도 하면 어쩔 셈이냐?"

"수양대군의 허락 없이는 들어가실 수 없습니다."

군사들을 노려보던 경혜는 분노로 몸을 떨며 돌아섰다. 이 길로 수양을 찾아갈 셈이었다.

그 시각, 세령은 사랑채 마당에 있는 수양 앞에 있었다. 마당을 훤히 밝힌 횃불에 이글거리는 수양의 얼굴이 섬뜩해 보였다. 세령은 처음으로 아버지에 대한 두려움을 느꼈다.

"네가 여기까지 웬일이냐?"

"임 서방과 어머니께서 나누는 이야기를 들었습니다. 그분께서 여기 계시다 들었습니다. 어디 계십니까?"

"네가 나설 자리가 아니다. 어서 돌아가거라!"

수양은 차갑게 소리쳤다. 세령은 자신의 혼담을 빌미로 김종서 일가를 해치러 간 아버지를 원망하며 다그쳤다. 하지만 이미 벌어진 일이라며 덤덤하게 말하는 수양을 보자 세령은 마음이 쓰라렸다.

"그분을 살려주십시오. 제발 그분만이라도."

"김승유의 잘린 목이라도 보여줘야 네 마음을 접겠느냐!"

세령의 간곡한 애원을 자르며 수양이 싸늘하게 소리쳤다. 세령은 가슴에 비수가 꽂히는 듯했다. 아버지가 이렇게 잔인한 분이셨던가, 믿을 수가 없었다.

그때 경혜공주가 마당으로 들어섰다. 세령은 차마 공주를 볼 낯이 없어 고개를 숙이며 예를 갖췄다. 그러나 경혜에게는 그 모습마저도 눈살이 찌푸려졌다.

경혜는 전하의 용태가 좋지 않으니 군사를 돌려보내라고 수양에게 말했다. 그러나 수양은 단번에 거절했다. 전하는 자신이 잘 살피고 있으니 그만 물러나라는 말이었다.

"이러다 전하께 무슨 일이라도 생긴다면······. 혹 그것을 바라고 계십니까?"

경혜가 앙칼진 목소리로 수양을 향해 쏘아붙였다.

"공주는 말을 삼가라! 네 방자한 꼴을 더는 두고 보지 않을 것이야!"

수양이 참지 못하고 경혜를 향해 눈을 부릅뜨고 고함을 쳤다.

"그만두십시오!"

세령이 수양을 향해 외쳤다. 공주마마를 모시고 전하께 가겠노라 다부지게 말하는 세령을 수양은 기막힌 듯 바라보았다.

"감히 어딜 나서느냐?"

세령에게 호통쳤지만, 돌아온 세령의 대답은 수양을 멈칫하게 만들었다.

"편찮으신 전하를 공주마마와 갈라놓는 연유가 무엇입니까? 정녕 전하께서 잘못되기를 바라지 않으신다면 마마를 보내주십시오."

세령은 단호한 눈빛으로 수양의 싸늘한 시선을 맞받았다. 그리고는 돌아서서 경혜에게 가자고 말했다.

경혜는 이 모든 것이 못마땅했다. 사저에 수양의 개들이 쳐들어와 활개치고 있는 것도 치욕스러웠지만, 세령에게 자신의 무력함을 들킨 것도 모욕적이었다. 하지만 어쩔 수 없었다. 지금은 전하께 서둘러 가야만 했다. 경혜가 전하의 침전으로 향하자 세령이 뒤따랐다. 막아서는 군사들에게 수양은 손짓으로 그만두라고 일렀다.

세령 때문에 수양은 골치가 아팠다. 이 모든 것이 가족 모두를 위한 것임을 세령이 왜 몰라주는 것인지 답답했다. 그렇기 때문에 김승유의 목을 베어야 했다. 그리해야만 세령의 마음을 다잡을 수 있을 것이라 믿었다.

앞서 걸어가던 경혜가 갑자기 뒤돌아섰다. 그 바람에 멈춰 선 세령은 경혜의 매서운 눈길에 차마 눈을 마주치지 못하고 고개를 떨어뜨렸다. 경혜는 직접 눈으로 보니 이제야 자신의 말을 믿겠느냐며 세령을 몰아붙였다. 수양이 옥좌를 노린다는 것을, 전하와 자신을 해치려 한다는 것을 이제야 믿겠느냐 쏘아붙였다. 세령은 혼란스러웠다. 눈으로 보아도 믿기 힘든 것은 마찬가지였던 것이다. 세령의 혼사를 빌미로 좌상을 죽인 것이라며 경혜가 세령의 가슴에 비수를 꽂았지만, 세령의 머릿속은 온통 승유의 생사 걱정뿐이었다.

"그분은 어찌 되었습니까?"

"지금 김승유를 말하는 것이냐? 네 아비가 한 짓을 보고도 그 이름을 입에 담는단 말이냐. 참으로, 뻔뻔하기 그지없구나."

경혜는 기가 막혀 세령을 쳐다보았다. 세령의 얼굴에 숨길 수 없는 비통함과 승유에 대한 걱정이 드러나 있었다. 그 모습을 보니 경혜는 속이 뒤집힐 듯 화가 치밀었다.

제 아비가 역모를 꾸미고 있는 것을 모른단 말인가. 이 모든 일을 겪고도 순진한 척 김승유 걱정을 하는 세령의 모습을 참을 수가 없었다.

"김승유는 죽었다! 좌의정 김종서를 죽인 것도 그 아들 김승유를 죽인 것도 바로 너이니라!"

경혜는 한껏 경멸을 담아 잔인하게 내뱉고는 뒤돌아 걸어갔다.

세령은 가늠 수 없는 참담함에 그 자리에 풀썩 주저앉고 말았다. 막지 못했다. 그분만은 살리고 싶었건만 그러지 못했다. 모든 것이 자신이 신분을 속이고 승유를 만난 탓이라는 자책이 들어 세령은 눈물도 나오지 않았다. 되돌릴 수만 있다면 공주와 자리 바꾸기를 했던 그날로 돌아가고 싶었다. 승유를 다시 만나지 못한다 해도, 살면서 옷 깃 한번 스칠 인연이 되지 않는다 해도 그분이 살아 있을 수만 있다면 아무래도 좋을 것 같았다. 하지만 비는 하늘에서 땅으로 떨어지는 법이고, 시간은 절대 거꾸로 흐르지 않는다. 세령은 원망하듯 하늘을 올려다보았다. 컴컴한 밤하늘이, 제 아버지의 악행을 감추는 어두운 장막처럼 세령을 향해 덮쳐왔다. 세령은 그대로 쓰러졌다.

적막한 마당을 내다보며 대호 김종서는 승유를 기다리고 있었다. 달은 어느새 저편으로 기울고 있었지만 승유는 돌아올 기색이 없었다. 서늘한 바람이 밤공기를 싣고 김종서의 가슴을 뚫고 지나갔다. 선대왕마마께 목숨을 걸고 전하를 지키겠다 맹세했거늘, 이대로 무너질 수는 없는 일이다. 너무 오래 산 것일까. 변방에서 오랑캐들을 몰아냈던 때가 생각났다. 적을 가늠하고 치밀히 계책을 준비하던 감각이 무뎌졌던 탓인가. 너무 질긴 명줄 탓에 선대왕마마께 오히려 죄를 짓게 된 것 같았다. 이런 후회가 밀려드는 것을 보니 진정 마지막이 다가오는가 싶어 김종서는 한숨을 내쉬었다. 그리고는 물끄러미 며느리 류씨를 바라보았다. 아직 젊은 나이에 지아비를 잃고 자칫하면 말로 표현 못할 수모를 겪을지도 모를 며느리를 보자 김종서의 눈시울이 붉어졌다.

 김종서는 며느리에게 아강이와 사돈댁을 모시고 어서 피하라고 말했다. 만일 승유가 잘못됐을 경우 수양의 개떼들이 이곳으로 들이닥칠 것이 분명했다. 아들들이 모두 목숨을 잃게 되었는데 며느리와 하나뿐인 손녀 아강이마저 잃는다면 김종서는 죽어도 눈을 감지 못할 것 같았다. 며느리 류씨는 초췌해진 시아버지의 얼굴을 바라보다 기어이 눈물을 떨어뜨렸다.

 쉴새없이 달려온 승유는 드디어 대문 앞에 이르렀다. 가노 서너 명이 어설픈 칼과 낫을 들고 잔뜩 긴장한 채 주위를 경계하고 있었다. 그들은 훈련된 무사들이 아니었다. 도대체 이 밤에 무슨 일이 벌어지는지 짐작조차 하지 못한 채 어둠을 바라보며 두려움에 떨고 있을 뿐이었다. 다급한 말발굽 소리가 들리는가 싶더니 피투성이가 된 승유가 대문 앞에 서 있는 것을 보자 가노들은 더없이 두려움에 떨었다.

 승유는 검에 베인 팔을 움켜잡고 서둘러 대문 안으로 뛰어 들어갔다. 승유의 머릿속에는 서둘러 피신해야 한다는 생각뿐이었다. 이곳도 위험했다. 아버지가 살아 있다는 것이 알려진 지금, 그들은 눈에 불을 켜고 아버지를 찾으러 쥐 잡듯이 뒤질 것이 뻔했다.

 승유가 구르듯 마당으로 들어왔을 때 아버지는 대청마루에 힘없이 기대어 앉아 있었다.

 김종서는 아들의 모습을 보자 공주마마의 사저로 갔던 일이 뜻대로 되지 않았음을 직감했다. 수양이 이미 그곳도 장악한 것이 틀림없다. 김종서는 마지막 힘을 내어 대청마루에서 내려섰다.

"병조로 갈 것이다. 수양의 개떼들을 몰아낼 것이다."

승유에게 한걸음 다가서는데, 집 밖에서 요란한 비명 소리가 바람을 타고 넘어왔다. 그와 동시에 가노 한 명이 공포에 질려 뛰어 들어 오더니 승유의 발치에서 그대로 고꾸라졌다. 가노의 등허리에 커다란 검이 박혀 있었다. 이어서 함귀 무리들이 들이닥쳤다. 뒤이어 들어온 칠갑의 눈은 이번에는 기필코 목을 베어 가겠다는 듯 살기로 번뜩였다. 승유는 노비의 등에 꽂혀 있던 검을 뽑아들었다. 다친 팔이 원망스러웠지만 이를 악물고 힘을 내어, 달려드는 사병의 가슴팍을 날카롭게 베었다.

여기저기서 날아오는 함귀 무리들의 칼날과 철퇴 속에서 승유가 다친 몸으로 모든 공격을 방어하기에는 역부족이었다. 그러나 여기서 무릎을 꿇는다면 모든 것이 끝이었다. 팔이 끊어지는 것 같은 격통을 참으며 승유는 마지막까지 검을 휘둘러 함귀 무리들을 쳐냈다. 그때, 함귀가 김종서를 향해 달려들었다. 함귀가 김종서에게 달려가는 것을 눈치채고 승유가 뒤돌아섰다. 그 순간을 놓칠세라 막손이 승유를 향해 철퇴를 휘둘렀다. 승유는 다친 오른팔에 철퇴를 맞고 검을 떨어뜨렸다. 눈앞이 하얘지는 고통 속에서도 아버지를 향해 걸어가는데, 그 틈을 노리고 칠갑이 검을 휘둘렀다. 승유의 등허리에 길게 칼자국이 그어졌다.

김종서는 털썩 쓰러지는 승유를 바라보며 마지막을 직감했다.

"수양! 지하에서도 네 놈을 용서치 않으리라!"

김종서가 추상 같은 목소리로 고함을 치자, 함귀는 저도 모르게 멈칫했다. 하지만 곧이어 무자비한 함귀의 검이 김종서의 목을 내리쳤다.

대호大虎라 불리며 조선을 호령했던, 충신으로 이름 높았고 존경받았던 김종서의 마지막이었다. 금상 위의 좌상으로 불리며 한 시대를 풍미했던 김종서가 낙엽이 떨어지는 것처럼 풀썩 바닥으로 쓰러지는 모습을 승유는 똑똑히 보았다.

"아버지!"

김종서는 아들의 피맺힌 절규에 잠시 가물거리는 눈을 떴다. 승유가 몸을 질질 끌며 자신을 향해 기어오는 모습이 보였다. 저 아이가 태어났을 때 얼마나 좋았던가. 큰 아이가 태어났을 때는 또 얼마나 기뻐했던가. 아강이가 맑은 목소리로 할아버지를 부를 때면 하루의 시름이 그대로 잊혔는데, 그 모든 것이 한낱 꿈처럼 지나가는구나.

김종서는 아득히 먼 곳에서 아내와 큰아들 승규가 자신을 부르는 소리를 들은 것 같았다. 이대로 눈을 감아도 괜찮을까, 선대왕마마 얼굴을 무슨 낯으로 뵈어야 하나, 김종서는 회한에 잠겼다. 울부짖으며 다가오는 승유의 얼굴을 바라보던 대호의 눈동자가 점점 뿌옇게 흐려졌다. 그리고 김종서는 천천히 눈을 감았다.

"아버지!"

승유는 아버지의 얼굴을 붙잡고 오열했다. 이번에는 아무리 불러도 아버지는 눈을 뜨지 않았다. 애절한 아들의 통곡이 검은 하늘을 찢고 흩어졌다. 승유도 이제 더 이상 일어서서 칼을 들 힘도 남아 있지 않았다.

승유의 시야도 점차 흐려졌다. 아버지를 눈앞에서 잃자 가슴속 깊은 곳 어딘가에서 그를 지탱해주던 줄이 하나 툭 끊긴 것 같았다. 이미 피를 많이 쏟은 승유는 눈앞이 가물가물해졌다. 함귀의 검에서 흘러내리는 붉은 피, 아버지의 피가 묻어 있는 검……. 주위가 점점 아득해지면서 깊고 어두운 곳으로 빠져드는 느낌이 들었다. 엎드려 누워 있는 땅바닥이 마치 늪처럼 그의 몸을 끌어당기는 것 같았다. 순간 나른해지면서 잠이 쏟아졌다. 그래, 자는 거다. 깨어나지 않을 잠을 자자. 승유는 가물거리는 눈을 천천히 감고 길고 긴 잠 속으로 빠져들었다. 그때 칠갑이 비릿하게 웃으며 검을 휘익 치켜들었다.

김승규의 처가 마당은 쥐 죽은 듯 조용했다. 마치 무서운 악귀가 살아 있는 모든 것을 휩쓸고 지나가버린 듯 끔찍한 침묵이 감돌고 있었다. 여기저기 흩뿌려져 있는 핏자국과 목이 잘려나간 김종서의 시신이 마당에 참혹하게 남아 있었다. 신면은 거적으로 덮여 있는 승유의 시신을 물끄러미 내려다보고 있었다. 칠갑이 승유를 향해 검을 치켜드는 순간 신면은 그에게 멈추라고 소리쳤다.

"이곳은 우리가 수습하겠다. 너희들은 시어소로 돌아가라."

"남이 차린 상에 밥숟갈 올릴 생각일랑 마십시오, 판관 나으리."

뒤늦게 찾아와서 공을 빼앗으려 한다며 눈알을 부라리며 함귀가 달려들었다. 그러나 한성부 군사들을 대동하고 온 신면을 당해낼 수는 없었다. 함귀 무리들은 김종서의 수급首級*을 들고 가는 것으로 만족

---

* 수급首級 : 싸움터에서 베어 얻은 적군의 머리.

하고 물러났다.

이렇게 될 것을 예상하지 못한 것은 아니었다. 그러나 직접 참극 현장을 목격하고 나니 신면은 참담함을 감출 수가 없었다. 야차들처럼 김종서에게 달려들어 목을 베어내던 함귀 무리들. 그 베어낸 목의 머리채를 붙잡고 아무렇게나 빙빙 돌리며 나가는 꼴을 보니 신면은 자기도 모르게 몸이 떨려왔다.

그래도 한때는 절친했던 벗의 춘부장椿府丈이자, 선대왕 때부터 충신으로 자자하던 대호 김종서 대감이 아닌가. 그런 분이 이런 무참한 최후를 맞이했다는 것이 신면에게는 충격이었다. 뿐만 아니라 신면 자신도 그 일에 가담했다는 사실이 고통스러웠다. 그래서 승유만은 자신의 손으로 묻어주고 싶었다. 승유의 목이 잘려 거리에 효시梟示※되는 것만은 면하게 해주고 싶어 함귀 무리를 물러가게 했던 것이다.

"돌아가셔야 합니다."

송자번이 조용히 다가와 고했다.

"잠시 기다리거라. 한적한 곳에 옮겨주고 싶구나."

송자번은 그런 상관의 마음을 헤아릴 수 있었다. 승유의 시신을 어깨에 들쳐 메고 터벅터벅 어둠 속으로 사라지는 신면의 뒷모습을 바라보며 아무 말도 하지 못했다.

어둠이 짙게 깔린 산길을 올라가는 동안 신면의 발걸음은 추를 매단 것처럼 무거웠다. 어깨에 들쳐 멘 승유의 무게가 무거운 것이 아니

※ 효시梟示 : 머리를 잘라내어 경계의 뜻으로 뭇사람들에게 내보이는 것.

었다. 자신이 지금 들쳐 멘 것은 벗의 시신이 아니라 지금 자신이 짊어지고 있는 상황의 무게와 같았다. 그를 짓누르는 숨 막히는 삶의 무게. 어쩌면 자신이 스스로 만든 버거운 무게, 그것이 그의 발목을 붙잡고 늘어져 산길을 오르는 걸음걸음이 더없이 더디고 무겁기만 했다.

 넓은 수풀 밭이 눈앞에 보이자 신면은 승유의 시신을 땅바닥에 내려놓았다. 허리춤에서 단도를 꺼내어 땅바닥을 긁었다. 다행인지 무른 땅은 쉽게 파내려갔지만 그의 어깨에는 계속 묵직한 무게가 남아 있었다. 마치 여전히 그의 어깨에 승유가 매달려 있는 것만 같아 무심결에 제 어깨를 슬쩍 쳐다보았다. 그러다 땅바닥에 누워 있는 승유의 시신을 보고 흠칫 놀라 뒤로 한 걸음 물러섰다. 뭔가 이상한 느낌이 들었다. 죽은 줄로만 알았던 승유의 손가락이 꿈틀거리고 있었다. 입을 달싹거리며 무어라 중얼거리는 것 같은 승유를 보니 신면은 등골이 서늘해졌다.

 자기도 모르게 검을 뽑아들고 천천히 승유에게 다가가 그의 목에 검을 겨누었다.

 '김승유를 향해 검을 뽑을 수 있겠는가?'

 그를 시험하는 것 같은 수양의 목소리가 귓전에 생생하게 울렸다. 신면은 검을 다시 잡으며 숨을 들이마셨다. 돌이킬 수 없는 일이라고 생각했다. 승유가 살아난다고 해도 그에게는 절망만 남을 뿐이었다. 그의 목숨을 제 손으로 거두어주는 것이, 한때 벗이었던 승유에게 해줄 수 있는 마지막 선물이라고 생각했다. 순간, 승유의 신음소리가 들려왔다.

"아버지……."

 금방이라도 숨이 넘어갈 것처럼 헐떡이며 내뱉은 승유의 한마디에 신면의 눈동자가 흔들렸다. 이대로 버려두고 가도 승유는 곧 죽게 될 것이다. 신면은 검을 거두고 고통스러워하는 승유의 소리를 뒤로한 채 빠른 걸음으로 산길을 내려갔다. 승유의 신음 소리와 벗의 목을 벨 수 있겠느냐고 묻던 수양의 목소리가 계속해서 그를 쫓아왔다. 게다가 어깨를 무겁게 짓누르는 죄책감 때문인지 신면의 가슴은 죄어드는 것 같았다.

복수의 칼날

승유는 칼을 내던지고 수양을 향해 무작정 달려들었다.
무모한 돌진이었다. 그래도 상관없었다.
아버지를 죽인 원수의 숨통을 끊어놓을 수만 있다면……

밤새 천하를 뒤덮었던 피비린내를 씻어주려는 듯 하늘에서 빗방울이 한두 방울씩 뚝뚝 떨어졌다. 무고하게 죽어간 사람들을 위로하는 비, 수양 앞에서 대놓고 울기도 힘든 사람들을 위해 마치 하늘이 대신 울어주는 것만 같은 비였다. 후드득 떨어져 내리는 빗물이 승유의 얼굴에 묻은 핏자국을 씻어주었다. 가을이었지만 산속인 데다 피를 많이 흘린 탓에 그의 얼굴은 창백해져 있었다. 차가운 빗줄기에 승유의 몸이 경련을 일으키는 것처럼 움찔거렸다.

'일어나거라……. 승유야, 일어나.'

마치 꿈결처럼 아득하게 아버지의 목소리가 들려왔다. 승유는 무거운 눈꺼풀을 뜨고 소리가 들리는 곳을 쳐다보려 애를 썼다. 하지만 나무들 사이로 어슴푸레 밝아오는 새벽빛이 비출 뿐 아무도 보이지 않았다. 깨어나고 싶지 않았지만, 새벽은 밝아오고 승유는 다시 악몽 속으로 들어가야 했다.

이렇게 다시 세상 속으로 끌려나온 것은 아직 해야 할 일이 남아 있기 때문이라 생각하며 승유는 찬찬히 정신을 차렸다. 승유의 얼굴에는 분노와 슬픔이 뒤섞인 독기가 서렸다. 꼼짝 않고 그 자리에 드러누운 채 하염없이 쏟아지는 빗줄기를 온전히 맞으며 하늘을 향해 울부짖었다.

'내 목숨을 살려둔 걸 후회하게 해주리라…….'

승유는 증오심에 불타 초인적인 의지로 천근만근 같은 몸을 힘겹게 일으켜 세웠다. 추위와 상처 때문에 사지가 벌벌 떨렸지만 밭은 숨을 몰아쉬며 승유는 산길을 비틀비틀 위태롭게 걸어내려 갔다.

훤히 동이 터오는 마당에 보자기 하나가 툭 던져졌다. 살짝 벌어진 구멍 사이로 삐죽 나온 김종서의 흰 머리카락. 김종서의 수급首級을 받아든 수양은 웃음을 감출 수가 없었다.

"김종서! 늙은 호랑이가 드디어 죽어주었구먼."

"그러게 말입니다. 참으로 끈질긴 자입니다."

온녕과 권람 등 수양의 측근들도 회심의 미소를 지었다. 수양은 오랜 시간 김종서 때문에 숨죽여야 했던 지난날이 떠올랐다.

'결국은 이렇게 끝나게 될 것을, 세상이 어찌 돌아가는지도 모르고 이 수양을 함부로 대하다니…….'

수양은 이제 거칠 것이 없었다. 온녕과 권람 역시 앓던 이가 빠진 것처럼 시원하다는 기색을 드러냈다. 명패를 받고도 오지 않은 안평대군이 걸렸지만 이미 사대문이 수중에 들어온 이상 안평을 찾아내는 일은 눈 감고도 가능할 것이다.

"이제 수양대군의 시대가 온 것입니다."

한명회가 킬킬거리며 웃었다. 그랬다. 김종서를 위시한 전하의 측근들이 없어진 지금, 수양에게 대항할 자는 아무도 없었다.

"날이 밝으면 만백성에게 김종서와 그 잔당들이 역모를 꾀했기에 모조리 주살誅殺*했다 알릴 것입니다." 신숙주가 말했다.

수양은 용상으로 가는 첫걸음을 뗀 셈이지만, 그 자리에 앉기까지 그리 오래 걸리지 않을 것임을 알 수 있었다. 조금 더 시간이 걸린다 해도 상관없었다. 지금까지 기다려온 것에 비한다면 아무것도 아니다.

수양은 동이 트자마자 서둘러 단종의 침전으로 들어갔다. 밤새 뜬눈으로 지새운 단종과 경혜는 수양의 얼굴에 피어 있는 묘한 미소를 보며 뭔가 일이 잘못되었음을 직감했다.

"김종서의 목을 거두었습니다. 역적 김종서를 처단한 것으로 요망한 간적들을 모조리 주살하였으니 심려 놓으십시오."

정종은 믿기 힘들다는 표정으로 물었다.

"진정 좌상대감의 목을 베었다는 말입니까?"

"좌의정 김종서, 병조판서 조극관, 이조판서 민신을 비롯한 역도들의 목을 만백성 앞에 효수梟首할 것입니다."

정종은 수양의 뒤에 서 있는 온녕, 신숙주, 권람을 보고 있노라니 구역질이 났다. 그 말도 소름끼치는데 역적들의 식솔 또한 남김없이

---

*주살誅殺 : 죄를 물어 죽임.

쳐죽여야 할 것이라는 온녕의 말에 단종은 절망했다. 경혜공주는 옆에서 부들부들 떨고 있었다.

"전하께서도 속히 궁으로 돌아가시지요."

입궐하시라는 신숙주의 말에 정종이 나섰다. 사태가 잠잠해질 때까지 전하를 모시고 있겠다 말했지만 수양은 이를 단칼에 거절했다. 임금이 궐을 비운 사이에 벌어진 역모이니 한시라도 빨리 궐로 돌아가야 한다는 것이었다. 경혜는 저도 모르게 단종의 팔을 붙잡았다. 이대로 전하를 홀로 돌려보낼 수는 없었다. 경혜공주는 자신도 함께 가겠다고 수양에게 말했다.

그러나 수양은 이제 공주 따위는 안중에도 없다는 듯 출가외인은 나서지 말라며 싸늘하게 내뱉었다. 단종은 힘의 균형이 무너졌음을 깨달았다. 이제 자신은 아무런 힘도 없는 왕일 뿐이었다.

혹시라도 누이가 자신을 위한다고 수양에게 계속 대항하다 불미스러운 일을 겪게 될까 단종은 걱정되었다. 숙부가 원하는 대로 지금은 궐로 돌아가야 했다. 누이마저 잘못된다면 단종은 살아갈 수 없을 것이라고 생각했다. 누이를 위해서 지금은 일어나야 한다. 돌아가신 아바마마와 누이의 원대로 강건한 군주가 되어야 한다…….

그러나 불안함은 떨쳐낼 수 없었다. 애써 누이를 위로하고 공주의 사저를 떠나면서 단종은 정종에게 누이를 잘 보살펴달라고 부탁했다. 누이는 자신의 유일한 피붙이였다. 궐로 향하는 연輦*이 움직이자 경

───────────
※ 연輦 : 임금이 거동할 때 타고 다니던 가마.

혜는 절박하게 단종을 불렀다. 자꾸만 이것이 마지막일지도 모른다는 불길한 느낌이 들었다.

　단종은 고개를 돌려 누이의 애끓는 얼굴을 바라보며 담담하게 미소를 지어주었다. 그 미소조차 경혜에게는 가슴이 아리도록 안타까워 눈물이 멈추지 않았다. 아침 햇살 속으로 사라져가는 행렬이 저 멀리 아득하게 보이자 경혜의 몸이 휘청거렸다. 차마 더는 보지 못하고 흐느끼는 가녀린 어깨, 부쩍 핼쑥해진 경혜의 얼굴을 정종은 침통한 얼굴로 바라보았다. 정종은 휘청휘청 걷다가 쓰러지려는 경혜의 어깨를 가만히 감싸 안았다.

　자모전가에게 쫓겨 숨어들어간 가마에서 처음 마주쳤던 공주의 얼굴은 차가웠지만 생기 넘치는 아름다움을 지니고 있었다. 도도한 미색의 공주가 깜짝 놀라 자신을 쳐다보던 그 얼굴은 잊혀지지 않았다. 가례嘉禮 때 다시 보았던 공주의 얼굴도 조금 우울해 보였어도 여전히 아름답고 생기가 돌았었다. 그런데 차갑고 도도해야만 하는 공주마마의 얼굴에 점차 근심과 불안이 섞여드니 정종은 마음이 쓰리고 아팠다.

　부부의 연을 맺고도 손 한 번 잡아보지 못한 지난날들이 원망스럽기는 해도 이렇게 풀이 죽은 공주의 모습을 보는 것은 더더욱 원치 않는 일이다. 늘 쌀쌀맞게 대하고 마음 한 번 주지 않더라도 예전처럼 생기 넘치고 세상 무서울 것 없는 안하무인 공주마마로 다시 돌아가준다면 정종은 더 이상 바랄 것이 없었다. 경혜의 야윈 어깨를 감싸 안으며 이 여인을 위해 무엇이든 다하리라 다시 한 번 다짐했다. 정종은 기필코 그녀의 얼굴에 웃음을 되찾아주리라 굳게 마음먹었다.

"의정부를 움직이는 삼정승과 육판서 대부분이 주살되었으니 서둘러 후속 인사를 정하셔야 합니다."

단종은 옥좌에 앉아 편전을 내려다보았다. 하늘 아래 가장 높은 자리에 앉아 있건만 마음은 편치 않고 가시방석에 앉은 듯 온몸이 긴장되었다. 두려움을 겉으로 내비쳐서는 안 된다. 수양 숙부가 지금도 자신을 만만하게 보고 있다는 것을 단종은 잘 알고 있었다. 그런데 임금의 자리를 버거워 한다는 기미를 보인다면 숙부는 금세 무서운 이빨을 드러낼 것이다. 하지만 단종은 마음먹은 대로 하지 못했다.

"과인이 심사숙고하여 조치하겠습니다."

"심사숙고할 것이 무엇입니까? 이 혼란한 시국을 타개할 인물은 수양대군밖에 없질 않습니까?"

단종은 경계하듯 수양을 쳐다보았지만 수양은 한 치의 흔들림도 내비치지 않았다.

"전하, 수양대군을 영의정으로 삼아 역적의 잔당들을 척결하고 속히 정사를 바로잡으소서."

"수양대군을 영의정에 제수하소서!"

"제수하소서!"

수양을 위시한 신료들은 득의양양한 얼굴로 어린 임금을 쳐다보며 수양대군을 영의정으로 삼을 것을 주청하고 있었다. 온통 수양의 세력들뿐이었다.

단종은 가만히 심호흡을 하며 어쩔 수 없이 답했다.

"그리하세요……."

순간 그 자리에 있는 대신들은 마치 기다리고 있었다는 듯 일제히 "성은이 망극하옵니다!"라고 외쳤다. 누구에게 말하는 것인지 단종은 짐작하기 어려웠다.

"전하, 신 수양 충심을 다해 전하를 받들 것이옵니다."

수양의 이 간교한 말에 단종은 떨리는 손을 감추느라 주먹에 힘을 주어야만 했다.

"귀가하시는 행차를 준비해두었습니다."

신숙주가 수양에게 말했다. 무슨 말인가 싶어 수양이 쳐다보자, 신숙주는 어제의 거사가 떳떳한 일이었음을 만천하에 알리기 위함이라고 말했다. 동시에 수양의 당당한 위엄을 드러내는 역할을 할 것이라 덧붙였다.

수양은 미소를 지었다. 이 나라의 주인이 누가 될 것인지 알리라는 뜻임을 그도 눈치챘다. 조용하게 학문이나 닦던 샌님인 줄 알았건만 신숙주가 이런 치밀함을 갖추고 있을 줄은 수양도 미처 몰랐다. 수양은 새삼스레 신숙주를 바라보며 흡족하게 미소 지었다.

수양은 준비된 교자에 올랐다. 앞뒤로 한성부 군사들이 서서 교자를 천천히 들어 올렸다. 수양은 이미 천하를 다 가진 것 같은 기분에 들떴다.

처참한 몰골의 한 사내가 휘청거리며 저잣거리를 걸어가자, 사람들이 두부를 칼로 베어내듯 양쪽으로 물러났다. 봉두난발蓬頭亂髮*을 한 사내의 복색은 온통 진흙과 피투성이인 데다 군데군데 찢겨져 험한 상처가 드러나 있었다. 초췌한 얼굴에 안광이 번뜩이는 사내의 모습에 멋모르고 마주친 사람들은 질겁을 하며 뒤로 물러났다. 승유였다. 승유는 자신이 어디로 향해 가는지 모르는 채 산길을 내려와 날이 밝을 때까지 정처 없이 걸음을 옮기던 중이었다. 어느덧 제 발길이 효수대 근처로 향하는 것도 미처 알지 못하는 것 같았다. 그런 승유의 곁을 지나치던 사람들이 수군거리는 소리가 발걸음을 멈추게 했다.

"진짜 김종서의 머리가 걸린 게야?"

"충신 김종서 대감께서 어쩌다가……."

"예끼 이 사람, 입조심해. 이제 수양대군 세상이야."

승유는 사람들이 몰려가는 곳을 경악에 찬 눈으로 바라보았다. 효시梟示를 했단 말인가!

멀리 웅성이며 몰려 있는 사람들 너머로 삐죽하게 효수대가 솟아 있었다. 승유는 두려우면서도 그쪽으로 발걸음이 옮겨졌다. 한 걸음 또 한 걸음 꼭 누군가 끌어당기는 것 같았다.

점점 효수대가 가까워질수록 승유는 온몸이 떨려왔다. 효수대 위에 처참히 걸려 있는 아버지의 머리를 본 순간, 승유는 그 자리에 털썩 주저앉고 말았다. 침통함에 오열이 새어나왔지만 마음 놓고 통곡

---

*봉두난발蓬頭亂髮 : 다북쑥처럼 더부룩하게 흐트러진 머리털.

할 수조차 없었다. 승유는 분노가 치밀었다. 어찌 이렇게 참담하단 말인가!

피눈물을 삼키며 승유는 아버지의 얼굴을 쳐다보았다. 아버지의 얼굴을 똑바로 보며 이 비통함을 수양에게 두 배, 세 배로 되돌려주겠노라 가슴속에 아프게 새겼다.

바로 그때 수양대군의 행렬이 지나간다는 소리가 들려왔다. 잔인무도한 수양대군이 두려우면서도 이런 짓을 벌인 자의 얼굴이 궁금한 것이 사람의 마음이었다. 수양의 얼굴을 보러 사람들이 몰려갔다.

승유는 힘겹게 몸을 일으켰다. 머리끝까지 치닫는 분노가 승유를 일으켜 세웠다. 임금에게 충성을 다하는 대신들의 피를 흩뿌리고 개선장군처럼 당당히 행차한다는 말인가!

'죽일 것이다. 그를 갈기갈기 찢어발겨 죽일 것이다!'

수양대군의 사저 근처는 구경꾼들로 가득했고 그들을 통제하기 위해 군사들이 배치되어 있었다. 승유는 군중들 맨 뒤편에 서 있었다. 주변을 경계하던 군사 한 명이 승유의 심상치 않은 몰골을 보고 인상을 찌푸리며 물러가라고 외쳤다. 승유는 순간 그의 허리춤에 있는 칼을 보았다. 순식간에 군사의 목을 팔로 휘감아 꺾은 승유는 외마디 소리도 지르지 못한 채 쓰러진 군사의 허리춤에서 칼을 빼어들었다.

웅성대는 소리가 높아지고 수양이 올라탄 교자가 점점 가까이 왔다. 만면에 미소를 띠고 있는 악귀의 얼굴을 보자 승유는 칼을 잡은 손에 힘을 주었다. 교자 옆으로 수양을 호위하고 있는 신면도 모습을 드러냈다. 수양과 신면, 두 사람의 얼굴을 번갈아 노려보는 승유는 온몸이 분노로 떨렸다. 승유는 수양을 놓치지 않으려고 사람들을 천천히 뒤따랐다.

수양을 죽일 수만 있다면 그 자리에서 숨이 끊어져도 좋았다.

갑사甲士*들이 삼엄하게 수양대군의 저택을 지키고 서 있다. 수양대군의 집 대문이 활짝 열리자 윤씨를 비롯한 식솔들이 나왔다. 숭과 세정이 보이고 그 뒤로 초췌한 행색의 세령이 서 있다. 수양의 행렬을 지켜보던 윤씨의 표정이 안도감에 밝아졌다.

군중의 환호성이 터져나왔지만 승유에게는 아무런 소리도 들리지 않았다. 승유는 오직 수양만을 쏘아보며 그의 가슴에 칼을 꽂을 틈을 엿보고 있었다.

수양이 교자에서 내려 윤씨와 자식들에게로 걸어가는 모습을 보며 승유는 칼을 다잡았다. 다른 무고한 가문들을 피눈물로 얼룩지게 만들어놓고 제 식솔들을 향해 환히 웃는 수양의 얼굴을 보니 이가 갈렸다.

칼을 품고 있는 승유가 지척에 있는 줄도 모르고 수양은 눈매가 촉촉해져 있는 부인 윤씨를 다독이고 있었다. 아비의 얼굴을 외면한 채 넋이 나간 인형처럼 서 있는 세령을 보자 수양의 눈썹이 꿈틀거렸다. 그러나 이내 수양은 감정을 감추고 숭과 세정을 향해 다정하게 미소를 지었다.

수양을 쏘아보고 있던 승유는 놀라는 표정으로 눈을 껌뻑였다. 세

---

* 갑사甲士 : 조선시대, 각 고을에서 뽑혀 서울의 수비를 맡던 의흥위義興衛의 군사.

령을 본 것이다! 창백한 낯빛으로 서 있는 세령의 얼굴을 확인한 순간, 승유는 정신이 아득해졌다.

저 여인이 어찌 저 자리에 있는가!

아낙들이 쑥덕거리는 소리가 들려왔다.

"큰 딸이지?"

"그럴 걸. 큰 딸을 제일 끔찍하게 여긴다잖아. 이제 공주마마가 되시겠네."

승유는 아낙들의 이해할 수 없는 말에 미간을 찌푸렸다. 딸이라니, 이건 또 무슨 말인가. 저 여인은 궁녀가 아니라 수양대군의 딸이었단 말인가? 눈앞에 펼쳐진 도저히 믿을 수 없는 현실에 승유는 머릿속이 혼란스러워졌다. 함께 말을 달리던 여인, 화적떼를 향해 제 몸을 내던지며 승유를 구하려던 여인, 그 여인과 나눈 달콤했던 시간, 그녀의 입술의 감촉과 향기. 삶과 죽음을 함께 허락하는 것이 정이라고 내게 말했던 그 여인이 나의 아버지를 죽인 원수 수양의 딸이란 말인가?

환호하는 백성들을 향해 인자한 미소를 지으며 돌아보는 수양과 그 곁에서 인형처럼 서 있는 수양의 딸……. 그 모습을 지켜보는 승유의 얼굴이 참혹하게 일그러졌다.

승유는 상처받은 야수처럼 처절하게 포효하며 검을 쳐들고 수양에게 달려들었다. 아버지의 죽음이, 형님의 죽음이 모두 자기 탓인 것만 같아 승유의 가슴은 갈가리 찢겨져 나갔다.

예기치 못한 승유의 난입에 군중들과 군사들이 놀라 쳐다보았다.

신면이 서둘러 검을 빼어들고 수양의 앞을 막아섰다.

수양은 난데없는 괴한의 공격에 놀라 주춤 물러섰으나 이내 평정심을 되찾았다. 광인 같은 모습의 사내가 승유라고는 짐작조차 하지 못했다.

그러나 세령은 한눈에 승유를 알아보았다. 어찌 몰라볼 수 있을까! 밤마다 꿈속에서도 그의 얼굴을 찾아 헤맸었다. 단 하루도 잊지 못한 사람, 가슴 깊이 각인되어 있는 사람, 승유였다. 마지막으로 그를 만났을 때는 세령과 새끼손가락을 걸고 다시 만나자 약속했었다. 그러고도 헤어지기 아쉬워 세령을 가슴에 꼭 안아주며 다정히 속삭이던 이가 바로 김승유 아니던가.

그런데 지금 짐승처럼 칼을 휘두르며 달려오는 승유의 모습은 참혹하기 이를 데 없었다. 얼굴만 보아도 그동안 그가 어떤 고통을 겪었는지, 얼마나 힘들었는지 온몸으로 느껴져 세령은 충격으로 휘청거렸다.

수양을 향해 내지른 승유의 칼은 원수의 가슴에 채 닿기도 전에 신면의 검에 의해 제지당했다. 신면이 칼을 휘두른 자의 얼굴을 살필 틈도 없이 반사적으로 막아낸 것이었다. 맞부딪힌 사내의 칼에서 강한 증오가 전해져오는 듯해 신면은 괴한의 얼굴을 쳐다보았다. 신면은 경악하지 않을 수 없었다.

승유가 살아 있다니……. 전날 밤, 순간의 연민에 사로잡혀 승유의 목숨을 마저 끊지 못하고 온 것이 후회스러웠다.

승유는 힘껏 휘두른 공격이 신면에게 제지당하자 칼을 내던지고 수양을 향해 무작정 달려들었다. 무모한 돌진이었다. 그래도 상관없었다. 아버지를 죽인 원수의 숨통을 끊어놓을 수만 있다면 아무래도 상관없었다.

송자번과 군사들의 검이 한꺼번에 승유를 향해 달려들었다. 여기저기서 날카로운 소리가 획획 공중을 가르고 승유의 팔과 다리를 베었다. 마침내 승유의 무릎이 꺾이며 수양의 발끝에서 승유는 주저앉고 말았다. 승유를 포위하듯 수많은 칼끝이 주위를 에워쌌다.

핏발 선 눈으로 수양을 쏘아보던 승유의 시선이 불현듯 세령에게 가 닿았다. 승유는 하얗게 질린 채 절망적인 눈빛으로 자신을 바라보는 세령의 얼굴을 죽일 듯이 노려보았다.

무엇을 보느냐! 네가 가지고 놀았던 사내의 최후를 보고 있으려니 겁이 나는 게냐!

수많은 말을 내포한 승유의 눈빛에 세령은 눈물만 흘렸다. 그의 얼굴에 나타난 원망과 증오의 감정을 한눈에 느낄 수 있었다. 그를 이런 참혹한 지경에 이르게 한 자신의 행동 또한 원망스러워 흘린 눈물이었다. 그때 송자번의 주먹이 승유의 얼굴을 향해 일격을 가했다.

풀썩 쓰러지는 승유의 모습을 바라보며 세령이 고함을 질렀다.

"안 돼!"

세령이 절규하며 승유를 향해 달려나왔다. 하지만 수양의 눈짓을 받은 임운이 서둘러 세령을 붙잡았다. 임운의 손을 뿌리치며 승유에게 가려고 몸부림치는 세령의 절박한 몸짓은 수양과 윤씨를 비롯한 그곳의 모든 이들의 눈길을 사로잡았다. 승유에게 다가가려고 애처로운 손길을 뻗치는 세령의 모습에 수양은 눈살을 찌푸렸다. 군중들의 시선이 세령과 수양에게 쏠리고 있는 것이 느껴졌다.

임운과 가노 몇몇은 세령을 대문 쪽으로 끌고 갔다. 승유를 부르는 세령의 애절한 외침이 이어지다 끝내 대문 너머로 사라졌다.

정신을 잃고 쓰러진 승유를 한성부 군사들이 질질 끌고 가자, 수양은 그제야 못마땅한 듯 신면을 쳐다보았다. 혹시나 이런 일이 생길까 염려되어 일부러 떠보는 말까지 했던 것인데, 보기보다 무른 놈일지도 모른다는 생각이 수양의 머릿속을 스치고 지나갔다. 신면은 자신을 바라보는 수양의 시선을 느끼면서도 똑바로 쳐다보지 못했다. 대군이 무슨 생각을 하고 있을지는 신면도 짐작할 수 있었다.

하지만 신면에게는 살아 돌아온 승유보다, 가문의 체면과는 상관없이 승유를 향해 달려들던 세령의 얼굴이 충격으로 남아 있었다. 아직도 세령의 마음속에는 승유만이 자리잡고 있는 것인가. 제 아비를 향해 칼을 꽂으려 달려드는 걸 눈앞에서 보고도 어떻게 그를 구하려고 뛰쳐나올 수 있는 것인가. 그 정도로 깊은 연정이었단 말인가. 신면은 심장이 꽁꽁 얼어붙는 것 같은 강샘[*]이 일었다.

임운과 가노의 손에 이끌려 방으로 끌려 들어온 세령은 다시 뛰쳐나가려고 발버둥쳤다.

그런데 바로 뒤따라온 어머니 윤씨와 여리가 세령을 붙잡고는 방안에 주저앉혔다. 하지만 누가 밖에서 이끌기라도 하는 양 세령은 또다

※ 강샘 : 투기, 질투

시 벌떡 일어나 뛰쳐나가려 했다. 여리가 그런 세령의 허리를 붙들고 늘어졌다. 여리는 세령의 이런 모습이 안타까웠다. 김승유 그 사내를 살리려고 혈서까지 쓴 아가씨가 아니던가. 언제나 천방지축으로 행동하던 아가씨가 설레는 마음으로 면경에 비친 얼굴을 단장하던 모습을 여리는 가까이서 보았었다. 세령이 얼마나 승유를 연모하는지 속속들이 알고 있는지라 아가씨가 불쌍하다는 생각에 저도 모르게 눈물이 솟구쳤다.

그래서 더욱더 아가씨를 말려야 한다고 생각했다. 이미 돌이킬 수 없는 일이라는 걸 여리마저도 알고 있었던 것이다.

"그분이 살아 계신다……. 그분을 죽일지도 몰라. 놔, 이거 놔!"

세령이 발악하며 발버둥치자, 윤씨가 세령 앞에 서서 매서운 얼굴로 손을 치켜들었다.

세령은 맞을 것을 각오하고 어머니의 얼굴을 애절하게 바라보았다.

'어머니, 어머니, 저 좀…….'

윤씨는 차마 세령을 후려치지 못했다. 제 딸이 가진 지독한 연정에 가슴이 미어졌다. 윤씨 부인은 기어이 세령을 와락 끌어안고는 가슴으로 눈물을 흘렸다.

'불쌍한 것 같으니…….'

윤씨는 세령을 끌어안은 채 나지막이 말했다.

"네가 수양대군의 여식임을 그자가 알아버렸는데 대체 그 앞에 나서서 뭘 어쩌겠다는 것이냐?"

세령은 그 말에 새삼스레 충격을 받았다.

승유에게 자신의 정체를 직접 고백하려던 순간을 미룬 것이 이런 결과를 낳은 것일까. 오늘 이 일이 도저히 돌이킬 수 없는 일이라 할지라도, 그분에게 저마저 배신했다는 결과를 안겨드린 것이 아닐까. 절친한 벗이 자신의 목에 칼을 들이밀고 아버지의 목숨을 앗아가는 배신을 당했는데, 마음을 준 여인에게도 똑같이 배신당했다고 오해하는 건 아닐까.

세령은 마음이 혼란하고 놀란 충격으로 머릿속이 뿌옇게 흐려지는 것 같았다. 절망감에 빠져 있는 세령의 얼굴을 매만지며 윤씨가 말했다.

"김승유에게 너는 제 아비를 죽인 자의 딸일 뿐이다. 독하게 마음먹고 그만 잊자, 응? 세령아!"

윤씨는 딸을 다독였다.

세령은 그 말을 듣는 순간 다리에 힘이 풀렸다.

이제 와서 무엇을 할 수 있을까. 그분 앞에 나아가 무슨 말을 할 수 있을까.

세령은 깊은 절망의 늪에 빠진 듯 오열을 참지 못했다.

"죽은 줄 알았던 그자가 어찌 살아 있는 것인가?"

수양이 신면에게 물었다.

"송구합니다."

"수많은 피를 뿌리면서까지 나와 자네의 부친이 무엇을 얻고자 했는지 잊어서는 안 될 것이네."

신면은 수양 앞에서 고개를 숙이고 있었다.

"김승유를 만인이 보는 앞에서 본보기로 참형에 처하게. 역적 김종서의 아들이라는 이름값을 톡톡히 하게 될 것일세."

수양은 그 뜻을 신면에게 전하며 참형에 차질이 있어서는 안 된다고 명했다.

"벗이었던 자의 목을 베기가 쉽지 않았겠지. 허나 한낱 온정 때문에 일을 그르친다면, 자네는 내 곁에 있을 자격이 없네."

신면은 수양의 말이 무엇을 뜻하는지 알고 있었기 때문에 자기도 모르게 두려움을 느꼈다. 누구든 소용 가치가 없다고 판단된다면 언제든지 내칠 수 있는 사람이 수양이라는 것을 신면이 왜 모르겠는가.

승유를 한성부 옥사에 집어넣으면서 신면은 벗에 대한 원망이 솟구쳤다.

왜 산속에서 죽어주지 못했던가. 왜 그대로 도망치지 못했던가. 왜 너는 나를 이토록 잔인하게 만드는가.

신면은 만신창이가 되어 옥 안에 죽은 듯 쓰러져 있는 승유를 물끄러미 바라보다 돌아섰다.

양반가의 자제들로 들어차 있는 옥사에는 두려움과 침통함이 가득했다. 승유의 마음은 곧 다가올 죽음에 대한 공포와 수양에 대한 분노로 뒤섞였지만, 아무것도 할 수 없는 처지에 대한 울분과 침통함으로 가라앉았다.

세령은 죽일 듯이 자신을 노려보던 승유의 눈빛이 지워지지 않았다. 자신이 누구인지 진작 밝혔더라면 지금과 같은 참극을 막을 수 있었을까. 세령은 죄책감에 가슴이 미어졌다. 아무리 가슴이 아프다 해도 가족을 잃어버린 승유의 갈가리 찢긴 마음에 비할 바가 아니라는 것도 잘 알고 있었다.

　세령은 승유의 목숨만은 살려달라고 수양에게 애원했다. 하지만 수양은 냉정하게 고개를 저었다. 승유를 살려둔다면 둘 중 하나의 목숨이 끊어질 때까지 승유가 수양을 찾아올 것이라는 이유였다. 죽이지만 말아달라고 그리만 하면 죽을 때까지 아버지의 뜻대로 살겠다고 세령이 읍소했지만 어림도 없는 소리였다. 애지중지하는 맏딸의 아픈 연정을 안타까워하는 말투로 세령을 다독였지만, 수양의 속뜻은 차갑기만 했다.

　"김종서 대감의 역모라는 것이 대체 있긴 한 것입니까? 죄가 있건 없건 그리 수많은 목숨을 죽이시고도 어찌 더 많은 피를 보고자 하십니까?"

　세령이 참지 못하고 수양을 향해 당돌하게 소리쳤다. 수양은 제 딸의 말에 걸음을 멈추고 돌아보았다. 과연 이 딸이 내 딸이던가. 제 아비가 무엇을 위해 그 수많은 피를 묻혔는지 정녕 모른단 말인가? 수양의 얼굴이 순간 싸늘하게 굳었다. 승유를 없애야 한다는 마음은 더욱더 강해졌다.

　"네가 이럴수록 김승유의 참형 시간만 앞당길 뿐이다."

　수양은 세령을 매섭게 쏘아보고는 그대로 대문을 나섰다. 그 모습을 꼼짝도 하지 않고 보는 세령의 얼굴이 창백해졌다. 이렇게도 차가운 분이셨나. 나의 아버지가 이런 분이셨던가.

어찌 해야 그분을 살릴 수 있을지 아득하기만 했다. 장난기 가득한 표정으로 미소 짓던 승유의 얼굴, 세령을 향해 천천히 다가와 달콤한 입맞춤을 나누던 승유의 다정한 모습이 세령의 머릿속을 떠나지 않았다. 승유를 생각하면 생각할수록 세령의 마음은 갈기갈기 찢어지는 듯 아팠다.

안평대군이 수양이 휘두르는 참혹한 칼날을 피하고 무사히 은신해 있다는 소식은 경혜에게는 일말의 위로가 되었다. 온화한 성품에 예술을 사랑하는 안평, 정사政事에 뜻이 없다는 것을 조선 팔도 모르는 이가 없는 안평 숙부마저도 수양의 살생부에 들어갔다는 것이 경혜에게는 충격이 아닐 수 없었다. 수양이 자신의 편에 서지 않는 자는 모두 척살擲殺할 셈이라는 것을 깨달은 것이다.

안평의 서찰을 받고 정종과 함께 찾아간 경혜는 또다시 절망하지 않을 수 없었다. 안평의 은신처에 한성부 군사들을 이끌고 찾아온 신면이 간발의 차로 안평을 잡아갔던 것이다. 그 모습을 숨어서 지켜보던 경혜의 가슴이 찢어졌다. 고립무원孤立無援*의 전하가 안타깝고 아무 힘도 없는 자신이 원망스러울 뿐이었다.

경혜는 정종과 함께 마당에 서 있었다. 침통한 얼굴이었지만 둘 다

※ 고립무원孤立無援 : 고립되어 도움을 받은 데가 없음.

아무 말도 하지 않았다.

경혜는 부마의 얼굴을 물끄러미 바라보았다. 한때는 그가 부마라는 사실이 원망스러웠던 적도 있었다. 그런데 옆에서 함께 가슴 아파하고, 함께 울어주는 모습을 대하니 조금은 마음이 놓였다. 정종이 경혜의 마음에 큰 의지가 되고 있었다. 끝까지 내 옆에 있어줄 단 한 사람이겠구나 하는 생각이 들자 순간 콧날이 시큰해지기까지 했다.

"공주마마, 금성이 왔습니다!"

침통한 표정으로 가라앉아 있던 두 사람의 침울한 공기를 단박에 깨트리는 금성대군[*]의 우렁찬 목소리가 울려 퍼졌다. 금성은 안평의 연통을 받자마자 그길로 함길도에서 달려오는 길이었다. 강골 장대한 금성이 격노하며 전하를 위해 사력을 다할 것이라고 위로하자 경혜와 정종은 천군만마를 얻은 듯했다. 하지만 정종은 승유가 어찌 되었을지 걱정이 되어 마음은 천근만근 무거웠다.

정종은 스승 이개와 함께 한성부로 승유를 만나러 갔다. 이개는 삼엄하게 경계를 서고 있는 군사들을 보니 그 안에 있을 제자의 모습이 그려져 가슴이 아팠다. 머뭇대며 들어가지 못하는 이개에게 정종이 어서 들어가자며 스승을 불렀다.

"그 녀석이 많이 상했을까 두려워 발길이 떨어지질 않는구나."

이개는 눈자위가 붉어진 채 옥사를 바라보며 말했다.

정종과 함께 옥사로 들어가면서 이개는 온몸이 떨려왔다. 평생 학

---

*금성대군 : 이름은 유瑜. 세종의 여섯째 아들. 사육신의 단종복위 운동에 연루되어 사사됨.

문을 닦으며 제자들을 가르쳐 온 학자로 살아온 이개에게는 옥사 안의 끔찍한 광경이 그저 낯설기만 하였다. 게다가 그 안에는 아끼던 제자가 투옥되어 있었다. 이개는 앞서 걸어가는 정종을 한 걸음 뒤에서 따라가며 마음을 다잡으려 애썼다. 제자에게 약한 모습을 보여서는 안 된다고 생각했다.

그때 복도 안쪽에 송자번과 함께 있는 신면이 눈에 보였다. 김승유를 비롯한 역도들을 내일 오시에 참형할 것이라는 신면의 목소리가 들려왔다. 이개는 목덜미가 서늘해지는 느낌을 받았다.

"뭣이? 김승유를 언제 참형에 처해? 그것이 면이 네 입에서 나올 말이냐?"

말릴 틈도 없이 정종이 달려나가 신면의 멱살을 휘어잡으며 다그쳤다. 분노 섞인 정종의 다그침에도 신면은 아무 말도 하지 못했다. 한때 스승이었던 이개의 모습을 보자 신면의 표정이 굳어졌다. 신면은 자꾸만 가슴 저 밑바닥 아래에서 수치심이 치고 올라오는 것을 느꼈다. 그래서 도망치듯 정종의 손을 뿌리치고 그 자리를 떠났다.

"으아아악!"

옥사 안쪽에서 들려오는 처절한 비명에 정종과 이개가 놀라 쳐다보았다. 승유였다.

광인狂人처럼 몸부림치는 승유의 행동에 옥에 함께 갇힌 선비들이 팔다리를 붙들었지만 누구도 승유를 어찌 할 수 없었다. 정종은 승유의 광기 어린 모습을 보고 참담함에 고개를 떨어뜨렸다.

제 이름을 대며 정신을 차리라고 정종이 애타게 불러보았지만 승유의 귀에는 그 소리가 들리지 않는 듯했다. 승유의 광기가 걷잡을 수 없어지자 군사들이 들어가 사정없이 몽둥이를 휘둘렀다.

그제야 승유는 정신을 잃고 축 늘어졌다. 정종은 목이 터져라 승유의 이름을 불렀다.

신면은 집무실에서 생각에 잠겨 있었다. 집무실로 찾아왔던 스승의 침통한 얼굴이 자꾸만 눈앞에서 어른거렸다.

스승은 가문을 위한다는 명분 뒤에 숨어 친구를 죽여도 좋은지 스스로 의문이 들지는 않느냐고 물었다. 신면은 아버지와 가문을 위해 선택한 길, 후회는 없다고 단호하게 말했었다. 정말 지금이 멈출 수 있는 마지막 때인가……. 자신의 본 모습으로 돌아오라는 스승의 말이 귓가에서 떠나지 않았다.

나 자신이란 게 무엇인가, 돌아갈 수 있는 나 자신이 무엇이란 말인가. 신면은 자신이 다시 돌아갈 곳은 없다고 생각했다. 이제는 앞으로 더 나아갈 수도 뒤로 물러설 수도 없는 진퇴양난의 기로에 서 있는 자신이 할 수 있는 일이 무엇이겠는가. 아무것도 없다. 그렇다면 계속 나아갈 수밖에 없다고 생각했다.

신면은 송자번에게 다음날 있을 참형에 한 치의 차질이 있어서는 안 된다고 엄하게 명하고 한성부를 나섰다. 그런데 그의 눈을 의심케 하는 일이 벌어졌다. 세령이 옥사 앞에 서 있었던 것이다.

흡사 지옥에서 흘러나오는 것 같은 신음과 절규 소리에 세령은 속이 타들어갔다. 저 소리가 승유의 목소리는 아닌지 싶어 애달프고 마음이 괴로웠다.

"대역 죄인을 다루는 위험한 곳입니다. 이만 돌아가시지요."

신면이 세령의 앞에 나서며 말했다.

세령은 기막히다는 얼굴로 신면을 쏘아보았다. 한때의 벗을 살리기는커녕 그 벗을 대역 죄인이라 거침없이 말하는 신면을 보니 참을 수가 없었다. 하지만 그분을 살릴 수만 있다면 백 번 천 번 무릎이라도 꿇을 각오이기에 그 마음을 숨겨야 했다.

"제발 그분을 살려주십시오."

세령의 간절한 목소리에 신면의 눈빛이 차갑게 빛났다. 정혼자를 눈앞에 두고 아직도 승유만을 찾는 그녀가 원망스러웠다.

신면은 단호하게 말했다.

"나는 아가씨의 혼인 상대입니다. 다시는 내 앞에서 김승유를 입에 담지 마십시오."

"정녕 오랜 벗이 죽는 모습을 아무렇지도 않게 두고 볼 수 있는 분이십니까!"

"맡은 바 소임을 다 할 뿐입니다."

세령은 믿을 수가 없었다. 승유는 신면을 믿을 만한 벗이라 여기고 있는데, 그 신의가 이것밖에 안되는가 싶어 안타까웠다. 이 사람은 신의보다 권력을 탐하는 사람이었던가.

세령은 집으로 돌아오는 길이 너무도 길고 어둡게만 느껴졌다. 승유를 살릴 아무런 힘도 없는 자신이 밉고 원망스러웠다. 걸음을 멈추고 하늘을 쳐다보았다. 마치 아무 일도 없었던 것처럼 고요하고 평온한 밤이건만, 이 밤이 지나면 다시 피바람이 몰아칠 것을 생각하니 눈물이 앞을 가렸다. 여리는 세령 아가씨가 눈물을 뚝뚝 흘리는 것을 보자 마음이 더 아팠다.

'불쌍한 우리 아가씨……. 어찌 이리 험한 연심을 품으셨습니까.'

세령이 마치 금방이라도 쓰러질 듯 위태로워 보여서 여리의 눈시울도 붉어졌다.

세령은 밤새 서안書案 앞에 앉아서 생각했다. 이대로 날이 밝아 승유가 참형을 당하기 전에 무엇이든 해야 했다. 스승님께서 목숨을 걸고 자신을 숨겨 주었던 일이 떠올랐다. 승유가 만나던 여인이 공주가 아니라 궁녀라고 한 마디만 했더라도 삭탈관직이라는 수모는 겪지 않으셨을 것이다. 그런데 한낱 궁녀의 목숨을 살리고자 자신의 목숨을 걸었던 스승님이 아니던가. 그때 그 일을 생각하니 이제 두려울 것이 없었다.

세령은 사랑채 안에 걸려 있는 아버지의 대검들을 물끄러미 바라보다 한 자루를 꺼내 들었다.

그리고는 입궐을 위해 집을 나서는 수양의 앞에서 제 목에 검을 대고 김승유에게 내린 참형을 거두어달라고 단호하게 말했다.

격노한 수양은 오히려 세령에게 호통을 쳤다.

"네가 나서면 당장 김승유의 목을 베겠다 하지 않았느냐?"

"그분을 베시려거든 저부터 베십시오."

세령도 한 치의 양보가 없었다.

"네 감히 연정 따위에 휘둘려 이 아비 앞에서 네 목숨이라도 끊겠다는 것이냐?

"연정에 휘둘리는 것이 아니라 무고한 목숨을 해하려는 아버지를 막고자 함입니다."

"네 목숨을 앞세워 이 아비를 협박하는 게냐?"

"이번만큼은 제 뜻을 꺾으실 수 없을 것입니다."

"네 목숨 따위로 이 아비의 뜻을 막을 수 있다 생각하느냐?"

이미 죽기를 각오한 세령에게는 아무 말도 들리지 않았다. 그 순간 검을 뽑는 섬뜩한 소리가 수양의 귀에 꽂혔다.

"한 발짝만 더 다가오면, 제 목을 벨 것입니다."

세령이 결연히 말하고는 서슬 퍼런 칼날을 제 목에 갖다 대었다.

"그분의 목을 베는 순간, 저 또한 주저 없이 뒤따를 것입니다."

세령의 길고 고운 목덜미에서 새빨간 핏방울이 흘러내렸다. 기가 막히다는 표정으로 세령의 모습을 바라보던 수양이 그대로 뒤돌아섰다. 제 딸의 성정性情을 수양은 잘 알고 있었다. 세령은 한다면 하고야 마는 그런 딸이었다. 그래서 반가의 규수답지 않게 천방지축이었지만 그 당돌함과 거침없음이 귀여워 더욱 애지중지하던 딸이었다. 그런 딸이 칼날을 목에 대고 아비에게 반기를 드는 꼴을 보니 수양은 기가 막혔다.

참형을 집행하라는 단종의 교지는 아직 내려오지 않고 있었다. 온녕을 비롯한 측근들은 교지 따위가 무슨 상관있느냐고 말했지만 수양의 머릿속은 복잡했다. 그것은 세령이 때문이었다. 자신의 욕망을 채우려고 세령의 마음 따위 아랑곳하지 않은 채 짓밟았던 것이 수양이다. 하지만 승유가 참형된다면 세령이 진정 제 목을 베어버릴지도 모르는 일이었다. 역도들의 참형날, 수양의 딸이 자결한 것이 세상에 알려진다면 그 또한 낭패였다. 그렇다고 측근들에게 승유의 참형을 물리자고 말할 수도 없는 노릇이었다. 수양은 욕심이 많은 사람이었다. 딸의 마음도 돌리고, 제 욕심도 채우면서, 측근들에게 강한 면모를 계속 일깨우고 싶었다. 그렇기 때문에 아무 말도 하지 못한 채 어찌 해야할지 홀로 고민에 휩싸였다.

그런 복잡한 수양의 마음을 단번에 풀어줄 묘책을 떠오르게 한 것은 단종이었다. 이미 많은 피를 보았는데 그 핏줄들마저 굳이 참형에 처해야겠느냐고 수양에게 말했던 것이다. 그러나 단종의 말을 대번에 수긍하는 것도 보기에 좋지 않았다. 그것은 단종의 기를 살리는 일이 될 수도 있었다. 왕실의 안위를 위협하는 역도들이라는 말로 수양은 단종의 청을 일단 꺾었다.

그런데 금성대군을 앞세우고 경혜와 정종, 이개 등이 편전으로 들어왔다. 잡혀 있는 죄인들이 역모를 꾸민 게 사실이라면 그 증좌를 내놓으라며 단종에게 읍소했다. 금성대군이 수양의 매서운 눈길을 피하지 않은 채 억울한 죽음을 그만 멈추어야야 한다고 강하게 외쳤다.

단종은 아직 제 편이 남아 있다는 사실에 안도했다. 고립무원인 줄로만 알았지만 아직 자신을 전하로 굳건히 믿고 따르는 충신들이 있다는 것을 깨닫자 마음이 조금 단단해졌다.

그리하여 수양에게 참형을 중지하라고 엄중한 어조로 명을 내렸다.

수양은 세령의 일 따위는 머릿속에서 사라졌을 정도로 강한 충격을 받았다. 김종서가 죽고 난 뒤 종이인형으로 전락해버렸다고 생각했었다. 마냥 어린 조카인 줄로만 알았는데 그 조카가 다시 기운을 되찾는 것 같아 등골이 서늘해졌다.

참수대 위는 핏물로 얼룩져 있었다. 망나니의 섬뜩한 춤사위는 한층 더 달아올랐다. 참수를 구경하러 왔던 이들도 명분을 알 수 없는 끔찍한 참수에 저마다 고개를 돌렸다.

하지만 차례를 기다리는 승유의 얼굴은 아무런 표정도 없었다. 오히려 빨리 차례가 오기를 담담하게 기다리고 있었다. 아무런 미련도 없었다. 아버님과 형님을 잃고, 귀여운 아강이와 형수님을 잃고, 벗에게 배신당하고, 사랑하는 여인에게 배신당한 승유의 가슴은 메마른 땅처럼 쩍쩍 갈라져 있었다.

마침내 승유가 참수당할 차례가 되었다. 드디어 고통스러운 악몽을 끝내게 되었다고 믿었다. 승유는 고개를 들어 시리도록 푸른 하늘을 올려다보았다. 하늘 높이 솔개 한 마리가 헤엄치듯 날아가는 것이 멀리 보였다.

그때였다. 어명을 든 별감이 도착했다. 김승유를 양인의 신분을 박탈하고 강화부로 유배를 보내라는 어명이었다. 어명을 읽는 별감의 목소리를 들으며 승유는 목숨이 참으로 질기다고 생각했다. 그것이 구차하여 승유는 눈을 질끈 감았다.

해가 중천을 넘도록 한 자리에서 꼿꼿하게 앉아 목에 장검을 들이

대고 있던 세령의 몰골은 말이 아니었다. 몸이 휘청거리고 몇 번이나 검을 놓칠 뻔했다. 초가을 날씨건만 태양은 머리 위에서 뜨겁게 내리쬐고 있었다. 하지만 아직도 참형을 멈추었다는 소식은 들려오지 않았다.

세령은 이대로 끝이라고 생각했다. 이 한 목숨 끊어 아버지가 저지른 죗값을 조금이라도 씻을 수만 있으면 그것으로도 좋다고 다짐했다. 그때 수양이 돌아왔다. 그럴 줄 알았다는 눈빛으로 세령을 바라보던 수양이 천천히 다가왔다. 그리고 세령이 그토록 듣고자 했던 소식을 전해주었다.

세령의 원願을 들어 참형을 중지하고 김승유를 유배 보내기로 했다는 말에 세령은 정신이 번쩍 들었다. 하지만 목에 댄 검을 곧바로 내리지는 않았다.

"진정이십니까?"

"오늘 같은 일을 또다시 벌인다면, 그때는 용서치 않을 것이다!"

수양이 안으로 들어가자마자 동생 숭이 달려와 세령의 검을 빼앗았다.

마침내 승유가 참형을 면했다는 안도감과 피로가 몰려와 세령은 쓰러질 것처럼 휘청거렸다. 그동안 계속 세령의 옆에 서서 함께 기다리고 있던 여리가 울먹이며 달려와 세령을 부축했다.

'참으로 다행이다. 그분이 살 수 있어서 참으로 다행이다…….'

수양은 승유를 살릴 생각이 전혀 없었다. 세령에게는 딸의 마음을 받아들여 참형을 중지시킨 것처럼 전했지만 그것은 세령을 달래기 위한 술책에 지나지 않았던 것이다.

 강화도로 나가는 배를 침몰시켜 그들을 모두 수장시킨다면 세령에게 약속을 지켰다는 체면도 세우면서, 적들을 일거에 없앨 수 있는 좋은 방법 아닌가. 어쩔 수 없는 천재지변으로 승유가 죽었다는 소식이 알려진다면, 세령도 마음을 접게 될 거라고 수양은 생각했다.

 앓던 이가 빠진 것처럼 속이 시원하면서도 한편으로는 어쩌자고 세령이 같은 딸을 낳았을까 싶어 수양은 한숨이 절로 나왔다. 그리 귀엽고 살갑던 딸이 눈을 부릅뜨고 협박하던 모습이 떠오르자 심기가 불편했다. 배를 침몰시키는 일은 차질이 없어야 했다. 만에 하나 일이 틀어져 살아남은 자가 생긴다면, 그리하여 무슨 일이 있었는지 혹시라도 세령의 귀에 들어간다면, 당돌한 딸아이가 어찌 나올지는 불을 보듯 뻔한 일이었다.

 수양의 간악한 흉계를 알 리 없는 세령은 승유를 만나러 한성부로 찾아갔다. 마지막으로 승유에게 용서를 구하고 싶었다. 용서를 구하는 것이 자신의 마음을 가벼이 하려는 것만은 아니었다. 다만, 승유를 향한 세령의 마음이 진심이었다는 것을 전하고 싶었다. 그분이 진심을 알아주신다면, 그분의 마음도 조금은 가벼워지지 않을까 싶었다. 세령은 벗과 연인에게 배신당했다고 생각하고 있을 승유를 조금이라도 위로해주고 싶었다.

 세령은 한성부를 출입하는 일이 쉬워졌다는 사실이 오히려 씁쓸했다. 아무나 못 들어간다고 막아서던 군사들이 이제는 여리가 수양대군의 따님이라는 말만 하면 세령에게 머리를 조아리며 문을 열어주었다.

여리를 입구에 기다리게 하고 홀로 옥사 안으로 들어간 세령은 복도를 지나며 끔찍함에 몸을 떨었다. 여기저기서 들리는 고통에 겨운 신음과 함께 옥사 안은 피 냄새, 고름 냄새로 가득 차 있었다. 참혹한 몰골을 하고 옥에 갇힌 이들을 바라보는 세령의 표정이 무겁게 가라앉았다. 한 칸 한 칸 지나갈 때마다, 한 사람 한 사람의 처참한 모습과 마주칠 때마다 제 아비의 죄업이 느껴져 가슴팍에 돌이 놓이는 듯 마음이 무거웠다. 순간, 옥 안에 홀로 덩그러니 앉아 있는 승유를 발견한 세령은 걸음을 멈추었다. 승유의 머리카락은 산발로 헝클어져 있고, 팔다리는 성한 곳이 한 군데도 없어 보였다. 승유는 세령이 쳐다보는 줄도 모르고 초점 없는 눈동자로 멍하니 허공을 응시하고 있었다.

세령은 말없이 승유 앞으로 다가갔다. 애통함에 옥의 창살을 붙잡고 눈물을 애써 집어삼키는데, 승유가 고개를 돌렸다. 그러더니 무표정하던 승유의 얼굴, 초점 없이 희미하던 눈동자가 갑자기 번뜩이더니 표정이 달라졌다. 세령은 그가 천천히 일어나 다가오는 것을 가만히 기다렸다.

밝게 웃는 모습이 참으로 마음에 들었던 그분의 얼굴이 증오심으로 불타는 얼굴로 바뀌어 세령에게 다가오고 있었다.

몇 걸음 걸어오던 승유가 갑자기 짐승같이 포효하며 두 손을 앞으로 뻗쳤다.

그리고는 곧장 세령의 가느다란 목을 사정없이 움켜잡았다. 세령의 목이 힘없이 꺾였다.

승유는 죽일 것처럼 이를 앙다물며 세령의 목을 졸랐다. 세령은 조용히 눈을 감은 채 승유의 손에 자신을 내맡겼다. 참으려 했지만 세령의 눈에서는 뜨거운 눈물이 흘러내렸다.

세령은 숨이 막혀오는 고통보다 자신을 죽이고 싶을 정도로 증오하는 마음으로 가득찬 승유를 보는 것이 더욱 고통스러웠다.

'얼마나 원망스러우십니까? 저를 얼마나 원망하셨습니까…….'

죽음의 문턱

"제 이름은, 이세령입니다. 부디 살아남아
저를 죽이러 와주십시오.
스승님의 손에 죽을 날을 기다리고 있겠습니다."

"네 정체가 무엇이냐? 네가 정녕 수양의 딸인 것이냐?"

세령의 목을 조르는 두 손에 더욱 힘을 가하며 승유가 분노에 찬 음성으로 고함쳤다.

세령은 아무 말도 하지 못한 채 고통으로 일그러질 무렵 송자번과 군사들이 달려왔다. 죽일 듯 세령의 목을 조르는 승유의 손을 다급히 떼어놓았다.

승유의 두 손이 창살 밖으로 뻗어나오며 부르르 떨렸다. 승유는 충혈된 눈을 부릅뜬 채 세령을 쏘아보았다. 세령은 살아 있는 제 자신이 원망스러웠다. 오늘이 지나면 이제 다시 만날 수 없는 사람이었다. 그래서 차라리 승유의 손에 목숨을 잃었으면 하고 생각했었다. 승유의 증오심을 풀어주고, 자신의 무거운 짐을 벗을 수만 있다면 이렇게 그의 손에 죽어도 좋다고 생각했다.

하지만 그런 마음을 알 리 없는 승유는 감히 네가 어찌 이곳에 나타나느냐고 절규하며 저주의 말을 퍼부었다.

"내 손으로 너와 네 아비의 숨통을 끊어줄 것이야……. 갈가리 찢어 죽여줄 것이야!"

잔뜩 독기 어린 눈으로 세령을 쏘아보며 발악하는 승유를 세령은 그저 담담하게 바라보았다.

광기 어린 승유의 모습을 보는 것은 참을 수 없을 만큼 비통했다. 차분해진 세령이 승유를 바라보며 입을 열었다.

"제 이름은, 이세령입니다. 부디 살아남아 저를 죽이러 와주십시오. 스승님의 손에 죽을 날을 기다리고 있겠습니다."

지난날이 주마등처럼 승유의 머리를 스치고 지나갔다.

세령을 만나면서 아무것도 의심하지 못한 자신의 어리석음을 참을 수가 없었다. 헛된 사랑이었다. 모든 것이 거짓이었다. 거짓된 여인의 치마폭에 싸여 아무것도 보지 못했던 지난날이 한스러웠다. 무엇보다 평생을 함께하려고 가슴에 품은 그 여인이 수양의 딸이었다는 것이, 원망스러웠다. 그녀의 감정이 모두 거짓일지도 모른다는 게 가슴이 찢어질 듯 아팠다. 그 거짓 때문에 아버님이 비명에 가셨다 생각하니 자책감에 현기증이 나고 미칠 지경이었다.

세령은 마지막으로 승유의 얼굴을 제 가슴에 새겨 넣고는 그대로 뒤돌아섰다. 눈물이 솟구쳤지만 그런 감정을 들키기 싫어 이를 앙다물고 애써 눌러 참았다. 세령의 가슴에 승유의 절규가 못이 되어 박혔다. 그 끔찍한 고통에 세령은 제 가슴을 부여잡은 채 멈춰 서서 숨을 헐떡거렸다. 꽉 막힌 곳에 갇힌 것처럼 숨이 막혀 왔다. 밭은 숨을 몰아쉬며 한 걸음 걷다가 휘청거리는데 누군가 세령을 붙들어주었다. 여리인 줄 알고 쳐다보니 신면이었다. 세령은 매섭게 그의 팔을 뿌리치며 한성부를 나왔다. 조용히 세령을 뒤따르는 신면을 쳐다보는 여리의 표정에 근심이 가득했다.

어두운 밤길을 걸어가던 세령이 갑자기 걸음을 멈추고 제 가슴을 탁 탁 내려치기 시작했다.

한 번, 두 번, 세 번……. 몇 번을 내리쳐도 가슴팍을 짓누르는 답답함은 사라지지 않았다. 숨이 막혀와 어깨를 들썩이며 숨을 들이마셨지만 소용이 없었다. 담담하던 세령의 표정이 점차 일그러졌다. 다시 힘껏 제 가슴을 내리치던 세령이 조금씩 흐느끼기 시작했다. 꾹꾹 눌러 참았던 감정이 마구 휘몰아치며 튀어나왔다. 눈물이 쉴 새 없이 흘러내렸다. 하지만 세령은 울어서는 안 된다는 마음으로 눈물을 닦아냈다. 숨을 고르며 억지로 아무렇지 않은 듯 담담해지려고 애썼다.

그때 신면이 세령의 팔을 휘어잡으며 끌고 갔다.

"지금 뭘 하는 것입니까?"

세령이 신면의 팔을 홱 뿌리치며 말했다. 신면은 세령의 팔을 다시 붙잡고는 무작정 잡아끌었다.

"댁으로 가시지요. 혼인할 여인을 야밤에 홀로 보낼 수는 없습니다."

세령은 그렇게 말하는 신면이 끔찍하게도 싫었다. 제 벗이 죽는다고 해도 눈 하나 깜짝하지 않던 이 사내와 혼인을 해야 한다는 사실에 몸서리가 쳐졌다.

"벗을 배신한 파렴치한과는 한순간도 같이 있고 싶지 않습니다!"

세령이 가시 돋친 말을 내뱉고는 신면의 손을 다시 한 번 뿌리쳤다. 세령의 말은 신면에게 날카로운 비수처럼 와서 꽂혔다. 하지만 신면은 아무런 말도 할 수가 없었다. 그저 제 마음을 몰라주는 세령이 원망스러워 눈을 부릅뜨고 바라 볼 뿐이었다. 세령은 그 집요한 시선을 마주하다 차가운 바람소리를 내며 돌아서서 걸어갔다. 신면은 조금의 틈도 주지 않는 그녀의 뒷모습을 물끄러미 바라보았다.

'벗을 배신한 파렴치한이라…….'

대문 앞에 선 세령은 평생을 살아온 집인데, 오늘따라 이 집이 너무도 낯설게 느껴졌다. 온화한 성품의 자상한 어머니와 마음이 넓은 아버지, 듬직한 남동생 숭과 깍쟁이 세정과 함께 단란하게 살아온 지난 세월이 모두 거짓처럼 느껴졌다. 어둠 속에 가라앉은 저택의 모습을 바라보는 세령의 얼굴이 참담했다. 여리가 그만 들어가자고 세령을 채근하는데, 때마침 외출에서 돌아오던 수양과 마주쳤다.

밤바람을 쐬고 왔다고 서둘러 변명하는 여리의 말이 무색하게, 세령은 한성부에 가서 승유를 만나고 왔다고 태연히 말했다.

"참으로 당당하구나. 네 목에 칼을 들이대 살린 자라 이것이냐?"

수양은 자신을 쳐다볼 생각도 않는 세령의 태도가 괘씸했다. 그래서 승유를 살리면 죽을 때까지 아비의 뜻대로 살겠다고 약조했던 세령의 말을 꺼냈다. 잊지 않았다고 담담하게 말하는 세령에게 수양은, 신 판관과의 혼인날을 잡을 것이니 마음을 다잡으라는 말을 내뱉고는 먼저 대문으로 들어가버렸다. 피바람 속에 무고한 이들의 목숨을 앗아간 지 얼마나 되었는가, 그런데 혼례를 서두르겠다니 믿을 수 없었다. 세령은 혼례를 서두르는 것을 신 판관도 아는지 궁금했다.

신면은 운종가 기방 객방에 홀로 앉아 병째 벌컥벌컥 술을 들이키며 수양과 세령의 대화를 곱씹고 있었다.
"네 목에 칼을 들이대 살린 자라 이것이냐?"
수양은 분명 세령에게 그렇게 말했다. 그리고 신면은 세령의 목덜미에 선명하게 칼자국이 나 있던 것을 보았다. 참으로 허탈했다. 이토록 가까이 다가가려 노력했건만 정작 세령의 마음은 죽음을 각오할 정도로 승유에 대한 연모로 가득 차 있었던 것이다. 무엇 때문에 여기까지 왔던가.

세령에 대한 원망이 커져갈수록 그녀를 자기 사람으로 소유하고 싶다는 욕망이 더욱 거세졌다. 어쩌면 이 피비린내 나는 싸움 끝에 신면을 위로해줄 수 있는 사람은 오직 세령뿐이라는 생각이 그의 욕망을 더욱 부추겼다.

술을 한껏 들이마셨지만 신면은 취하지가 않았다. 답답한 속마음을 풀어내고 싶어도 말할 사람이 아무도 없었다.

신면은 휘청거리는 발걸음으로 한성부를 향했다. 옥에 갇힌 승유의 처참한 몰골을 보면 제 울분이 조금은 씻겨나갈까 싶었다. 승유의 옥 앞에 털썩 주저앉아 노려보았지만, 승유는 신면을 외면한 채 쳐다보지도 않았다. 그 냉담한 표정이 신면의 심장을 매섭게 긁어대는 것 같았다. 떨어져나온 심장이 그의 입에서 거침없이 뿜어져나왔다. 머릿속에서 승유를 괴롭히고 싶은 마음이 치밀어 올랐던 것이다. 신면은 정말로 세령을 죽이려 했느냐고, 그래도 한때 마음에 품었던 여인을 진정 죽이려 했느냐고 승유에게 물었다.

그러자 승유가 이를 갈며 신면을 쏘아보더니 세령이 수양의 딸이라는 것을 알고 있었느냐 되물었다. 신면은 아무 말도 하지 않은 채 희미하게 웃었다.

그래, 나는 알고 있었다. 나는 알고도 마음에 품었다. 그런데 너는, 그 여인이 수양의 딸이라는 것을 알자마자 목을 졸라 죽이려 들었다. 그러고도 연모했다 말할 수 있느냐…….

"그 여인이 널 살리려 목숨까지 걸었다면 믿겠느냐?"

비웃듯 내뱉는 신면의 말에도 승유의 표정은 변함이 없었다.

"나와는 상관없는 얘기다."

승유는 믿지 않았다. 목숨을 걸어 나를 어찌 살린단 말인가. 아니, 설령 그렇다고 하더라도 구차하게 연명하여 살아 있다 한들 무슨 의미가 있겠는가.

신면은 헛웃음을 지으며 자리에서 일어났다. 비틀비틀 걸어가는 신면의 뒷모습을 승유는 물끄러미 바라보았다. 문득 아강이가 머리를 스쳤다.

"면아!"

신면이 걸음을 멈추었다. 오랜만에 불린 자신의 이름이었다. 돌아보니 승유가 절박한 표정으로 자신을 바라보고 있었다.

"아강이와 형수님을 찾아봐줘. 그 부탁을 들어주는 대가라면 당장 내 목숨을 거둬 가도 좋다."

신면은 마음이 복잡했다. 그러나 어차피 승유는 죽을 목숨이었다. 승유는 마지막 부탁이라며 두 사람이 어딘가로 도망갈 수 있게만 해 달라고 간곡하게 청했다.

신면은 문득 묘한 쾌감을 느꼈다. 드디어 승유를 따라잡은 것 같은 기분이 들었던 것이다. 그리고는 곧 그 마음이 장부답지 못한 유치함의 발로일 뿐이라는 생각에 자괴감이 들었다.

"내가 왜 대역죄인의 식솔들에게 그래야 하지?"

마음과는 다르게 신면은 위악적인 소리를 내뱉었다.

"내 아버지에게 죄가 없다는 건 네 놈도 알잖아!"

승유가 벌떡 일어나 창살 쪽으로 다가오며 외쳤다. 하지만 신면은 냉담한 반응을 보일 뿐이었다.

"만일 네 아버지가 수양대군을 먼저 쳤다면 나는 그 안에, 네 놈이 이 밖에 있었겠지."

신면은 운명을 탓하라며 돌아섰다.

"운명 따위에 숨어 네 손에 묻힌 피가 정당하다 믿는 게냐?"

승유가 되받아쳤지만 신면은 아무 대꾸도 하지 않았다.

승유는 냉정하게 뒤돌아가는 신면을 쏘아보다 절박하게 창살을 붙들고는 아강이와 형수님을 어찌할 거냐고 소리쳤다. 대답을 듣지 못한다면 견딜 수 없을 것 같았다.

하지만 신면에게서는 아무 대답도 들을 수 없었다. 그저 잠시 돌아서서 잘 가라고 말한 것이 전부였다. 신면이 저렇게 잔인한 놈이었던가. 승유는 이제는 적이 되어버린 벗의 이름을 마치 저주를 퍼붓는 것처럼 목이 터져라 부르며 절규했다.

"면아!"

경혜와 정종 그리고 금성대군이 함거에 갇힌 채 유배지로 떠나는 안평대군의 모습을 바라보며 눈물을 삼킬 즈음, 한성부 옥사에 갇혀 있던 죄수들도 강화로 유배를 떠나는 길에 나섰다. 강화로 호송되어 노비 신세로 전락하게 된다는 사실을 알고도 승유는 아무 느낌이 없었다. 줄줄이 끌려나오던 죄수 한 명이 신면의 얼굴에 침을 뱉으며 "변절자 신숙주"라고 욕하며 "부자父子가 나란히 수양의 뒷구녕이나 빨라"고 악에 받쳐 소리쳤다. 신면을 향해 멸시 어린 저주를 퍼부으며 소름끼치게 웃어대는 그 죄수의 목을 신면은 가차 없이 베어버렸다. 손에 피 묻히는 것을 주저하지 않는 신면의 모습에 승유는 경악했다. 이번이 처음이 아니었건만 신면의 변해버린 모습이 아직도 믿을 수가 없었다.

죄수들을 줄줄이 오랏줄로 묶어놓은 긴 행렬 사이에 승유도 끼여 있었다. 멀리서 막아서는 군사들을 제치고 애타게 승유를 부르는 정종과 스승 이개의 모습이 보였다. 무사해야 한다고 목 놓아 외치는 스승의 목소리에 승유는 눈시울이 붉어졌다.

웅성거리는 사람들 틈에서 세령도 승유를 지켜보고 있었다. 휘청휘청 걸어가는 승유의 모습이 세령의 가슴속에 낙인처럼 박혔다. 울지 않으려고 입술을 깨무는 세령을 바라보던 여리는 애가 탔다. 이제 곧 혼례를 치러야 할 텐데, 어쩌려고 이리 마음을 못 놓는 걸까 안타까웠다.

세령은 그분이 가는 것을 보는 것도 자신이 겪어야 할 대가라고 생각했다. 잊지 말아야 했다. 아버지 수양 때문에 무슨 일이 벌어지고 있는지 두 눈으로 똑똑히 지켜보아야 했다. 그래서 마음이 찢어질 듯 아프더라도 이 고통의 대가를 달게 받아야 한다고 생각했다.

그때 한 무리의 아녀자들이 군사들에 의해 끌려오는 게 보였다. 하나같이 반가의 복색이었지만 고초 끝에 초췌해진 몰골이었다.

그 아녀자들 틈에 류씨와 아강이 있었다. 급작스러운 생활의 변화로 인해 아강은 생기를 잃고 쇠약해져 있었다. 어머니 류씨의 등에 업혀 가던 아강이 갑자기 축 늘어지는 것을 세령이 보았다. 어디선가 많이 본 아이의 얼굴에 세령은 가슴이 철렁 내려앉았다. 승유의 저택으로 찾아갔다가 만난 아이였다. 천진한 얼굴로 세령을 올려다보던 그 귀여운 꼬마 아가씨가 분명했다.

세령은 신면을 다그쳐 류씨와 아강을 의원에게 보냈다. 신면으로서는 달갑지 않은 세령의 청이었지만 한편으로는 제 마음이 편하고자 함이었다. 그리고 혹여 세령의 청을 들어주면 그에게 마음을 조금이라도 열어줄지도 모른다는 일말의 기대감 때문이었다.

　강녕전 동온돌에서 수양과 마주하고 있는 단종은 애써 마음을 다잡고 눈에 힘을 주었다. 자신이 조금만 용기를 낸다면 수양 숙부를 견제할 수 있을 것이라고 생각을 굳혔던 것이다. 안평대군에게 죄를 물을 증좌가 없다는 것을 수양에게 전하며 더이상 무고한 희생을 치르게 하지 말라고 단호하게 말했다. 그러나 수양은 단종이 어찌 나올지 예상하고 있었다. 단 한 번 어명이 받들어진 것을 두고 기세등등하여 공격해 올 것이라고 보고, 뛰어난 필사筆寫꾼을 시켜 안평의 글씨를 모방하여 서찰을 미리 만들어놓았던 것이다. 동생 안평의 아름다운 글씨와 그림을 더 이상 볼 수 없다는 안타까움이 잠시 찾아왔지만, 용상龍床을 꿈꾸는 수양의 욕망을 넘어서진 못했다. 단종이 말을 마치기가 무섭게 동부승지로 다시 영전한 신숙주가 들어왔다. 안평대군이 쓴 서찰에서 불궤한 내용이 발견되었다고 고했다. 뚜렷한 증좌를 두고 어찌할 바를 모르는 단종 앞에 수양은 안평대군에게 어서 사약을 내리라고 힘주어 말했다.

　경혜는 부마가 부른다는 은금의 말을 듣고 후원으로 나갔다. 새소리 울려퍼지는 후원에서 뒷짐을 지고 서 있는 정종을 보자, 경혜는 눈이 휘둥그레졌다. 온화하게 미소 짓고 있는 정종의 뒤로 아름다운 새집들이 나무 곳곳에 걸려 있었던 것이다. 경혜는 순간 궐 안에 있던 때로 돌아간 듯한 착각이 들었다.

"은금에게 들으니, 궐에서부터 새소리를 좋아하셨다 들었습니다."

정종의 말에 경혜는 마음이 흔들렸다.

"쓸데없는 짓을……."

경혜는 그의 마음씀씀이가 고마웠지만 마음과는 반대로 입에선 퉁명스런 대답이 나갔다.

정종은 공주가 후원에서 새소리를 들으며 다시 환하게 웃는 모습을 보는 것이 작은 소망이라고 말했다. 정말로 그랬다. 웃음을 잃지 않고 마음을 추스러야 힘을 낼 수 있는 법이다.

"불행 중 다행으로 안평대군과 승유를 살렸습니다. 하나씩 하나씩 전하와 공주마마의 울타리를 튼튼하게 지킬 것입니다."

정종이 장부의 눈빛으로 듬직하게 경혜를 바라보았다.

그의 미더운 눈빛을 마주하며 경혜는 잠시나마 마음이 평온해짐을 느꼈다. 그러나 평온함은 한 식경도 넘어가지 못했다. 안평을 사사하라는 상소가 빗발치고 있다는 소식이 들려온 것이다. 정종과 금성대군이 다급히 편전으로 찾아갔을 때는 이미 사약을 내리라는 교지가 내려진 후였다. 대소신료들의 압박과 쏟아지는 상소에 단종은 그만 두 손을 들고 말았던 것이다.

격노하는 금성과 부마 정종을 마주한 수양은 그 다음 수순을 밟을 준비를 시작했다. 저 강직한 외골수 성격의 금성이 자칫 함길도의 총통위*를 이끌고 쳐들어온다면 큰일이었다.

---

*총통위 : 조선시대, 화포를 전문으로 다루던 부대.

경혜는 안평에게 사약을 내리라는 교지가 떨어졌음을 전해 듣고 뒤통수를 맞은 것처럼 멍해졌다. 잠시나마 안심했던 것이 얼마나 어리석었던가. 수양 숙부가 얼마나 치밀하고 잔혹한 사람인지 새삼 깨닫고 분노와 두려움으로 파르르 떨었다.

안평대군이 사약을 받고 피를 토하며 쓰러질 즈음, 죄수들을 태우고 강화로 향하는 배 두 척은 바다를 가르고 있었다. 작열하는 태양 아래 바다를 가르는 대맹선[*] 갑판 아래에 죄수들이 철삭^{**}과 차꼬^{***}에 줄줄이 묶인 채 앉아 있었다. 죄수들 사이에 묶인 승유도 찜통처럼 달아오른 공기에 숨이 막힐 듯 갑갑했다.

대맹선을 뒤따르는 소맹선^{****}에는 한명회의 명을 받은 함귀 무리들이 있었다. 대맹선에 타고 있는 함귀의 첩자가 신호를 보내면 그때 모두 물고기 밥으로 만들어줄 셈이었다.

대맹선 안에 있는 죄수들은 반가의 자제들도 있었지만 거의 대부분이 시정잡배들이었다.

거리에서 굴러먹고 살던 이들인지라 눈치 하나는 기가 막혔다. 게다가 그것이 제 목숨과 관계되는 일이라면 두말할 나위가 없었다. 조석

---

*   대맹선 : 조선시대, 수영水營에 속했던 전선戰船. 3층의 큰 배로서 사면에 창이 나 있음.

**   철삭 : 철사를 꼬아서 만든 줄.

***   차꼬 : 옛 형구의 하나. 기다란 두 개가 토막나무를 맞대어 거기에 구멍을 파서 죄인의 두 발목을 그 구멍에 넣고 자물쇠를 채우게 되어 있다.

**** 소맹선 : 조선시대, 수영水營에 속했던 작은 싸움배의 하나.

주가 바로 그런 인물이었다.

그는 이 배가 강화로 향하고 있지 않다는 것을 이미 눈치채고 있었다. 포구에서부터 따라오던 소맹선의 정체가 영 찜찜했다. 게다가 강화는 이미 지나쳤다. 그러고 나니 이 배는 강화가 아니라 저승으로 가는 배라는 계산이 섰다. 석주는 저와 같은 철삭에 연결되어 있는 승유를 다그쳐 살아날 방도를 도모하고자 했으나 초점이 없는 승유의 눈을 보고 단번에 포기했다. 살기를 포기한 녀석을 다그칠 시간이 없었다.

그때 석주의 맞은편에 앉아 있던 죄수 한 명이 복통을 호소하며 온몸을 뒤틀며 토악질을 해댔다. 그 바람에 옆 죄수의 옷에 토사물이 튀자 소란이 일었다. 온몸이 묶인 답답함과 숨 막히는 열기 때문에 죄수들이 신경이 곤두서 있었다. 소란이 커지자 군장軍長이 다가왔다. 군졸이 다가와 옥사 문을 열자 군장이 군졸과 함께 들어오기가 무섭게 석주가 잽싸게 검을 뽑아들고 덤볐다. 함귀의 왈패가 상황이 다급해진 것을 확인하고는 서둘러 함귀가 있는 소맹선에 신호를 보냈다. 왈패가 다시 갑판 아래로 내려가 배 밑바닥으로 향하는 통로문을 열었다.

석주는 왈패의 수상한 행동거지를 보고 잔뜩 예민해진 채 열쇠를 내놓으라며 군장의 목을 겨눈 검에 힘을 주었다. 그때 쾅쾅하는 소리와 몇 번 울리는가 싶더니 갑작스레 배가 기우뚱했다.

그 바람에 아수라장이 되어버린 옥사 안에 피바람이 불었다. 그것도 잠시 바닷물이 배 밑바닥에서 치고 올라오자 묶여 있던 죄수들이

심하게 동요하기 시작했다. 군장은 부하들을 이끌고 서둘러 갑판 위로 올라가 바다로 뛰어들었다.

점점 차오르는 바닷물 속에서 서로 살겠다고 아귀다툼을 벌이는 와중에 승유는 죽음을 기다리는 듯 가만히 지켜보고 있었다. 열쇠는 다툼 끝에 물 속으로 가라앉고 철삭과 차꼬를 채 풀지 못한 죄수들의 잔혹한 생존다툼이 벌어졌다. 손에 검을 쥔 죄수들은 다른 이의 팔과 다리를 가차 없이 잘라냈다. 순식간에 옥사 안은 시뻘건 핏물로 가득해졌다. 석주는 철삭으로 연결된 승유를 이끌고 물속을 헤매다 구멍이 뚫린 배 밑창으로 빠져나갔다. 석주는 살기를 포기한 승유를 차마 내치지 못한 채 힘겹게 그를 이끌고 헤엄쳐 나왔다. 그는 살아야만 했다. 기필코 살아 돌아가 만나야 할 여인이 있었다. 그렇다고 해서 어딘가에 넋을 놓고 온 것 같은 샌님을 칼로 베어버릴 수는 없는 노릇이었다.

죽을 힘을 다해 수면으로 올라왔건만 기다리는 것은 함귀 무리의 화살세례였다. 함귀 무리들은 소맹선으로 기어 올라오는 군졸들의 목을 모조리 베었다. 혹시라도 말이 새어나갈 것을 막기 위함이라고 한명회가 명한 것이었지만, 함귀는 천성이 피에 굶주린 자였다.

지옥이 따로 없을 정도로 끔찍한 살육이 이어졌다.

석주는 멀리 보이는 무인도를 향해 사력을 다해 헤엄쳤다. 숨이 턱까지 차오르고 죽을지도 모른다는 두려움이 몸을 얼게 만들었지만, 그나마 승유가 움직여주는 것만으로도 고마울 지경이었다. 스무 명이 넘는 죄수들이었건만 무인도에 무사히 도착한 자들은 열 명도 채 되지 않았다.

그러나 땅을 딛고 숨을 고르기가 무섭게 뒤쫓아 온 함귀 무리들의 화살세례에 죄수들이 고꾸라지기 시작했다. 석주가 숲 속을 향해 내달리려는데 몸이 덜컥 걸렸다. 승유가 멍하니 서 있었던 것이다. 승유의 멱살을 틀어잡고 석주는 달렸다.

"너 때문에 내가 죽는다면 너는 살인을 한 것이나 진배없다!"

석주는 악을 쓰며 승유를 끌고 달렸다.

수양은 한성부에 들러 신면을 다독였다. 조만간 궐 안으로 불러들일 것이니 당분간은 한성부 소윤*으로 만족하라는 것이다. 뜻밖의 영진榮進**에 신면은 적잖게 놀랐다. 일전의 실수에도 불구하고 자신을 부드럽게 대해주는 수양의 모습에 감탄하면서도 무섭다는 생각을 지울 수 없었다.

돌아가는 수양을 따라나온 신면은 때마침 류씨와 함께 한성부로 돌아오던 세령을 발견했다. 그것을 보지 못하게 하고 싶었지만 수양이 먼저 세령을 보고 말았다.

아강을 업고 힘없이 옥사로 돌아가는 류씨의 뒷모습을 애처롭게 바라보는 세령을 보니 수양은 기가 막혔다. 어찌 저 아이는 멈출 줄을 모르는가! 딸을 불러 자중하라고 다그쳤지만 세령의 당당함에 말문

---

* 소윤 : 정4품에 해당하는 한성부의 관직명.

** 영진榮進 : 벼슬이나 지위가 높아짐.

이 막혔다. 세령이 좌상 김종서 대감의 며느리와 손녀를 데리고 의원에 다녀왔노라고 아버지의 두 눈을 똑바로 쳐다보며 말했던 것이다.

김종서, 김종서……. 아직도 김종서라는 이름이 수양의 머리를 지끈거리게 만들었다. 도대체 언제쯤이면 이 아이가 마음을 접고 아비의 마음을 알아줄까.

수양은 온화한 미소를 지으며 세령을 쳐다보았다. 그리고는 신 판관과의 혼례일이 결정되었으니 어여쁜 손자를 안겨달라고 부드럽게 말했다. 이미 각오한 일이건만 너무나 갑작스러운 말에 세령은 온몸이 얼어붙었다.

깊은 수풀 속에 숨어 어두워지기를 기다리고 있던 석주와 승유 앞에 함귀를 앞세운 왈패들이 모습을 드러냈다. 잔뜩 긴장한 채 석주가 숨을 죽이고 있는데, 갑자기 승유의 눈빛이 번득였다. 함귀의 얼굴을 보자마자 몸 안의 피가 끓어오른 것이다. 아버지의 목을 사정없이 내리치던 함귀의 얼굴을 어찌 잊겠는가. 죽더라도 저 놈만은 데리고 가야겠다는 생각에 자기도 모르게 튀어나가려는 것을 석주가 얼른 입을 틀어막으며 주저앉혔다. 이글거리는 눈빛으로 함귀를 쏘아보는 승유를 보고 석주의 표정이 묘해졌다. 이 놈은 도대체 누구인가?

함귀 무리들이 일단 물러나자 죄수들이 한자리에 모였다. 건장한 체구에 말쑥하게 생긴 이십대 초반의 왕노걸, 분명 험한 짓을 했음직한 짝눈과 만년 서생이었을 법한 얌전한 샌님이 전부였다. 살아서 나갈 궁리를 하던 그들은 우선 무기를 손에 넣자고 결론을 내렸다.

늦은 밤, 석주와 승유 일행은 코를 골며 자고 있는 함귀 무리들에게 조심스럽게 접근하여 검을 탈취하는 데 성공했으나 그만 들키고 말았다. 생각지도 못했던 혈투가 벌어졌다. 왈패 몇 명의 목을 베었지만 수적 열세였다. 숲속으로 서둘러 도망친 승유 일행은 어둠 속에 숨어 있다가 쫓아오는 함귀 무리들을 하나씩 제거했다. 왈패들이 자꾸만 속수무책으로 죽어 나자빠지자 칠갑이 눈치채고는 숲에서 나오라고 소리쳤다. 왈패들은 물러났지만 함귀는 살기로 번득이는 눈을 부릅뜬 채 숲으로 들어왔다.

승유는 함귀를 발견하자마자 앞뒤 잴 것 없이 뛰쳐나갔다. 함귀의 비열한 얼굴을 보자 참혹하게 살해당한 아버지의 얼굴이 겹쳐졌던 것이다. 그 바람에 철삭에 묶여 있던 석주도 함께 끌려 나갔다. 함귀가 승유를 발견하고는 만면에 미소를 띤 채 검을 휘두르며 달려들었다. 서너 명의 왈패들이 함귀와 함께 한꺼번에 검을 휘두르고, 석주가 정신없이 검을 받아치는 가운데, 승유의 칼날은 오직 함귀만을 향해 있었다. 분노로 온몸을 휘감은 승유의 공격은 매서웠지만 자유롭지 못한 몸 때문에 자꾸만 함귀에게 밀렸다. 그러다 승유가 검을 놓치자 그 틈을 놓치지 않고 함귀가 승유를 향해 검을 내리꽂았다. 승유는 두 손으로 칼날을 막았다. 승유의 손에서 피가 뚝뚝 흐르는 것을 보며 함귀는 이제 곧 승유의 목숨을 취한다는 쾌감에 젖어 야비한 웃음을 지었다.

'이대로 죽는 것인가.' 승유는 힘에 밀려 점점 가까이 다가오는 칼날을 바라보다 눈을 질끈 감았다. 순간 아버지의 얼굴이 머릿속을 스치고 지났다.

'승유야…….'

승유는 절규하듯 "아버지!" 하고 외치며 검을 맞잡은 손에 마지막 힘을 쏟아부었다. 순간 칼날의 방향이 휙 바뀌며 그대로 나무에 박혀버렸다. 그때를 놓치지 않고 석주가 자신의 검을 승유에게 던져주었다. 승유가 그 검을 허공에서 받자마자 그대로 함귀의 배를 향해 찔렀다.

함귀는 자신의 배를 쑤시고 들어가는 검을 경악스러운 얼굴로 바라보았다. 그리고는 비명을 지르며 검을 빼내려 발버둥을 쳤지만 그럴수록 승유는 일그러진 얼굴로 함귀의 뱃속을 향해 검을 더욱 깊숙이 찔러 넣었다. 승유의 얼굴에 함귀의 시뻘건 핏물이 튀었다.

함귀의 죽음에 당황한 왈패들이 머뭇대는 사이 석주는 승유를 이끌고 어둠 속으로 도망쳤다. 대체 무슨 원한을 품었기에 제 목숨 아까운 줄도 모르고 날뛰는 것인지, 석주는 복잡한 심경으로 승유를 바라보았다. 평범한 사내는 아닌 게 분명했다. 수양이 적들을 역모로 몰아 피바람을 일으켰다더니 혹시 그 풍파에 휩쓸린 높으신 집 자제는 아닐까 하는 생각이 머리를 스치고 지나갔다. 어쩌면 망나니 같은 놈들이 원하는 목숨은 바로 이놈이 아닐까 하는 생각도 들었다.

피 묻은 얼굴을 씻어내는 승유에게서 채 가시지 않은 분노의 피냄새가 풍기는 듯했다.

"보아 하니 아직 풀어야 할 원한이 남았군. 그래, 그 분노로 버텨라. 네가 살아야 내가 산다!"

공주의 남자 · 97

석주는 여전히 몸에 묶여 있는 철삭을 흔들어 보였다.

승유와 석주는 길 잃은 왈패 하나를 습격하여 얻은 도끼로 철삭을 끊어냈다. 징글징글하다는 얼굴로 승유를 보며 죽든 살든 마음대로 하라고 뇌까렸지만, 석주는 승유에게 묘하게 끌렸다.

그 사이 혼자 소맹선으로 숨어 들어가 도망칠 궁리를 하던 노걸이 칠갑에게 붙잡혔다. 함귀가 죽었다는 것에 독이 바짝 오른 칠갑의 덫에 걸려들었던 것이다. 칠갑은 노걸에게 죽기 싫다면 승유를 내놓으라고 잔뜩 겁박을 하고는 다시 풀어주었다.

노걸은 출중한 무예실력을 가진 자도 아니고, 사람들한테 떠벌린 것처럼 고려 왕조의 후예도 아니었다. 멀쩡한 허우대가 아까울 정도로 그는 나약하고 비겁한 자였다.

노걸은 승유만 넘기면 목숨을 구할 수 있다는 칠갑의 말을 그대로 믿었다. 아니, 그렇게 믿고 싶었다. 돌아온 노걸은 동료들에게 우두머리와 담판을 짓고 왔다고 잔뜩 허세를 부리며 말했다.

"저 놈만 넘기면 돼. 그럼 우리 모두 살 수 있다."

노걸이 승유를 향해 손가락을 가리켰다. 승유만 넘겨주면 모두 살 수 있다는 말에 짝눈과 샌님의 시선이 번뜩였다. 제 한 몸 살고자 하는 욕망으로 똑같은 죄수의 팔다리를 무참히 베어내고 도망친 짝눈이었다. 팽팽한 긴장이 흐르고 마침내 짝눈이 검을 집으려는데 석주가 말렸다. 분명히 함정일 것이었다. 그 말을 증명이라도 하듯 순식간에 나타난 칠갑과 막손 무리들이 샌님의 목을 베었다.

쫓기는 동물처럼 산길을 박차고 도망쳤지만 이렇게 계속 도망만 칠

수는 없었다. 석주는 승유를 물끄러미 바라보다 네 놈이 죽어야 이 모든 것이 끝나겠다며 입을 열었다.

그러나 승유는 죽기 전에 할 일이 있었다. 함귀의 배에 검을 꽂아 넣으며 깨달았다. 이대로 삶을 포기할 수는 없다는 것을.

석주와 함께 절박하게 산길을 도망치며 승유는 오직 한 가지 생각만 했다. 복수, 복수였다.

한참을 달린 끝에 둘은 절벽에 다다랐다. 칠갑 무리들이 이 기나긴 인연의 끝을 맺을 순간이 아쉬운 듯 혀를 끌끌 차며 다가왔다. 마지막 결전을 치르려는 순간, 갑자기 석주가 검을 휘두르며 칠갑에게 거래를 제안했다. 승유의 목숨을 원한다면 자신이 처리하겠다는 것이었다. 그러더니 말을 마치자마자 순식간에 승유의 옆구리를 검으로 쿡 찔렀다. 놀란 듯 휘청거리는 승유를 보는 칠갑과 막손의 눈도 휘둥그레졌다. 석주가 검을 다시 뽑아내자 승유가 털썩 주저앉았다. 참담한 고통에 일그러진 승유를 석주가 발로 걷어찼다. 승유의 몸이 절벽 아래로 굴러떨어졌다.

석주는 칠갑 무리에게 검을 겨눈 채 이제 어찌할 거냐는 듯 쏘아보았다. 생존에 대한 욕구로 번뜩이는 석주의 눈빛을 읽은 칠갑은 석주를 그냥 보내주었다. 석주가 사라진 뒤 칠갑 무리들이 절벽으로 다가가 내려다 보니 저 아래 피범벅이 된 승유의 주검이 널브러져 있었.

이를 한동안 지켜보던 칠갑과 막손은 앓던 이가 뽑힌 듯 시원하다는 표정으로 침을 퉤 뱉고 돌아섰다. 칠갑 무리들이 사라지고 나자 석주가 노걸과 함께 나타났다. 그리고는 다급하게 절벽 끝으로 다가갔다. 절벽 바로 아래 죽을 힘을 다해 나무 뿌리를 잡고 위태롭게 버티고 있는 승유를 석주가 끌어올렸다. 급소를 피해 찌른다고 했지만 피도 많이 흘린 데다 몸도 성치 않았다. 승유는 벼랑 위로 끌려 올라오자마자 정신을 놓고 기절해버렸다.

석주는 한시가 급했다. 도성으로 한시바삐 돌아가야만 이 묘한 사내의 목숨을 구할 수 있었다. 끙끙거리며 승유를 업고 내려오는 길에 잔뜩 주눅이 든 얼굴의 노걸이 앞을 막아섰다.

노걸의 무책임한 짓은 나중에 손을 봐도 늦지 않을 것이다. 석주는 노걸과 함께 승유를 데리고 서둘러 해변가로 내려왔다. 해변가에는 칠갑 무리가 버리고 간 소맹선이 두 척 있었다. 석주는 소맹선 바닥에 승유를 눕히고는 도성을 향해 배를 몰았다.

승유를 태운 소맹선은 어두운 밤 달빛에 의지하여 바다를 가르며 나아갔다.

모반의 꿈

마음을 주었던 오랜 벗과 마음에 연정을 품은 여인이 모두 자신을 배신했다고 믿었다.
이미 되돌릴 수 없는 인연이라는 것을 알면서도
승유는 누군가 심장을 베어버린 것 같은 아픔을 느꼈다.

파란색 비단으로 곱게 싼 함을 짊어진 함진아비와 신면이 수양대군의 저택으로 찾아왔다. 하늘은 더없이 맑고 드높았다. 구름 한 점 없이 화창한 날, 정혼자의 집으로 함이 들어가는 날이다. 승유는 이제 세상에 없다. 신면은 이제 세령과 자신을 가로막을 장애물은 없다고 생각했다. 무심코 함진아비를 돌아보았다. 세령과 혼례를 올리게 되다니 꿈은 아닌가 싶어 신면은 설레는 마음을 가눌 수 없었다.

하지만 세령을 만날 수는 없었다. 그저 수양대군과 윤씨에게 함을 건네고 세령의 얼굴은 보지도 못한 채 되돌아가야 했다. 세령은 아직도 승유에게 미련을 두고 있는 것인가. 설령 승유가 살아 있다고 해도 두 사람은 이루어지지 못할 인연임을 아직도 깨닫지 못한 것인가. 신면은 굳게 닫힌 세령의 방 앞에서 물끄러미 장지문을 바라보았다.

기다릴 것이다. 흐르는 세월이 약이라고 했다. 시간이 지나면 세령의 가슴속에 있는 승유의 그림자도 옅어질 것이고 그때쯤이면 세령도 자신을 받아들일 거라 생각했다.

　세령의 혼례일이 정해졌다는 소식에 마음이 바빠진 것은 바로 금성대군이었다. 세령의 혼사일에 거사를 도모할 것이라는 말을 경혜와 정종에게 전했다.

　금성으로서는 더는 미뤄서는 안 될 일이었다. 거짓 서찰을 꾸며내어 기어이 안평의 목숨을 앗아간 수양이라면, 곧 금성의 목숨도 취하려 들 것이라는 것은 삼척동자도 알 만한 일이었기 때문이다. 어려서부터 갖고자 하는 것은 반드시 손 안에 틀어쥐어야만 성이 찼던 수양의 성품을 금성은 잘 알고 있었다. 제 손 안에 들어오지 않는 것은 부숴버리든지 죽여버려야 흡족해했었다. 그런 차에 들려온 세령의 혼사 소식은 희소식이었다.

　눈엣가시 같던 정적政敵들을 대부분 제거하고 치르는 자식의 첫 혼례는 수양에게도 큰 기쁨일 것이다. 분명 조금은 방심할 것이고 금성은 바로 그 틈을 노릴 셈이었다. 하지만 정종과 경혜는 선뜻 내키지만은 않았다. 아무리 수양을 몰아내려는 대의를 위하는 것이지만, 한편으로는 축복받아야 할 혼사라고 생각했던 것이다. 그것이 몇 번을 찔러 죽여도 시원찮을 수양대군과 연을 맺는 혼례일지라도 정종에게는 아직도 벗에 대한 안타까운 마음이 남아 있었다. 게다가 자칫 섣불리 움직였다가 도리어 수양에게 발각된다면 전하에게 위해危害가 될 수도 있는 노릇이었다. 그러나 금성은 총통위 군사들을 움직일 것이라며 자신만만해 했다.

　"기어이 그들과 같은 방법을 쓰셔야겠습니까?"

정종은 또다시 피를 보아야 한다는 사실 때문에 마음이 무거웠다.

"이번 기회를 놓치면 돌이킬 수 없는 일이 벌어질지 모릅니다."

금성은 단호한 말투로 경혜와 부마를 바라보았다.

경혜는 물끄러미 부마를 바라보며 생각에 잠겼다. 금성숙부의 말이 옳을지도 몰랐다. 이대로 수양을 내버려두었다가는 아무것도 하지 못한 채 수양에게 모든 것을 내주어야 할지도 모르는 일이다.

마음을 굳힌 경혜는 전하에게 미리 언질을 주어야 한다고 생각했다. 일이 틀어지든 계획대로 성공하든 전하가 이 일을 알고 있어야 대비할 수 있는 방책이 생길 것이다.

경혜는 부마와 함께 입궐을 서둘렀지만 대문을 넘어서지도 못한 채 돌아서야 했다. 당분간 공주와 부마의 출입을 금하라는 수양의 엄명이 떨어졌기 때문이다. 어린 왕이지만 전하께서 분명히 건재함에도 불구하고 이 세상은 이미 수양의 손아귀에 들어간 것이나 다름없었다.

수양의 무리인 신숙주는 좌승지로, 권람은 동부승지로, 온녕군은 종부시를 각각 맡게 되었다. 아무런 힘이 없는 단종은 수양이 원하는 대로 교지를 내리는 꼭두각시 인형에 불과했다.

수양은 김종서를 비롯한 대역죄인들로부터 몰수한 토지와 가옥, 그리고 역도의 남은 식솔들을 노비로 부려 공신들에게 논공행상論功行賞[*]이 있어야 한다는 말로 단종의 기를 꺾어놓았다.

신료들을 둘러보던 단종의 창백한 얼굴을 보며 수양은 음흉한 미

※논공행상論功行賞 : 공적에 따라 상을 주는 일.

소를 지었다.

 조금만 더 밀어붙인다면 저 심약한 조카는 제 발로 옥좌에서 내려올 것이었다. 남은 것은 아우 금성대군뿐이다.

 한명회는 금성이 총통위와 접촉하고 있다는 첩보를 전했다. 금성이 곧 제 발로 사약을 마시러 걸어올 것이라며 킬킬대자 수양은 흡족한 듯 입가에 미소가 번졌다. 평생을 기다려온 순간 아니던가. 하루 이틀 더 늦어진다고 해서 달라질 것은 없었다. 오래전 관상감 박 주부는 수양에게 운명을 거스르고 싶은 것이냐고 물었었다. 그때 입 밖으로 내지는 않았지만, 수양의 마음속 대답은 분명했다.

 '운명을 거스르고 싶은 것이 아니라, 그것이 바로 나의 운명일세.'

 화려하게 수놓은 혼례복을 매만지는 세정의 눈은 반짝반짝 빛이 났다. 붉은 색 비단에 꽃들이 수놓아진 활옷이 방바닥에 펼쳐져 있는 모습은 참으로 아름다웠다. 세정은 혼례를 앞둔 세령의 표정이 곧 죽을 날짜를 받아놓은 사람마냥 늘어져 있는 것을 이해할 수 없었다. 이렇게 예쁘고 화려한 옷을 입고 혼례를 치르면 기분이 날아갈 것만 같을 텐데……. 게다가 형부가 될 신 판관은 용모도 준수하고 체구도 당당하신 분 아닌가. 활짝 웃는 모습을 한 번도 보지 못한 것이 아쉽긴 하지만 무관의 용모로는 흠잡을 데가 없었다. 그런 늠름한 장부와 이렇게 아름다운 옷을 입고 혼례를 치르게 될 언니는 무엇이

불만인지 세정은 도통 알 수가 없었다. 설마 아직도 역적 김종서의 아들을 마음에 품고 있는 건가? 그렇게 생각하니 제 언니가 더욱 답답했다. 남들은 모두 부러워하고 벌벌 떠는 수양대군의 딸이라는 자리가 얼마나 대단한지 그 위용을 모르는 언니가 참으로 바보 같아 보였다.

세령은 세정의 이런저런 타박이 귀에 들어오지 않았다. 예전부터 둘은 참 많이 다른 자매간이었다. 세상물정 모르기는 자매가 마찬가지였겠지만 거칠 것이 없고 세상에 대한 궁금증이 많은 세령에 비해, 세정은 화려한 것을 좋아하고 다른 사람들 위에 군림하기를 좋아했다.

"난 언니랑 달라. 아버지께서 어떻게든 임금이 되셨으면 좋겠어. 그래야 내가 공주가 되지!"

제 욕심을 얼굴에 그대로 드러내며 세정이 말했다. 공주마마 소리를 듣고야 말겠다는 세정의 말에 세령은 한숨을 쉬었다.

'네가 듣게 될 공주마마라는 말에 얼마나 많은 피가 스며들어 있을지 진정 모르는 것이냐.'

세령은 활옷을 세정의 품에 떠안기고는 방에서 그만 나가라고 했다. 그렇지 않아도 머리가 터질 것처럼 아프고 힘이 없었다. 류씨와 아강이가 어찌 되었나 알아보라고 심부름을 보냈던 여리가 가져온 소식 때문이었다. 류씨가 온녕군의 노비로 들어갔다는 말에 하늘이 무너지는 것 같았다. 시아버지와 남편을 죽인 원수의 집에서 노비로 살아야 한다는 것. 힘없는 아녀자로 그들을 위해 밥을 하고 청소를 하고 빨래를 해 바쳐야 한다는 것이 얼마나 수치스러울까 짐작조차 할 수 없었다.

세령은 여리와 함께 무작정 온녕군의 집으로 찾아갔다. 무엇을 해야 할지, 무엇을 할 수 있을지는 알지 못했다. 아무것도 할 수 없다면 그분께 무릎을 꿇고 사죄라도 해야 한다고 생각했다. 그런데 그곳에서 세령은 신면과 마주쳤다.

세령을 뒤쫓아 온 모양이었다. 놀란 얼굴로 바라보는 세령에게 그들을 위해 도대체 무엇을 할 수 있느냐고 신면은 다그쳤다. 세령은 그들의 노비 생활만은 벗어나게 해주어야야 한다고 마음먹었다. 그들이 치욕스러운 노비생활을 면할 수만 있다면 그 후의 일은 아무래도 좋았다.

신면은 세령의 결연한 눈빛을 보며 생각에 잠겼다. 지금은 세령의 마음을 다독여야 할 때였다. 게다가 지금쯤 어두운 바닷물속 깊은 곳에 가라앉아 있을 승유가 떠올랐다. 옥사에서 마지막으로 보았을 때 제발 형수님과 아강이를 빼내달라고 절규했던 승유의 목소리가 신면의 귓가를 맴돌았다.

도와주자. 그녀를 위해, 나를 위해. 그리고 승유를 위해…….

세령은 여리를 시켜 병색이 완연한 아강을 등에 업고 빨래터에 나온 류씨를 몰래 빼내는 데 성공했다. 신면이 마련해준 가마에 류씨를 태우고 승법사로 데려갔다. 믿을 만한 곳은 그곳뿐이었다. 더 안전한 곳에 몸을 숨길 만한 거처가 생길 때까지는 승법사 신세를 져야 할 것 같았다.

류씨는 귀한 집 여식처럼 보이는 아가씨가 왜 위험을 무릅쓰고 자신을 도우려는지 알 수 없었다.

'돌아가신 아버님께 신세를 지신 분인가…….'

그 이유는 아무래도 상관 없었다. 원수의 집에서 노비살이를 하는 것보다 신분을 알 수 없는 그녀를 따라 위험을 무릅쓰는 편이 나았다. 게다가 승유 도련님이 결국 목숨을 잃었다는 소식에 한줌 희망조차 사라진 참이었다.

"참으로 고맙습니다. 승유 도련님 소식에 천지가 무너져 내리는 줄 알았는데……. 하늘도 무심치만은 않으십니다."

류씨는 동자승들 사이에 물끄러미 앉아 있는 아강이를 바라보았다.

"도련님 소식이라니, 그것이 무슨 말씀이십니까?"

세령이 휘둥그레진 눈으로 류씨를 바라보았다.

"강화로 가는 배가 침몰했다는 소식을 듣지 못하셨습니까? 살아남은 이가 없다 들었습니다."

류씨가 토하듯 말을 내뱉고는 눈물을 흘렸다.

세령은 하늘이 원망스러웠다. 어찌 그분의 목숨을 앗아가는 거냐고 하늘을 향해 소리치고 싶었다. 세령은 류씨에게 눈물을 보이고 싶지는 않아 고개를 쳐들고 하늘을 쏘아보았다.

세령은 스승님과 함께 걸었던 승법사 길을 힘없이 걸었다. 환하게 웃으며 부채로 장난을 걸고 입맞춤을 해주던 승유의 모습이 떠올라 하염없이 눈물이 차올랐다. 하늘은 어쩜 이렇게도 무정하단 말인가. 세령은 눈물이 앞을 가려 어떻게 걷는지도 몰랐다. 흐릿한 시야로 저만치 서 있는 그림자가 있었다. 문득 승유의 얼굴이 겹쳐 보여 세령은 자기도 모르게 눈을 깜빡이며 그곳을 쳐다보았다.

'스승님…….'

하얗게 이를 드러내고 환한 미소로 세령을 바라보는 승유를 발견하자 세령은 자기도 모르게 발걸음이 빨라졌다. 하지만, 눈앞에 나타난 사람은 그리운 그분이 아니라 신면이었다.

"스승님께서 잘못되었다는 것이 사실입니까?"

세령이 그렁그렁 눈물이 맺힌 눈으로 신면에게 물었다.

신면은 잠시 놀랐다. 세령이 자신을 향해 달려올 때 얼굴에 비친 그 표정은 무엇이었을까. 이제야 마음을 열어 자신을 반겨주는 것인가 싶어 순간 마음이 일렁였었다. 그런데 그 표정은 나를 보고 지은 것이 아니었단 말인가.

승유가 죽었다는 걸 왜 말해주지 않았느냐는 세령의 다그침에도 신면은 아무 말도 할 수 없었다.

마포나루 근처는 유곽으로 유명한 곳이었다. 운종가 기방들과는 사뭇 다른 이곳은 유곽의 군락을 이루어 한껏 선정적인 분위기의 거리였다. 향긋한 분 냄새가 하루 종일 거리를 떠돌고, 밤이 새도록 기녀들의 간드러진 웃음소리가 그치지 않는 곳이었다.

석주와 노걸이 달구지를 끌며 조심스레 마포나루로 들어섰다. 붉은 등이 여기저기 켜져 있고 술 취한 사내들의 소매를 잡아끄는 여인들의 낭창거리는 몸짓이 눈을 돌리는 곳곳에서 펼쳐졌다. 여인들을 원없이 보게 된 노걸의 벌어진 입은 마포나루에 들어서면서 닫힐 줄을 몰랐다. 세상천지에 이런 곳이 있었던가. 조선팔도의 미색들은 죄다 마포나루에 모여 있는 것 같았다. 노걸은 얼굴을 숨겨야 할 죄인의 신분이라는 것도 잠시 잊고 휘둥그런 눈알을 굴리기에 바빴다. 한심한 듯 노걸을 바라보던 석주의 얼굴이 멀리 '빙옥관' 간판이 보이자 조금 상기되었다.

빙옥관에는 석주의 여인이 있었다. 빙옥관의 여주인 초희는 석주가 평생을 건 단 한 명의 여인이었다. 초희는 차갑고 냉랭한 미모를 지녔지만 그 쌀쌀한 말투 속에 깊고 진한 애정이 담겨 있다는 것을 석주는 잘 알고 있다. 굳이 말을 주고받지 않아도 눈빛만으로도 두 사람은 서로를 이해했다. 그녀를 이곳에 혼자 남겨둘 수 없었다. 초희 곁에는 석주가 있어야 하니까.

한때 빙옥관을 비롯한 마포나루 일대는 석주의 손아귀에 놓여 있던 곳이었다. 석주의 수하였던 공칠구한테 배신당하기 전까지 마포나루는 그가 관리하던 곳이다. 그런 곳에 다시 돌아온 이유는 당연히 초희 때문이었지만 감히 주인을 물어버린 개, 공칠구에게 복수하기 위해 돌아온 것이다.

석주는 어디서 감시하고 있을지 모를 공칠구 패거리의 눈을 피해 조심스레 빙옥관으로 숨어들었다. 죽은 줄 알았던 석주가 돌아온 것이 가슴이 벅차도록 반가운 일이었지만 초희는 겉으로는 기쁜 마음을 내색하지 않았다.

"젯밥 먹여주려 했더니 안 죽고 살아오십니다."

초희가 야박하게 말을 해도 석주는 빙그레 웃기만 했다.

"살아 돌아온 게 서운한가?"

지금은 초희와 밀린 얘기를 나눌 때가 아니었다. 죽음의 문턱에서 헤매고 있는 놈부터 살려야 했다. 도성으로 들어오는 내내 놈은 한 번도 깨어나지 못하고 열에 들떠 헛소리만 해댔다. 빨리 무슨 수를 쓰지 않는다면 오자마자 송장 치울 일이 생길 참이었다.

승유는 이틀을 내리 고열에 시달리더니 사흘째 되던 날에야 겨우 열이 내렸다. 하지만 정신을 차리지 못하고 계속 깊은 잠에 빠져 있었다. 빙옥관의 기녀들은 번갈아가며 승유가 누워 있는 객방에 들락거렸다. 병수발을 든다고 들어온 기녀들은 선이 고운 승유의 얼굴에 넋을 잃고 지켜보기 일쑤였다. 그중에서도 아직 머리를 올리지도 않은 어린 기녀 소앵은 문턱이 닳도록 그 방을 들락거렸다. 두 살 연배의 기녀 무영의 타박에도 소앵은 아랑곳하지 않았다. 무영은 아름다운 외모를 가졌지만 어딘가 모르게 묘한 분위기를 풍기는 기녀였다. 노걸이 그녀의 기묘한 매력에 흠뻑 빠져 농지거리를 걸었다가 된통 당했다. 무영은 단연코 빙옥관의 최고 기녀이지만 아랫도리에 남자의 것을 달고 있다는 소앵의 말에 노걸은 머리털이 쭈뼛 서는 것 같았다. 그런데 요상하게도 그녀, 그, 아니 뭐라고 불러야 좋을지 모를 무영은 보면 볼수록 알고 싶은 호기심을 자극하는 묘한 매력을 풍겼다.

수양은 청풍관에서 이상한 이야기를 전해 들었다. 온녕군의 집에 노비로 사사된 김종서의 며느리와 손녀가 자취를 감추었다는 것이다. 수양은 문득 류씨와 함께 있던 세령의 모습이 떠올라 찜찜했다. 세령은 "역모로 몰아 죽인 것도 모자라 그 식솔들을 노비로 삼다니 잔혹하다" 말하지 않았던가. 어쩌면 세령이 그들을 숨겨준 게 아닌가 의심이 들어 수양은 세령의 처소로 찾아갔다.

수양은 세령의 방 앞에 서 있는 신면과 마주쳤다.

"내 이상한 소리를 들었네. 김종서의 식솔들이 자취를 감추었다던데……. 세령의 짓인가?"

수양이 단도직입으로 물었다. 신면은 자기가 한 일이라고 말했지만 그게 아니라는 것쯤은 수양도 잘 알고 있었다. 만약에 신면이 한 일이라면 그저 세령을 도와주려했던 것뿐일 것이다.

수양은 세령의 불찰을 감싸주려는 신면의 모습에 마음은 든든했지만 세령이 이렇게 계속 엇나가게 내버려둘 수는 없다고 말했다.

"지금은 내버려두는 게 좋을 듯합니다. 배가 침몰되었다는 사실을 안 모양입니다. 이번 일만은 아가씨의 뜻대로 해주시는 것이 좋을 것입니다. 만일 김승유의 남은 식솔들마저 잘못 되었다는 사실을 알게 된다면……."

수양은 강화로 가는 배가 침몰되었다는 것을 세령이 알게 된 것, 만일 김승유의 남은 식솔들까지 잘못된다고 세령이 생각한다면 어찌 될 것인가 신경이 쓰였다.

"제 목에 칼을 대면서까지 김승유를 살리고자 했던 분 아니십니까?"

수양은 물끄러미 신면의 얼굴을 보다 불 꺼진 딸의 장지문을 쳐다보았다.

신면의 말이 옳았다. 그런 일이 벌어진다면 이번에는 칼을 대는 시늉으로 끝나지 않을지도 모른다. 수양은 김종서의 식솔들을 더는 찾지 말고 자결했다 소문을 내라고 신면에게 명했다.

승유가 탄 배가 침몰했다는 소식은 정종의 귀에도 들어갔다. 이미 저잣거리에 자자하게 퍼져 있는 소문이었다. 멀쩡하던 배가 그대로 침몰했다는 소식은 정종을 경악하게 만들었다.

멀리 강화로 노비신분으로 갈지언정 목숨만은 건질 수 있을 거라 생각했었다. 그렇게 하루하루 살다보면 언젠가 다시 얼굴을 마주할 날이 올 줄 알았다. 그런데 이렇게 억울하게 죽다니, 그 차가운 바닷물 속에서 얼마나 춥고 외로웠을까. 정종은 안타까운 마음에 탄식하듯 승유의 이름을 여러 차례 불러보았다.

눈물이 나고 분통했다. 억울하고 원통해서 속이 시커멓게 타들어가는 듯 아팠다. 경혜공주 앞에서 눈물을 보일 수 없어 등을 돌리고 말았지만 흐느끼는 어깨까지 감출 수는 없었다.

경혜는 부마의 뒷모습을 안타깝게 바라보고 있었다. 손을 뻗어 그의 등을 어루만지며 위로해주고 싶었다. 조심스레 다가가 부마의 등을 매만지려는데 그만 멈칫 멈추고 말았다. 은금이 다가와 정종에게 손님이 찾아왔다 고했기 때문이다.

경혜는 홀로 후원에 남아 새장을 바라보았다. 암수 서로 정답게 홰에 앉아 있는 관상조를 보고 있노라니 마음이 저렸다. 부마에게 아직 제 마음을 온전히 보여주지 못한 것이 안타까웠다. 그러나 받는 것에만 익숙해진 경혜는 제 마음을 표현하는 방법은 미처 알지 못했다.

그에게 냉정하게 대했던 때가 떠올라 그저 미안하기만 했고, 마음대로 움직여주지 않는 제 자신이 원망스러웠다.

'한 순간도 마음을 주지 않는 당신, 이제 당신께 기대도 되겠습니까?'

정종은 마당에서 서 있는 신면을 보자 분노가 치밀었다. 게다가 면이의 태도는 승유가 죽었다는 사실을 이미 알고 있었던 것 같아 참을 수 없었다. 그런데 자신의 혼례에 후행을 서달라는 부탁을 하러 온 신면을 마주하고 있으려니 현기증이 일었다. 후행을 선다면 참극을 목도하게 될 것이다. 정종은 그것만은 보고 싶지 않았다.

"종아 너의 혼례 때처럼 이번엔, 네가 내 후행이 되어줘. 이제 나에게 벗이라고는 종이 너 하나뿐이다."

담담하게 말하는 신면의 얼굴을 보니 정종의 마음이 흔들렸다. 누구와 혼인을 하든 진정으로 축하해주겠노라 말했던 때가 떠올랐다. 하지만 그 후에 벌어질 일을 알았더라도 그 말을 할 수 있었을까, 정종은 괴로운 마음으로 신면을 바라보았다.

그때, 서릿발 같은 목소리로 경혜가 신면을 다그쳤다.

"감히 어디 그 더러운 발을 들이는 게요!"

서늘한 적대감에 잠시 멈칫했던 신면이 경혜에게 예를 갖추었지만, 경혜는 아랑곳하지 않고 쏘아붙였다.

"이 집에서 그 손에 죽어나간 목숨이 몇인데, 그 뻔뻔한 얼굴로 여기 서 있단 말이오, 다시는 이집에 얼씬도 하지 마시오!"

경혜는 분노로 일렁이는 눈빛으로 신면을 한껏 노려보았다. 부끄러움도 모르는 자 같으니. 더 이상 꼴도 보기 싫다는 듯 경혜는 찬바람을 일으키며 그대로 가버렸다.

정종은 애써 평정심을 되찾으며 신면에게 다른 이를 찾아보라 말하고 경혜의 뒤를 따라갔다. 아무래도 피가 뿌려질 벗의 혼례에 가고 싶지 않았다. 거사는 막을 수 없었고 뜻을 달리하는 벗이라지만, 참혹한 마지막 모습을 눈으로 보고 싶지 않았다. 마당에 홀로 남아 있는 신면의 시선이 뒤통수를 자꾸 간질였지만 정종은 뒤를 돌아보지 않았다. 잠시 침묵이 흐른 뒤 기다리겠노라는 신면의 외침이 들렸다.

며칠 동안 계속 이렇게 잠만 잔 것일까. 세령은 꿈속을 헤맸다. 꿈속에서는 모든 것이 평온했다. 아버지 수양은 온화한 미소로 전하를 충심으로 모시고 있고, 좌상 김종서 대감도 건재했다. 공주마마는 부마와 함께 귀여운 아기를 낳아 다복하게 살고 있었고, 승유는 세령과 함께 말을 타고 들판을 달렸다. 달려도, 달려도 끝이 나지 않을 것 같은 너른 들판을 승유와 경주하듯 말을 타고 달렸다. 꽃바람이 불어와 세령의 뺨을 간지럽혔다. 그런데 갑자기 어두운 먹구름이 몰려들며 사방이 시커먼 암흑 속으로 잠겨들어갔다. 정신없이 달리던 세령의 눈앞에 저 멀리 끔찍한 벼랑이 나타났다. 세령이 승유에게 멈춰야 한다고 소리쳤지만 목소리가 나오지 않았다. 아무것도 모르는 채 승유가 뒤를 돌아 빨리 오라며 세령에게 미소 지었다. 그리고 다시 앞을 달리던 승유가 비명을 지르며 벼랑 아래로 떨어졌다. 시커먼 바닷물이 승유를 집어삼켰다. 세령이 절규하며 뒤따라 말을 몰고 뛰어내릴 찰라, 누가 뒤에서 잡아끌었다.

"스승님……!"

세령은 승유를 부르며 눈을 떴다. 땀이 범벅이 된 채 방안을 둘러보자 울상이 되어 세령의 손을 잡고 있는 여리가 보였다. 여리는 멍한 눈으로 방안을 둘러보는 세령의 모습을 보니 그저 안스럽고 걱정이 되었다. 여리는 자신과 눈을 맞춘 세령의 눈에 물기가 가득 고이는 것을 여리는 보자 마음이 아팠다.

며칠 동안 곡기도 끊은 채 내리 잠만 잤던 아가씨였다. 마치 죽기로 작정한 것처럼 잠에서 깨어나지 못하는 것이 안타까워 여리는 정신없이 세령을 흔들었었다. 그 심정이 통했는지 오늘은 눈을 떴지만 어딘가 예전과 다른 세령의 표정에 여리는 눈물이 났다.

세령은 가슴속에 무언가 하나 빠져나간 것 같은 기분이 들었다. 마루에 앉아 따뜻한 오후 햇살을 받으며 이대로 저 햇빛 속에 사라질 수 있으면 좋겠다고 생각했다. 눈에 보이는 집안의 모든 것이 낯설고 어색했다. 어머니 윤씨에게서 신 판관이 혼사를 일부러 미뤄주었다는 말을 들었지만 아무 감정이 없었다. 혼례를 치르든 그렇지 않든 세령에겐 아무 관심도 없었다.

그저 마음속에 걸리는 것은 류씨와 아강이 뿐이었다. 혹시나 그 사이에 무슨 일이 생긴 것은 아닌지 눈으로 직접 확인해야 했다. 며칠을 앓아눕고 일어나서 또 밖으로 나간다는 세령의 말에 윤씨는 한숨부터 내쉬었다. 말려봤자 소용없는 짓이라는 것을 윤씨는 알고 있었다.

빙옥관의 객방이 모여든 기녀들로 미어터졌다. 승유가 드디어 정신을 차리고 일어난 것이다. 소앵이 호들갑을 떨며 승유의 옆에 붙어서 연신 얼굴을 닦아주었다.

"송장 치울 일 안 생겨 다행이야."

초희는 아무렇지도 않게 툭 내뱉었다. 아무리 봐도 꼴값 할 면상이라며 무영이 입술을 삐죽거렸지만 소앵에겐 들리지 않았다. 나가서 일할 채비를 하라는 초희의 말에 기녀들은 하나둘씩 방에서 빠져나갔다.

승유는 자기가 지금 누워 있는 곳이 어딘지 감이 오지 않았다. 운종가 기방과는 분위기가 사뭇 다른 곳이었다. 그래도 죽지 않아 다행이라 생각했다. 이대로 죽을 수는 없었다.

승유가 가까스로 일어나 앉는데 옆구리에 찔린 상처가 욱신거렸다.

"더 누워 있어. 생각보다 상처가 깊었어. 미안하네."

객방 한구석에 앉아 있던 석주가 지나가듯 말했다. 승유는 상관없다는 듯 석주를 바라보았다. 그 옆에 노걸이 서 있는 것을 보고 승유는 반사적으로 매서운 눈으로 그를 쏘아보았다. 그러자 노걸이 대뜸 무릎을 꿇으며 얼굴 볼 낯이 없다며 사죄했다.

"여기는 어디요?"

승유가 석주에게 물었다.

"마포나루 근처 유곽이네. 믿을 만한 곳이니 다른 생각 마."

승유는 다시 자리에 누웠다. 상처가 아물 때까지는 아무 생각하지 않기로 했다. 승유가 살아 있으리라고는 그 누구도 짐작도 하지 못할 것이다. 저승에서 살아 돌아온 사자使者가 되어 수양의 목숨을 갈기갈기 찢어놓으리라 마음을 다잡았다.

세령은 여리를 데리고 승법사로 갔다. 날카로운 햇살이 쏟아져 내려와 현기증이 일었다.

여리는 제가 가서 보고 온다는데도 굳이 길을 재촉하는 아가씨가 걱정되어 따라나섰다. 김승유라는 도련님이 이 세상에 없다는 것을 여리도 알고 있었다. 아가씨가 삶의 끈으로 잡고 있는 것이 승법사에 모셔놓은 분들이라는 것을 누구보다 잘 알고 있는 여리는 아가씨가 승법사로 가는 걸 말릴 수 없었다.

승법사로 올라가는 길은 세령에겐 고통이었다. 이 곳은 온통 승유와의 추억으로 가득 수 놓여진 길이 아닌가.

모든 것이 끝났다고 생각했을 때, 홀로 승법사 마당에 서서 붙잡을 수 없는 인연에 눈물 흘렸던 그때, 거짓말처럼 승유가 나타나 세령을 안아주었던 날이 생생하게 떠올랐다. 꿈이 아닌가 싶었던 때, 꿈이면 어쩌나 싶었던 그때가 떠올라 승법사로 한 걸음 발을 옮길 때마다 세령의 가슴은 먹먹하게 메여왔다.

그런데 그 모든 상념을 딛고 올라왔는데 류씨와 아강이의 모습이 보이지 않았다. 갑자기 말도 없이 사라졌다는 동자승들의 말에 세령의 심장이 덜컥 내려앉았다. 신 판관…….

세령은 여리의 만류를 뿌리치고 그길로 한성부로 향했다. 신면은 분명 알고 있을 것이다.

"어디에 넘겼습니까?"

독기 서린 세령의 말에 신면은 묵묵히 바라만 보았다. 부쩍 수척해진 세령의 모습에는 예전의 그 풀잎같은 싱그러움은 찾아볼 수가 없었다. 승유는 세령을 두고 천방지축이라고 했지만 신면은 그런 모습을 제대로본 적이 없었다. 화를 내고 원망하고 절망하는 그녀의 모습만을 보았었다. 하지만 그랬던 때에도 생기 넘치는 파릇한 아가씨였다. 그런데 승유가 죽었다는 사실이 세령의 생기를 앗아갔다 생각하니 마음속에는 알 수 없는 분노가 치밀어 오르고 있었다.

"왜 말씀을 못하십니까? 그 어린것과 여린 부인을 어떤 공신에게 갖다 바쳤냐 이 말입니다. 혹 신 판관의 집으로 끌고 간 것입니까?"

매섭게 몰아붙이는 세령의 말은 신면의 가슴을 후벼 팠다.

'나를 이렇게만 보는 것인가?'

뒤엉키는 마음을 애써 참으며 신면은 말없이 세령을 쏘아보았다.

"그렇게 보지 마십시오. 오랜 벗과 그 벗의 아비를 무참히 죽인 자를, 어찌 좋게 볼 수 있겠습니까?"

세령이 덧붙인 말은 신면의 인내심을 무너뜨렸다. 신면은 그대로 세령의 팔을 휘어잡고 끌고 나갔다.

팔을 놓으라고 외치는 세령의 말에는 아랑곳하지 않은 채 무작정 세령을 말에 태웠다. 말에서 떨어져도 상관없다는 듯 세령은 몸부림쳤다. 그의 손길이 제 몸에 닿는 것이 몸서리쳐지도록 싫었다. 그렇게

놓으라고 악다구니를 치는 동안 두 사람을 태운 말이 한적한 초가에 다다랐다. 세령이 말에서 제 힘으로 내렸다. 그리고는 뒤이어 내린 신면의 뺨을 후려쳤다. 노여움이 가시지 않아 부들거리는 몸을 다잡으며, 다시는 몸에 손을 대지 말라며 차갑게 쏘아붙였다.

그때 류씨의 목소리가 들렸다. 놀라 돌아보니 초가에서 나온 류씨와 아강이 세령을 반기며 나왔다. 세령이 당황스러워 돌아보니 어느새 신면은 모습을 감추고 보이지 않았다. 마치 무엇에 홀린 것처럼 세령은 멍하니 류씨를 바라보았다. 예전보다 좋아진 안색으로 맞이한 류씨와 아강 덕분에 세령의 마음이 조금은 편해졌다.

그 시각 승유는 다친 몸을 추스르고 도성을 걷고 있었다. 핼쑥해진 얼굴이었지만 어느 정도 상처가 아물고 나니 바깥 공기를 맡고 싶었던 것이다. 정처 없이 걸음을 옮기다보니 승유는 어느새 옛 집 앞에 서 있었다. 조심스레 대문을 열고 들어갔다. 대문이 열리는 순간 승유는 그날의 악몽이 되살아나는 듯 몸을 움찔했다. 아무 일도 없었던 것처럼 멀쩡한 집이었건만 어디선가 피비린내가 나는 것 같았다. 불과 얼마 전까지만 해도 수많은 가노들이 북적거리고 아강이의 맑은 웃음소리가 떠다니던 집이 폐가처럼 어두운 침묵 속에 가라앉아 있었다.

승유는 아버지의 사랑채를 쳐다보았다. 지금이라도 장지문을 열고 "승유야" 하고 부를 것만 같았다. 그때 사랑채 뒤편에서 청소도구를 들고 나오던 중년 아낙이 승유를 보고는 귀신이라도 본 듯 화들짝 놀랐다. 얼른 나가지 않으면 사람을 부르겠다고 윽박지르는 아낙네에게

이 집의 가솔은 어찌 되었느냐고 승유가 물었다.

"이 집이 뉘 집이었는지는 아시오? 대역죄인 김종서 집이오."

아낙네는 끔찍하다는 듯 몸서리를 치며 김종서의 가솔들은 노비로 팔려갔다고 알려줬다. 그리고는 승유의 행색에 혀를 끌끌 차며 어디 가서 김종서 이름을 입에 담지도 말라며 주의를 주었다. 승유는 형수님과 아강이가 노비가 되었다는 말에 정신이 아득해졌다. 소식을 전해준 아낙에게 고맙다는 말도 하지 못한 채 휘청거리며 걸음을 옮겼다.

류씨는 비록 외진 곳에 있는 초가에 불과하지만 마음은 너무나 평온하다고 했다. 승유의 벗이라는 사람이 구해준 초가집에 먹을 것 입을 것을 챙겨주는 마음씀씀이에 사례를 하고 싶어도 누군지 알 길이 없어 답답해 하던 차였다. 그 친구분이 누군지 혹시 아느냐고 류씨가 물었다. 세령은 말없이 고개를 끄덕였다.

"돌아가신 아버님과 도련님께서도 많이 고마워하실 거라 전해주십시오."

만약 세령과 신면의 정체를 알고도 고마워할까 생각을 하니 마음이 쓰라렸다. 아무것도 모른 채 생명의 은인인 듯 대해주는 류씨에게 죄스러운 마음을 감출 수가 없었다.

세령은 무거운 발걸음으로 초가를 내려왔다. 먼 발치에 신면이 기다리고 있었다. 세령은 류씨를 도와준 신면의 속내를 알 수 없어 물끄러미 바라보았다. 하지만 신면은 아무 말도 하지 않았다. 그러고 보니 어디로 숨겼느냐고 몰아붙였을 때부터 그는 아무런 변명도 하지 않았었다.

　말을 사이에 두고 집으로 걸어오는 내내 두 사람의 입은 굳게 닫혀 있었다. 신면은 아무 말도 하고 싶지 않았다. 여전히 파렴치한으로밖에 보지 않는 세령에 대한 원망이 그의 입을 다물게 했던 것이다.

"무척 고맙다 전해달라 하셨습니다."

　세령이 침묵을 깨고 말했다.

"나인 줄 알았다면 가증스럽다 침을 뱉었겠지요."

　신면이 냉소적으로 답했다. 세령은 우뚝 걸음을 멈추고 신면을 바라보았다.

"그런 비난을 받는 것이 부당하다 생각하십니까?"

　세령의 담담한 물음에 신면은 아무 말도 하지 못했다.

"오해한 것은 죄송합니다. 허나 미리 말씀을 해주셨다면……."

　세령이 한성부로 찾아가 화를 낸 것에 대해 용서를 구하는데, 신면이 문득 말을 잘랐다.

"그리했다면, 믿으셨겠습니까?"

　스스로를 비난하듯 쓴웃음을 삼키며 신면이 말했다.

"어디로 빼돌려 죽이지는 않았나 싶어 전전긍긍하셨겠지요. 아가씨께 나는 그런 놈 아닙니까? 무슨 연유로 그런 선택을 했는지 들어볼 필요조차도 없는 냉혈한, 친구를 죽이고도 괴로워할 줄 모르는 파렴치한. 그렇지 않습니까?"

　신면이 한껏 비아냥거리며 세령을 향해 쏘아붙였다. 세령은 잠시나

마 미안했던 마음이 일순 사라지고 얼굴이 딱딱하게 굳어버렸다. 벗을 배신하고 무고한 이의 목숨을 앗는 일에 이유가 있는가? 그런 끔찍한 이유라면 듣고 싶지 않았다.

세령은 예를 갖추고 돌아서는데, 신면이 버럭 소리를 질렀다.

"대체 얼마나! 얼마나 기다려야 나를 돌아봐주겠소? 돌아서는 그 등을 보는 일이 얼마나 시린지 알기나 하오?"

세령은 끝내 뒤를 돌아보지 않은 채 신면에게 돌아가라 냉정하게 내뱉었다. 그리고는 대문을 향해 발걸음을 서두르는데 문득 성큼성큼 다가오는 발자국 소리가 들렸다.

신면이었다. 야속하게 등을 돌리고 가는 세령을, 돌아봐주지 않는 그녀를, 어찌 할 수 없는 그녀가 너무도 미웠다. 신면은 세령이 그토록 미웠지만 조금이라도 그녀의 마음을 얻고 싶어 애달파하는 자신의 모습에 화가 나서 견딜 수가 없었다. 신면은 세령의 팔목을 홱 낚아채고는 그녀를 돌려세웠다.

그리고는 놀란 세령이 뭐라 말할 틈도 없이 그대로 품에 안았다. 신면은 심장이 터질 것 같았다. 품안에 있는 세령이 도망칠까 두려워 그녀를 안은 두 팔에 힘을 잔뜩 주었지만, 가냘픈 세령의 몸이 부서질까 겁이 났다. 이대로, 이대로 내 품에서 영원히 있어주오…….

세령은 숨이 막힐 것 같았다.

'이 사람은 내 사내가 아니다. 내 사내가 될 수 없다.'

세령은 마음 깊숙한 곳에 아직도 생생하게 살아 있는 승유를 잊을 수 없었다.

승유는 끓어오르는 증오의 힘에 밀려 무작정 수양대군의 집으로 찾아갔었다. 하지만 아직 완전히 아물지 않은 상처에 무기도 없는 맨몸으로 무엇을 할 수 있단 말인가. 그런 자신이 한심하고 원망스러워 수양의 저택을 불같이 노려보고만 있었다. 그때 세령과 신면이 말을 끌고 오는 모습이 보였다. 먼발치서 보고 있는 승유의 눈에는 두 사람의 모습이 무척 다정해 보였다.

수양에 대한 분노의 화살이 문득 그 두 사람에게 가서 꽂혔다. 불현듯 수양대군 댁 장녀와 혼담이 오간다고 말했던 신면의 말이 떠올랐다. 승유는 무언가 얘기를 주고받는 세령과 신면의 모습에 심장이 차갑게 얼어붙었다. 마음을 주었던 오랜 벗과 마음에 연정을 품은 여인이 모두 자신을 배신했다고 믿었다. 그 순간 신면이 세령을 힘껏 끌어당겨 품에 안는 모습을 두 눈으로 똑똑히 보았다. 이미 되돌릴 수 없는 인연이라는 것을 알면서도 승유는 누군가 심장을 베어버린 것 같은 아픔을 느꼈다. 두 사람이 안고 있는 모습을 더는 볼 수 없어 승유는 그대로 돌아섰다. 끝없이 매질을 당하다보면 어느새 고통은 사라지고 무감각해지는 순간이 온다. 지금 승유가 그랬다.

파도처럼 쉼없이 밀어닥치는 고통이 뼛속 깊숙이 파고들어 그의 모든 감각을 죽여버렸다.

어두운 골목으로 사라지는 승유의 뒷모습은 마치 성난 야수처럼 부들부들 떨고 있었으며 고독하고 위험해 보였다.

슬픈 연정

'살아 돌아와 이 불쌍한 목숨을 가져가시지 그러셨습니까.
그러면 마음에 없는 혼례를 치르지 않아도 좋았을 것을.'
세령은 이불에 얼굴을 파묻고 하염없이 눈물을 흘렸다.

"놓으십시오!"

세령은 있는 힘껏 신면의 몸을 떠밀었다. 그리고는 자기도 모르게 두어 걸음 뒤로 물러섰다. 불타오르는 것 같은 신면의 눈빛이 못 견디게 싫었지만 세령은 그 시선을 피하지 않은 채 똑바로 쏘아보았다.

"혼사를 앞둔 사이라 하나 이리 함부로 구십니까? 혼례는 치를 것입니다. 허나 언감생심, 제 마음까지 가지려 들지 마십시오!"

세령은 매섭게 내뱉고는 예도 갖추지 않은 채 돌아섰다.

"평생! 아가씨는 나와 함께하게 될 것입니다. 나는 천천히 그 마음을 열겠습니다."

신면의 말이 세령의 귓가에 아찔하게 날아와서 박혔다.

세령은 휘청거리는 몸을 애써 다잡으며 대문으로 걸어갔다. 혼례, 그저 혼례만을 생각했던 세령의 머릿속이 아득했다. 신면의 말이 맞았다. 평생 함께 있게 될 것이다. 평생을…….

갑자기 혼인을 한다는 것이 뼈저리게 실감이 났다. 승유를 가슴에 품고 다른 사내를 지아비로 맞아 평생을 살아야 하는 자신의 현실이 아프게 가슴을 짓눌렀다.

무거운 발걸음으로 장지문을 열고 들어가던 세령이 멈칫 했다. 수양이 방에 앉아 기다리고 있었던 것이다. 세령은 조용히 맞은편에 가서 앉았다.

수양이 잠시 아무 말도 없이 세령을 쳐다보았다. 세령은 예의 그 온화한 얼굴로 마주보는 수양의 속내를 짐작할 수가 없었다.

"네가 김종서의 식솔들을 옮겼느냐?"

수양이 물었다.

세령은 눈을 들어 아버지의 얼굴을 똑바로 쳐다보았다.

"국법에 어긋나는 일임을 몰라 겁도 없이 그런 짓을 저지른 것이냐?"

수양은 낮은 목소리로 여전히 부드럽게 물었다.

"제 가족을 몰살한 자의 집에 들어가 노비살이를 해야 하는 가련한 여인들을 만드는 것이 이 나라의 법도란 말입니까? 그런 악법 따위는 마땅히 지키지 않아야 할 것입니다."

세령의 당당한 말에 수양의 표정이 조금씩 일그러졌다.

"아녀자의 몸으로 나와 정사를 논하려 드느냐?"

"정사가 아니라 사람의 도리에 관해 말씀 드리고 있을 뿐입니다."

수양의 나무람에도 세령은 물러서지 않았다. 수양은 제 딸의 말에 막막함을 느끼고는 한숨을 쉬었다.

"머지않아 이 아비의 선택이 너와 우리 가족을 위한 옳은 일이었음을 깨닫는 날이 올 것이야."

수양은 그때가 되어 다시 돌이켜 보라 말하며 자리에서 일어났다.

"당장 옳지 않은 일이 먼 훗날에는 옳은 일이 된다는 말씀이십니까?"

당돌하게 되묻는 세령의 말에 수양은 말문이 막혔다. 당장은 옳지 않다……. 수양은 딸이 아비의 죄를 묻고 있다는 것을 알았다. 아비가 꾸는 꿈을 비난하고 있다는 것을 깨달았다. 하지만 어찌 제 아비에게 이런 냉정한 말을 내뱉을 수 있을까 싶어 수양은 언짢았다.

그러나 내색하지 않은 채 세령을 바라보았다.

"너의 차가운 말들이 아비의 마음을 참으로 아프게 찌르는구나. 자식의 마음조차 얻지 못하는 가장이 무슨 아비의 자격이 있겠느냐."

수양의 뒷모습을 세령은 말없이 바라보았다. 힘없이 쳐진 아버지의 두 어깨를 보니 세령의 마음이 잠시 흔들렸다. 아버지는 정말 옥좌에 마음이 없으신 것인가. 그저 우리 가족의 안위를 위해 정적을 없애신 것뿐인가. 아버지의 속내를 알 수 없어 세령의 마음은 엉킨 실타래처럼 어지럽게 헝클어졌다.

승유는 밤거리를 정신없이 걸었다. 신면이 세령을 끌어안는 모습을 보자마자 뒤돌아섰다. 차마 그 모습을 똑바로 볼 수가 없었다. 승유는 자신이 만나온 그 여인이 세령이라는 것을 신면이 알았을까 의심이 들었다. 그는 분명히 알고 있었을 것이다. 게다가 세령 역시 혼담이 오가는 자가 신면이라는 것도 알았을 것이다. 승유는 그런 생각을 하니 마음속에 불같은 분노가 치밀어 올랐다. 결국 벗과 연인은 가면을 쓴 채 승유를 만나온 것이다. 승유는 미친 사람처럼 정신없이 걸었다. 오가는 사람들과 몸이 부딪히는 것도 아랑곳하지 않은 채 그저 발길 닿는 대로 걸었다. 그의 두 눈에는 아무것도 보이지 않았다. 그저 칠흑 같은 어둠, 어둠, 어둠뿐이었다.

승유는 끝없이 펼쳐진 어둠 속으로 헤매는 기분이었다. 그때 어둠 속 저 멀리 기다란 장대가 보였다. 그곳에만 빛이 비추는 듯 얼룩진 장대가 이정표처럼 어둠 속에 홀로 모습을 드러내고 있었다. 승유는 자기도 모르게 그 빛에 이끌려 다가갔다. 갈색으로 얼룩진 장대를 물끄러미 바라보던 승유의 시선을 잡아끄는 그 무언가가 있었다. 넝마처럼 너덜거리는 천 조각 위에 적힌 붉은 글씨.

'대역죄인 김종서'

승유는 정신이 번뜩 들어 눈을 깜빡이며 다시 쳐다보았다. 효수대……. 끔찍했던 그날이 떠올라 두려운 눈빛으로 고개를 들었다. 하지만 효수대에 있던 시신은 모두 사라지고 없었다.

좌판을 거두고 있는 행인에게 수급(首級)들은 모두 어디로 갔느냐고 물었다. 하지만 승유에게 돌아온 대답은 비통함에 무게를 더해놓을 뿐이었다.

대역 죄인들의 목이라 수습하러 나서는 자가 아무도 없었으며 도성

밖 들판에 버려져 들짐승들의 먹이가 되었다고 했다.

승유는 다시금 마음을 다잡았다. 비명에 간 아버님과 형님의 원수를 반드시 갚아야 한다. 지금은 하찮은 여인 때문에 시간을 낭비할 때가 아니었다. 승유는 힘없이 늘어져 어디로 가야 할지 알지 못한 채 정처없이 또 걸었다.

빙옥관은 말도 없이 사라진 승유 때문에 소란스러웠다. 온다간다 말도 없이 사라진 것이 못내 섭섭한 노걸의 투덜거림에도 석주는 텅 빈 객방을 쳐다볼 뿐이었다. 초록은 동색, 동류同類끼리는 통한다고 했다. 석주는 서로 신분은 다를지언정 승유의 눈빛에서 자신과 같은 그 무엇을 읽을 수 있었다. 석주와 비슷한 감정, 복수하고자 하는 마음을 엿보았다. 그래서 더 답답했다. 아직 완전히 낫지도 않은 몸으로 무얼 하겠다고 기어나갔단 말인지……. 도대체 무슨 일이 있었기에 잠시도 못 참고 몸을 움직였을까 하는 의구심이 들었다. 얼마 전에 벌어진, 높으신 양반들 사이의 참극에 연루된 건 아닐까 짐작만 할 뿐이었다.

밖으로 나가 승유를 찾아보려고 해도 공칠구의 눈을 피하려면 당분간 숨어 지내야 했다. 공칠구라는 놈은 석주가 돌아왔다는 소문이 퍼진다면 언제든 빙옥관에 쳐들어와 난동을 피울 것이 분명했다.

공칠구가 유곽 주인들에게 갈취해가는 돈은 엄청났다. 석주가 관리하던 때보다 두 배는 더 될 거라고 초희가 말했었다. 장사에 속임이 없었던 초희였건만 멀쩡한 술독에 아무렇지도 않게 맹물을 부어넣으며 수지타산을 맞춰야 했다.

 석주는 분했지만 앙갚음을 할 날을 기다리며 객방에 숨어 지내야만 했다. 아직은 일을 도모할 때가 아니었다. 때를 기다릴 줄 알아야 좋은 패를 손에 쥘 수 있는 법이다.

 그런데 일층 객장에서 갑자기 요란스러운 소리가 들려왔다. 공칠구 패거리들이 몰려온 것이다. 닥치는 대로 집기들을 던지고 부수며 석주를 내놓으라고 강짜를 부리는 왈패들 앞에 기녀들은 속수무책이었다. 무영이 검을 들고 나섰지만 역부족이었다. 곱상한 외모의 무영이지만 칼 솜씨만큼은 뛰어났다. 하지만 왈패 한 명이 소앵의 목에 칼을 들이미는 바람에 무영의 칼솜씨를 자랑할 틈이 없었다.

 그때, 문이 벌컥 열리고 승유가 들어왔다. 눈앞에 벌어진 인질극에 순간 걸음을 멈췄지만, 그뿐이었다. 승유는 이런 사소한 싸움에 끼여들 이유가 없었다. 도대체 웬 놈인가 쳐다보는 왈패들의 시선을 무시한 채 승유는 그대로 복도를 가로질러 이층으로 향했다.

 "거기 서! 못 보던 얼굴인데, 네 놈이 조석주랑 같이 나타났다는 놈이냐?"

 키 작은 왈패가 소리쳤지만 승유는 못 들은 척 계속 걸음을 옮겼다. 무시당했다는 생각에 열이 오른 왈패가 소앵을 밀쳐내고는 검을 들고 승유의 앞을 가로막았다.

 조석주 어디 있냐고 왈패가 소리치자마자 승유가 그의 팔을 내치고는 검을 빼앗았다. 승유의 몸속에 방향을 잃고 불타오르던 분노가 왈패를 향해 곧장 날아갔다. 승유는 주저 없이 왈패의 팔과 다리를 무참하게 베어버렸다. 누구든 눈에 띄는 놈들은 죽여 버리리라 생각했다. 순식간에 벌어진 승유의 칼부림에 모두들 경악하며 바라보았다. 비틀거리며 쓰러지는 왈패의 목을 겨냥하며 승유가 검을 내리꽂으려는데 다른 왈패가 겨우 막아냈다. 승유의 번들거리는 눈빛은 사람의 것이 아니었다. 살기에 번뜩이는 눈앞에 막아서는 그 무엇도 모두 죽여 버릴 것 같은 독기는 마치 저승사자의 눈빛과 같았다.

키 작은 왈패가 공포에 질려 바닥을 기며 도망치자 다른 왈패가 검을 들고 승유에게 덤벼들었다. 무영도 장도長刀를 꺼내 들고 왈패들을 향해 덤볐다. 숫적으로 불리한 싸움이었지만 광기 어린 승유의 공격에 왈패들이 하나둘 겁에 질려 도망치기 시작했다.

마지막 남은 왈패의 목에 승유가 검을 찔러 넣으려는 찰라, 갑자기 튀어나온 검이 승유의 검을 튕겨냈다. 승유가 매섭게 쏘아보자, 석주가 험악한 얼굴로 승유를 노려보고 있었다.

왈패들이 뒤도 돌아보지 않고 모두 도망쳤지만 승유는 가라앉지 않는 분노에 숨을 헐떡이며 석주를 쏘아보았다. 수십 수백 명을 찔러 죽인들 풀리지 않을 것 같은 분노였다.

공칠구 패거리를 몰아내는 데는 성공했지만 빙옥관은 난장판이 되어 있었다. 게다가 승유의 냉혹한 모습을 본 초희와 석주는 마음이 불편했다. 자칫 빙옥관에 해를 끼칠 수도 있다는 판단이 들었다. 석주는 제 이름도 말하지 않는 승유의 마음을 헤아릴 수 없어 답답했다. 이름 따위도 없고, 갈 곳도 없다는 승유를 어떻게 하면 좋을지 몰랐다. 그를 도와주고 싶은 마음이 밑바닥에서부터 일고 있었지만 초희를 위험하게 하고 싶지는 않았다. 그런데 초희가 먼저 승유에게 난데없는 제의를 했다. 기녀들을 지키는 기둥서방 노릇을 하라고 한 것이다.

석주는 기가 막혔다. 제 멋대로 검을 휘두르는 자에게 검을 맡기라니……. 게다가 분명 이 사내는 귀한 집 자제가 틀림없었다. 그런 자한테 기둥서방 노릇이라니, 과연 하겠다고 나설지 그것도 걱정이었다.

"낮에는 해야 할 일이 있소."

승유가 싫다는 내색도 않고 초희의 제안을 받아들이자 석주는 의외로 놀랐다.

"낮엔 자고 밤에 웃음을 파는 게 우리 일이야."

초희는 승유가 자신의 제안을 받아들일 줄 알았다는 듯 만족스럽게 미소를 지었다.

"객장 안에서는 무슨 일이 있어도 칼을 쓰면 안 돼. 네 역할은 여기 빙옥관을 지키고 기녀들을 보호하는 일이야."

초희는 승유에게 그렇게 말하고 자리에서 일어섰다.

세령은 잠을 이루지 못한 채 밤새 뒤척였다. 승유와 나누던 말이 머리에서 떠나질 않았다.

"제 이름은 이세령입니다. 스승님의 손에 죽을 날을 기다리고 있겠습니다."

"내 손으로 너와 네 아비의 숨통을 끊어줄 것이야. 갈가리 찢어 죽여줄 것이야!"

서슬 퍼런 목소리로 내뱉던 승유의 목소리가 귓가에 맴돌았다.

'살아 돌아와 이 불쌍한 목숨을 가져가시지 그러셨습니까. 그러면 마음에 없는 혼례를 치르지 않아도 좋았을 것을.'

세령은 이불에 얼굴을 파묻고 하염없이 눈물을 흘렸다. 비참하게 무너지는 자신의 연정이 안타깝고 자신의 운명이 한스러워 눈물이 멈추지 않았다.

"혼삿날이 다시 정해졌다 합니다."

금성대군의 말을 들은 정종의 표정이 어두워졌다. 세령이 자리에 눕는 바람에 혼례가 미루어졌고 자연스럽게 거사도 중지가 되었었다. 수양을 제거하려는 계획이 처음부터 예상치 못한 일로 미뤄진 것에 대해서 걱정이 일었지만, 한편으로는 끔찍한 참극을 보지 않아도 된다는 안도감이 있었다. 그런데 다시 그 일이 시작되려 한다.

"꼭 이 혼사를 통해야만 하겠습니까?"

정종이 물었다. 하지만 금성은 궐 출입조차 수월하지 않은 상황에 이만한 기회는 다시없다면서 뜻을 굽히지 않았다. 게다가 거사의 구체적인 계획도 이미 세워져 있다며 정종을 안심시켰다.

어쩔 수 없이 이렇게 가야만 하는 것인가, 정종은 두 눈을 감았다.

"이번 거사에 부마의 도움이 반드시 필요합니다."

금성의 말에 정종이 놀라며 눈을 떴다.

정종은 무심결에 경혜공주를 쳐다보았다. 정종의 불안한 마음을 알지만 경혜는 마음을 굳힌 듯 담담하게 마주 보았다.

"세령이의 지아비가 될 신면과 둘도 없는 지기라지요?"

금성이 말했다.

"한때는 그랬습니다만……."

"그자가 혼례때 후행을 부탁하지 않았습니까?"

정종은 후행을 거절했다고 금성에게 말했지만 금성은 단호했다.

"후행을 허락하셔야 합니다."

금성은 장지문을 열었다. 마당에 서 있는 금성의 검종 셋이 고개를 숙이고 있는 것이 보였다.

"세령이의 혼례가 있는 날 영양위*께서 저들을 이끌고 신 판관의 후행을 서주시면 됩니다."

그들이 누구인가 묻는 정종의 물음에 금성은 총통위 최정예 군사들이라고 답했다. 과연 다시 찬찬히 들여다본 그들의 모습은 단단한 체구에 눈빛이 날카로웠다. 정종은 벗의 목숨을 앗아갈지도 모를 이들의 얼굴을 보는 것이 편치가 않았다.

세령은 경혜공주의 사저로 찾아가는 길이었다. 공주마마를 얼마만에 찾아뵙는 길인가. 마지막으로 경혜공주를 만났던 날이 떠올라 세령의 가슴이 욱신거렸다. 무슨 면목으로 제 혼례를 말할 수 있을지

---

*영양위 : 역사 속의 정종은 1450년 세종 32년에 문종의 딸 경혜공주敬惠公主와 혼인한 뒤 영양위寧陽尉에 봉해졌다.

감당이 되지 않았다. 마음은 무겁고 발걸음은 더뎠다. 그때 여리가 걸음을 멈추고 누군가를 향해 깊이 고개를 숙이며 예를 갖추는 것을 보고 쳐다보았다. 금성대군이었다.

더 이상 숙부의 자애로운 미소는 없었다. 마치 세령에게서 형님의 얼굴을 보기라도 한 것처럼 세령을 냉랭한 표정으로 바라볼 뿐이었다. 혼례날 보자면서 무심하게 지나쳐 가는 금성의 모습을 보니 세령의 마음이 쓸쓸했다.

다정했던 모든 이들이 멀어져 가는 것이 느껴져 마음이 아팠다. 그중에서도 가장 아픈 사람이 경혜공주였다. 친동기간 같던 두 사람 사이가 이제는 돌이킬 수 없을 정도로 멀어진 것이 너무도 마음 아팠다. 어쩌면 이렇게 인사드리러 가는 것도 오늘이 마지막일지도 모른다는 생각에 세령은 가슴이 메었다.

그런데 혼례날이 정해졌다는 말을 듣는 경혜의 표정이 사뭇 다르게 느껴져 세령은 의아했다. 서늘한 눈빛으로 독기 어린 말을 내뱉던 지난번과는 다른 눈빛이었다. 그것이 한풀 꺾인 경혜의 모습처럼 느껴져 세령은 속이 아렸다.

"너와 난 참으로 닮아가는구나. 원치 않는 혼인을 해야 하는 운명까지……."

뜻밖의 말이었다. 세령을 안쓰러워하는 경혜의 마음이 느껴져 세령은 눈가가 촉촉하게 젖어들었다.

그때 경혜가 문갑에서 무언가를 꺼내 서안書案 위에 올려놓았다.

"네 것이다."

수수한 옥가락지였다. 세령이 물끄러미 가락지를 바라보고 있는데 경혜가 덧붙였다.

"지난 날 종학 직강 김승유가 내게 건넸던 가락지니라. 내가 아니라 너를 주려 했겠지."

세령은 가락지를 조심스레 집어들었다. 차마 손가락에 껴보지도 못한 채 물끄러미 바라보고 있노라니 눈물이 왈칵 쏟아졌다. 더는 가지고 있을 수 없다며, 그것이 세령에게 주는 마지막 선물이라고 경혜가 말했다. 제 것이 아닌 가락지를 왜 그때껏 가지고 있었는지 경혜도 알지 못했다.

그저 하염없이 눈물을 흘리고 있는 세령을 보니 진작 돌려주지 못했던 것이 안타까울 뿐이었다.

정자에 앉아 홀로 술을 마시고 있는 정종의 눈에 문득 승유와 신면이 보였다. 그들과 함께 밤새 술을 마시며 호탕하게 웃고 떠들던 날들이 떠올라 마음이 무거웠다. 승유를 그리 비참하게 먼저 보내고 이제 신면마저 떠나보내야 한다는 것이 못 견디게 가슴을 후벼 팠다. 아무에게도 토로할 수 없는 슬픔에 술병을 통째로 들이키려 손을 뻗는데, 부드럽게 막는 손길이 있었다. 경혜였다.

경혜는 술병을 들고 정종의 잔에 술을 따라주었다. 생각지도 못한 일에 정종은 당황했다. 공주가 왜 이런 배려를 하는지 정종도 잘 알고 있었다.

"공주께서도 세령 아가씨와 각별한 사이가 아니십니까……."

"나는 이미 그 아이를 마음에서 떠나보냈습니다."

경혜가 쓸쓸하게 답했다.

"나는, 나는 그리 할 수 없습니다."

정종이 한숨을 토해내듯 말했다.

"전하를 지킬 수 있다면 나는 목숨이라도 내놓을 준비가 되어 있습니다."

경혜는 눈물을 글썽이며 정종을 바라보았다. 정종의 마음을 왜 모르겠는가. 하지만 지금은 더 큰일을 도모해야만 했다. 나라가 뒤엎어질 수도 있음이었다. 돌아가신 아바마마가 편안히 영면永眠하실 수 있으려면 결심을 굳혀야했다. 자칫 머뭇거리다 생각하기도 싫은 일이 벌어진다면 무슨 낯으로 아바마마를 뵐 수 있겠는가. 아바마마는 붕어崩御하시는 그 순간까지도 세자의 안위에 마음 아파하셨던 분이었다.

"쉽지 않을 것이오나, 결심하셔야 합니다."

경혜는 간절한 목소리로 정종에게 말했다. 아무 말도 하지 못한 채 눈을 감아버리는 부마의 얼굴이 경혜의 가슴에 아프게 새겨졌다.

정종은 모래를 씹은 것처럼 쓸쓸함을 느꼈지만 이미 제 손을 벗어난 것임을 절감했다. 한성부로 사람을 보내어 후행을 서겠노라 전했지만, 그 마음이 편치만은 않았다. 아무것도 모르는 채 후행을 허락한 것에 기뻐할 벗의 얼굴이 떠올라 마음이 무거웠다.

정종의 어려운 결단에도 불구하고 일은 생각하지 못한 방향으로 흘러갔다. 모사꾼 한명회의 치밀한 그물이 이미 총통위까지 뻗어 있었던 것이다. 금성대군이 믿어 의심치 않았던 총통위 중 한 명이 한명회의 첩자였던 것이다. 한명회는 매사를 멀리 촘촘하게 내다보는 자였다. 총통위에 대한 금성의 영향력을 잘 알고 있는 한명회가 그곳을 가만히 내버려둘 리가 없었다. 금성에게 가장 충성스러운 자를 향해 마수를 뻗쳤고 그 중 한 명을 제 편으로 만드는 데 성공했다. 등잔 밑이 어둡다는 말은 그야말로 유용했다. 금성은 자신의 수하를 털끝만큼도 의심하지 않고, 한명회의 첩자는 세령의 혼삿날에 치러질 금성의 거사를 낱낱이 한명회에게 고해 바쳤다.

그 소식을 전해들은 수양의 눈썹이 꿈틀거렸다. 괘씸하지 않은가. 자신의 집안에서 피를 보려 한다는 것이 참을 수 없을 만큼 불쾌했다. 수양은 혼담을 빌미로 김종서의 집으로 들어가 저질렀던 극악했던 자신의 행동은 생각조차 하지 않았다. 게다가 신면의 후행으로 나선 부마 정종도 가담한 음모라는 말에 수양의 표정이 서늘해졌다. 부마가 나섰다면 그것은 필시 경혜공주도 가담했다는 말과 같았다. 하나부터 열까지 마음에 드는 구석이라고는 없는 뻣뻣한 공주는 눈엣가시처럼 느껴졌다. 눈엣가시는 뽑아야 한다. 내버려두면 곪아서 살을 도려내야 하는 법이다.

수양은 예정대로 세령의 혼례를 치르기로 했다. 적의 계략을 미리 알고 대비한다면 아무 문제도 없을 것이었다. 게다가 이번 일은 금성과 부마 그리고 껄끄러운 공주를 한꺼번에 제거할 수 있는 좋은 기회였다. 그러나 당분간 좌승지 신숙주에게는 이 일을 숨기기로 했다. 그를 믿지 못함이 아니었다. 다만, 그의 아들 신면이 어찌 나올지 장담할 수 없었기 때문이다. 수양과 제 아버지의 뜻을 좇아 이 일에 뛰어

공주의 남자 • 139

든 것이 전부가 아님을 수양은 잘 알고 있었다. 손꼽아 기다려온 세령과의 혼례날에 벌어질 일을 신 판관이 알게 된다면 과연 그가 침착하게 감정을 추스를 수 있을 것인가.

수양은 믿을 수 없었다. 세령을 끔찍하게 생각하는 그 마음은 흡족했지만 그것이 수양을 향한 충심보다 앞지른다는 것은 영 마뜩치 않았다.

혼례날에 벌어질 금성의 계략과 수양의 속내를 알지 못한 채 신숙주는 아들에게 경사스런 소식을 전했다.

"미루었던 네 혼삿날이 다시 잡혔느니라. 아직도 대군의 장녀와 부부의 연을 맺는 것이 마음 불편하더냐?"

"아니옵니다."

수양이 혼담을 건넨 이후 혼인을 서둘러 치르길 얼마나 바랐던가. 신숙주는 수양에게 내쳐지지 않을 가장 좋은 패는 세령과 신면의 혼인이라고 여겼다. 모든 과정이 끝났을 때 혹시나 변절자의 낙인이 찍혀서 내쳐질 가능성이 있다고 생각했던 것이다. 한번 마음을 꺾은 자는 또다시 꺾을 수 있는 법이니까. 게다가 수양이 왕재임을 신숙주는 믿었다.

그것이 선대왕마마와 살아계신 전하에게 불충을 저지르는 역모라는 것도 잘 알았지만, 대세가 기울었음을 너무도 잘 파악한 신숙주였다. 그렇다면 만에 하나라도 조심 또 조심하여 대비하여야 했다.

"아버님은 왜 이리 이 혼사에 신경을 쏟으시는 것입니까?"

아들이 불편한 기색을 감추지 못한 채 물었다.

"피를 두려워하지 않는 대군은 장차 강력한 군주가 되어 이 나라를 이끌어갈 것이다. 허나 그 과정 속에 필요하다면 자신의 수족이라 해도 가차 없이 끊어내겠지."

좌승지는 아들에게 수양에 대해서 그리고 자신의 걱정하는 것에 대해 말해주었다. 그리고 하루빨리 온전한 수양대군의 사람이 되라고 아들을 다독였다.

신면은 아찔함을 느꼈다. 수양이 범상한 사람이 아닌 것은 진작부터 알고 있었다. 전하 앞에서 피를 뒤집어쓰고도 당당했던 분이 아니던가. 그런데 제 편에 서 있는 사람이라도 소용가치에 따라서 단칼에 잘라낼 수 있다는 아버지의 말에 소름이 끼쳤다. 얼마 전 승유를 살려준 일로 인해 수양에게 다그침을 받았던 일이 떠올랐다. 그때 느꼈던 자신의 감정을 아버지도 똑같이 느꼈다 생각하니 저절로 등골이 서늘해졌다. 대체 나는 어느 곳에 서 있는 것인가…….

빙옥관은 참으로 오랜만에 평화로운 나날을 보내고 있었다. 시정잡배들이 난동을 부릴라치면 승유가 무참하게 짓밟는 탓에 그 누구도 빙옥관에서 허튼 짓거리를 할 생각조차 하지 못했다. 그 바람에 난봉꾼들의 발길이 끊어져 부어라마셔라 진탕 마셔대는 손님은 줄었지만, 조용하고 은밀하게 풍류를 즐기고자 하는 이들의 발길은 늘어났다. 더불어 술값을 떼어먹는 놈들도 줄어들었다. 그 모든 것이 인정사정없이 폭력을 휘두르는 승유 때문이었다.

승유는 밤에는 빙옥관의 질서를 유지하는 일에 매진하면서도, 낮에는 형수님과 아강이의 행방을 찾아 헤맸다. 역모에 얽힌 이들의 식솔은 관비로 부려지는 게 대부분이라는 것을 승유도 잘 알고 있었다. 단지 그곳이 어느 곳인지 알 수가 없을 뿐이었다.

승유는 걸인처럼 행색을 꾸민 채 한성부로 찾아갔다. 한성부 입구에 보초를 서고 있던 군사에게 역모에 연루되어 잡혀온 부녀자들의 행방을 물었고, 승유는 끔찍한 대답을 들어야했다. 죄다 공신들에게 노비로 사사되었다는 충격적인 말에 현기증이 나는 것 같았다.

공신들이라니! 제 가족을 죽인 살인자들의 집으로 노비를 살러 갔다는 말인가! 승유는 끓어오르는 분노를 애써 눌러 삼켰다. 군사들이 비렁뱅이가 별걸 다 묻는다며 귀찮은 듯 승유를 내쫓았다.

이틀 후에 수양대군의 장녀와 신숙주의 아들이 혼인을 한다는 군사들의 말소리가 들렸다.

훤한 신숙주와 그 아들의 얼굴을 보자 승유는 온몸에 찬물을 끼얹은 듯 냉정해졌다.

참을 것이다. 마지막을 위해 이 모든 고통과 분노를 삼켜 복수의 힘으로 바꿀 것이다!

승유는 그 길로 돌아서 공신들의 저택을 돌아다니며 최근에 들어온 노비들이 있는지 묻고 다녔다. 그럴 때마다 승유는 미친놈 취급을 받을 뿐 형수 소식은 알 수가 없었다. 권람의 집 앞에서 서성이며 누군가가 나오길 기다리던 승유는 때마침 여자 노비가 대문에서 나오자 대역죄인의 식솔들이 이 집에 있는지 물었다.

그러자 노비가 부들부들 떨며 승유를 매섭게 노려보았다. 그 눈빛에 분노와 수치심이 한데 섞여 있다는 것을 승유는 본능적으로 깨달았다. 뭐라 말을 덧붙이려 하기도 전에 노비는 얼굴이 상기되어 눈물을 터트렸다. 지아비를 죽인 놈의 집에서 죽지도 살지도 못하고 있는 신세를 저주하며 눈물을 흘렸다. 그 모습을 보자 형수님과 아강의 얼굴이 겹쳐져 승유의 콧날이 시큰해졌다.

"혹 김종서 대감 식솔들의 행방은 알고 계십니까?"

 승유의 물음에 여자 노비가 눈물을 훔치며 쳐다보았다. 얼마 전 그 식솔들의 행방을 추궁 당하느라 고초를 당했던 기억이 떠올랐던 것이다. 노비는 온녕군의 집에서 노비살이를 하던 엄마와 딸이 한날 한시에 강물에 몸을 던져 자결했다는 소문을 들었다고 말했다. 승유는 피가 거꾸로 솟고 하늘이 무너지는 것 같았다.

 승유는 그길로 미친 듯이 온녕군의 저택으로 달려갔다.

 형수님은 절대 그럴 분이 아니었다. 아강이마저 데리고 그렇게 세상을 뜰 분이 아니었다. 아강이를 위해서라도 지옥 같은 삶을 끝까지 버텨내셨을 것이다. 그런데 강물에 몸을 던졌다니, 승유는 그 말을 도저히 믿을 수가 없었다. 승유는 온녕군 저택의 대문이 부서져라 두드렸다. 그 날이 올 때까지 꾹꾹 눌러 참겠다던 맹세는 순식간에 사라지고 울분만 남았다. 정신없이 문을 두드리자 가노 한 명이 인상을 쓰며 나왔다. 김종서의 식솔들을 찾는다는 말에 가노는 험상궂은 얼굴로 저승 가서 찾아보라며 대문을 굳게 닫았다. 승유가 억지로 문을 밀치며 다시 말해보라고 다그쳤지만 소용이 없었다. 대문 너머로 노비가 된 여인이 병든 애를 업고 강물에 한날 한시에 몸을 던졌다는 퉁명스런 대답이 들려오자 승유는 머릿속의 신경이 하나 툭 끊어지는 것 같았다. 그럴 리가 없다. 그럴 리가 없어!

승유는 주체할 수 없는 분노에 있는 대로 소리를 지르며 대문을 주먹으로 쾅쾅 두드렸다. 꿈쩍도 하지 않는 애꿎은 대문에 주먹질을 해댔지만 아무런 반응이 없었다. 그러다 갑자기 문이 벌컥 열리더니 가노 몇 명이 몽둥이를 들고 나와 승유를 두들겨 패기 시작했다.

때마침 귀가하던 온녕군의 교자를 보자 승유의 눈이 매서워졌다. 온녕은 승유를 알아보지 못한 채 웬 미친놈이냐는 듯 혀를 끌끌 차고 집으로 들어갔다. 승유는 그의 뒤통수가 뚫어져라 쏘아보았다.

'마음껏 즐겨라. 조만간 네 목을 따 줄 날이 올 것이다!'

마포나루의 한낮은 고요하기 이를 데 없었다. 새벽같이 흥청거린 마포나루 유곽은 태양이 떠 있는 한낮에는 모두 피곤한 몸을 누인 채 곤한 잠에 빠져드는 시간이었다.

빙옥관도 마찬가지로 조용했다. 기녀들과 기둥서방들은 각기 방에서 단꿈에 빠져 있었다. 무영과 노걸을 빼고 말이다. 텅 빈 조용한 객장 한구석에 앉은 노걸이 무영의 얼굴을 찬찬히 탐색하고 있었다. 아무리 봐도 계집이 분명해 보이는데 아랫도리에 그것이 달렸다니 믿기지가 않았다.

"대체 그 공칠구란 놈하고 석주 형님하고는 무슨 사연이 있는 게야?"

노걸은 눈으로 무영의 온몸을 더듬으며 입으로는 딴 소리를 해댔다.

아무리 봐도 계집의 눈빛인 무영의 눈동자를 물끄러미 바라보다 촉촉하고 새빨간 무영의 입술을 탐스러운 듯 쳐다보았다.

"공칠구가 원래는 석주 오라버니의 오른팔이었어. 키우던 개가 주인을 문 꼴이지."

무영은 자신을 흘끗 흘끗 훑는 것 같은 노걸의 시선을 즐기며 그윽한 눈길로 시선을 되받아주었다.

"저런……."

어느새 무영의 봉긋한 가슴께로 시선이 쏠려 노걸은 승유가 들어온 줄도 몰랐다.

"석주 형님이 그리 호락호락 당할 인물이 아닌데……."

"공칠구가 석주 오라버니를 제거하려고, 야비하게 초희 언니를 인질로 잡고 유인했거든."

"야비한 놈, 아끼는 여인을 인질 삼아 상대를 꾀어내?"

서로의 몸을 눈으로 훑어가느라 머리 따로 입 따로 움직이는 무영과 노걸이었다.

둘의 대화를 승유가 들었다고 생각조차 못했다. 승유는 무영이 한 말이 머리에 와서 꽂힌 참이었다. 수양을 제거하려면 세령을 인질로 잡고 유인해낸다. 할 수 있을까?

승유는 고심苦心에 고심을 더했다. 그녀를 보고도 냉정을 유지할 수 있을까. 하지만 정작 그날을 하루 앞두자 복수심이 마음의 흔들림마저 베어내버렸다.

죽음의 섬에서 함귀의 목숨을 앗으며 다시 살기로 결심했을 때, 아버지의 장례조차 치르지 못한 불효에 억장이 무너져 내릴 때, 형수님과 불쌍한 아강이 자결했다는 소식을 들었을 때, 가슴 깊은 곳에서 치솟아 오르던 분노를 다시금 일깨웠다. 승유는 어렵게 결심하고 나자 마음이 오히려 차분해지는 것을 느낄 수 있었다.

승유는 기약 없는 길을 떠나며 석주가 잠든 방을 물끄러미 바라보았다. 석주가 아니었다면 지금의 승유는 이 세상에 없을지도 모른다. 마지막이 될지도 모르는데 인사도 전하지 못하고 떠나게 되니 서운했다. 승유는 아쉬운 눈빛으로 닫힌 방문을 힐끗 쳐다보고는 그대로 빙옥관을 나섰다.

석주는 잠든 초희의 얼굴을 물끄러미 내려다보고 있었다. 아무리 얼음선녀라는 별칭으로 불리는 여인이지만 잠자는 모습은 부드럽고 사랑스러웠다. 그런 초희를 바라보는 석주는 달콤한 꿈을 꾸는 듯했다. 석주는 죽을 때까지 초희 곁에 있겠노라 다시금 다짐하며 그녀의 머리칼을 쓰다듬었다. 그때 문밖에서 인기척이 들렸다. 타고난 싸움꾼의 감으로 소리 죽여 침상에서 내려와 문에 귀를 대고 동정을 살폈다. 정체불명의 인물은 한동안 꿈쩍도 하지 않은 채 석주의 방문을 향해 서 있다가 어느새 아래층으로 발소리를 죽여 내려가고 있었다. 혹시나 공칠구 패거리가 아닐까 긴장해 있던 석주는 조심스레 문을 열었다. 마침 닫히는 객장 문 사이로 눈에 익은 옷자락이 슬쩍 보였다. 의아해진 얼굴로 석주는 한동안 그곳을 바라보다 승유의 객방으로 다가가 문을 열었다. 아무도 머물지 않았던 곳처럼 텅 비어 있는 객방을 보자 그 묘한 사내가 다시 돌아오지 않을 작정으로 떠났다는 것을 느꼈다.

 정종은 마당을 쓸고 있는 가노를 물끄러미 쳐다보았다. 쓱쓱 비질을 하는 가노의 손짓에 말끔하게 정리되어가는 마당을 보고 있노라니 누군가 자신의 마음도 저렇게 비질을 해줬으면 좋겠다고 생각했다. 방금 전 다녀간 신면 때문에 정종의 마음은 온통 어지러웠다. 후행을 서주기로 한 것에 대한 고마움을 전하러 신면이 다녀갔지만 후행을 서기로 한 진짜 이유를 모르는 벗의 얼굴을 제대로 보기가 어려웠다. 그저 이 혼인을 치르는 것이 아무렇지도 않은지 물어볼 뿐이었다.
"승유의 여인이었다. 진정 아무렇지도 않은 거냐?"
 정종의 물음에 신면은 잠시 고개를 숙였다. 그리고는 천천히 고개를 들고 정종을 바라보았다.
"그 여인을 아껴주는 것으로 평생 죗값을 치르며 살 작정이다. 나는 어차피 누구한테든 죄인 아니냐."
 신면의 답을 들은 정종은 그저 안타깝고 답답했다. 벗이 가고 난 뒤에도 그 착잡함이 쉽게 사라지지 않아 마당을 오가며 마음을 다스리려 했던 것이다. 하지만 소용이 없었다.
"마음이, 약해지시는 것입니까?"
 그때 경혜공주가 다가왔다. 경혜는 안타까운 눈빛으로 정종을 바라보았다.
 그 마음을 왜 모르겠는가. 정종은 물끄러미 경혜를 바라보다 입을 열었다.

"나는 참으로 벗들이 아픕니다. 승유도, 면이도 그리고 나도. 허나, 마마와 전하를 굳건히 지킬 것입니다. 더는 염려 마십시오."

쓸쓸한 미소를 지으며 안심시키려고 애쓰는 정종의 말이 경혜는 안쓰러웠다. 누구보다 심성이 곱고 바른 사람이 자신의 지아비라는 것을 경혜는 조금씩 깨달아가고 있었다. 별 볼일 없는 한량 같았던 지아비의 모습은 그저 허울뿐이라는 것을 이제는 알았다. 깊은 속내로 모두를 보듬어주려는 정종의 마음이 안쓰러워 경혜는 그저 미안하고 또한 고마웠다.

세령은 홀로 거리를 걸었다. 왼손 약지 손가락에 낀 옥가락지를 만지작거리며 승유와의 지난 추억을 더듬고 있었다. 내일 신 판관과 혼인을 하게 되면 바깥출입을 더는 마음대로 할 수 없을 터였다. 저잣거리를 걷다보니 세령은 어느새 그네터에 닿아 있었다. 승유가 밀어주는 그네를 타고 하늘로 날아오를 듯 기분이 좋았던 느낌이 되살아났다. 괴한에게 쫓겨 승유와 함께 몸을 숨기고 있던 숲속에서의 일도 떠올랐다. 모든 것이 생생했다.

세령의 얼굴을 소중하게 감싼 채 가까이 다가오던 승유. 그 떨리던 숨결과 따뜻한 그의 손. 세령이 당황해서 밀쳐내려하자 붉게 달아오르던 승유의 얼굴, 모든 것이 그저 아프게 세령의 마음속에서 뭉게구름처럼 피어올랐다.

세령은 아무 생각 없이 걷다보니 어느새 승유와 함께 말을 타고 달렸던 벌판에 이르렀다. 텅 빈 벌판에 서서 불어오는 바람을 맞고 있노라니 가슴속으로 바람이 뚫고 지나가는 듯 휑했다. 세상 모든 것이 그대로인데 지금 이 자리에는 그분만 없었다. 풀 길 없는 허전함에 돌아서던 세령의 시야에 말 한 필이 보였다. 서너 명의 사내들이 말을 매어둔 채 노닥거리는 것도 아랑곳하지 않은 채 세령은 말에게 다가갔다.

"말을 타 봐도 되겠습니까?"

난데없이 나타난 귀한 집 규수의 청에 사내들은 어안이 벙벙했다. 스스럼없이 다가온 것도 놀라운데 말을 타겠다니.

사내들은 의아해하면서도 잠깐이라는 단서를 달아 세령에게 말타기를 허락했다.

세령은 말을 조심스레 쓰다듬고는 등에 올라탔다. 문득 제 허리를 감쌌던 승유의 손길이 느껴져 자기도 모르게 뒤를 돌아보았지만 텅 빈 들판만 보일 뿐이었다. 세령은 힘껏 발을 구르고 말을 달렸다. 벌판을 힘껏 달렸다. 집어삼킬 것 같은 바람이 세령을 향해 불어 닥쳤지만, 그때처럼 가슴이 뻥 뚫리는 시원함을 느낄 수는 없었다. 속도를 높일수록 거센 바람은 세령의 가슴에 생채기만 남기고 달아났다. 점점 아려오는 통증에 숨이 막혀 말의 속도를 늦췄을 때 세령의 얼굴은 온통 눈물로 얼룩져 있었다.

승유는 발소리를 죽인 채 승법사로 올라가는 중이었다. 승유의 매서운 눈길은 저만치 앞서 걸어가고 있는 세령에게 꽂혀 있었다. 승유는 빙옥관에서 나오자마자 수양의 집으로 찾아갔었다. 세령을 납치할 기회를 노리던 찰라 홀로 대문을 나서던 그녀를 따라 하루 종일 세령의 뒤를 쫓았다. 세령이 가는 곳곳마다 승유 역시 그녀와의 옛 추억들이 생각나 가슴이 아렸지만 그것은 지난날 자신의 어리석음에 대한 분노 때문이었다. 그럼에도 그녀의 모습에 함께했던 시간들이 자꾸만 매서운 손톱을 세운 채 승유의 심장을 할퀴고 지나갔다. 하지만 분노에 휩싸인 승유에게는 그 아픔조차 자신이 계획하고 있는 복수의 원동력처럼 느껴졌다. 승유는 그동안 겪었던 참담한 순간들 때문에 지금 불쑥불쑥 다시 고개를 쳐드는 사랑의 감정조차 분노라고, 증오라고 착각하고 있었다.

승유는 승법사로 올라가는 세령을 보며 소매 춤에서 긴 노끈을 꺼내 들었다. 자신의 연정을 짓밟고 아버지와 형님의 목숨을 앗아간 여인의 뒷모습을 매서운 눈으로 쏘아보며 조금씩 거리를 좁혔다.

세령에게 거의 손이 닿을 찰라 "아가씨!" 하고 부르는 귀에 익은 목소리가 들렸다. 승유는 얼른 나무 뒤로 몸을 숨겼다. 세령을 기다리는지 승법사에서 내려오고 있는 신면의 모습이 보였다. 환한 미소로 세령을 향해 내려오는 신면을 보자 승유의 얼굴이 무섭게 일그러졌다. 그러나 그것이 질투인지 분노인지 그 모든 것을 합친 것 때문인지 승유는 알지 못했다.

세령은 갑작스런 신면의 등장에 적잖게 놀랐다. 하필이면 이곳에 그가 와 있다는 것이 내일 있을 혼인을 다시 상기시켜주어 마음이 무거웠다. 세령은 잠시 신면을 기다리게 해놓고 승법사로 홀로 올라왔다. 근처 숲속에 있는 작은 돌탑으로 가서 옥가락지를 천천히 빼냈다. 그리고는 돌탑에 가락지를 올려놓고 작은 돌 하나를 그 위에 얹었다.

"여기 계신다고 생각하겠습니다. 부디 평안히 계십시오."

세령은 마치 그곳에 승유가 있는 것처럼 깊게 허리를 숙여 예를 갖췄다. 승유가 그리우면 언제든 이곳을 찾아오겠노라 생각하며 물끄러미 돌탑을 바라보았다.

세령이 승법사에서 내려와 기다리고 있는 신면에게 다가왔다. 신면은 세령에게 비단보자기를 내밀었다.

화려하게 세공되어 있는 비녀를 보자 세령의 마음이 금세 가라앉았다. 아까 돌탑에 두고 온 수수한 옥가락지가 떠오른 것이다.

'승법사에 두면 안 돼, 내 품에 지니고 있을 것이야…….'

세령은 비녀를 신면에게 건네고는 다시 돌탑으로 서둘러 올라왔다. 올려둔 돌을 치우고 가락지를 찾았지만 어디에도 보이지 않았다. 세령은 불안해진 마음에 이리저리 찾고 바닥을 훑어보았는데도 가락지는 보이지 않았다. 왜 그분의 소중한 정표情表를 함부로 놔뒀을까 자책하며 주위를 둘러보았다. 그때 숲속에 인기척이 느껴졌다. 세령은 혹시나 가락지를 가져간 사람이 아닐까 싶어 겁도 없이 걸음을 옮겼다. 그러자 점점 뒤로 물러서는 사내의 그림자가 언뜻 스쳤다.

"뉘신지 모르오나 가락지를 돌려주십시오. 제게는 무척 귀중한 것입니다."

세령의 말에 사내가 뒤로 홱 돌아서더니 숲속으로 모습을 감추었다.

"제가 은혜하는 분의 증표입니다! 제 목숨보다 소중한 물건이니 부디 돌려주십시오!"

세령의 간곡한 말에 사내가 잠시 멈춰 서는가 싶더니 그대로 모습을 감췄다.

세령은 서둘러 사내가 있던 곳으로 달려갔지만 그곳에 남아 있는 것은 조각조각 깨져 있는 가락지뿐이었다. 부서진 가락지가 마치 세상에 없는 승유의 모습처럼 다가와 세령은 하늘이 무너지는 듯한 절망을 느꼈다.

밤늦게 빙옥관으로 돌아온 승유는 대체 어딜 그리 돌아다니느냐는 석주와 초희의 다그침에도 묵묵부답이었다. 그저 술병을 집어 들고는 제 방에 틀어박혀 목구멍으로 술을 들이부었다.

은혜하는 분의 증표라니, 제 목숨보다 소중한 물건이라니……. 가당치도 않았다. 승유는 세령의 말에 여전히 흔들리는 제 마음이 역겨워 참을 수가 없었다.

'아직도 정신을 차리지 못한 것이냐. 개만도 못한 수양의 딸이 바로 그녀 아니더냐.'

검을 한손에 품은 채 벽을 쏘아보는 승유의 얼굴이 처참하게 일그러졌다. 방문 밖에서 승유의 동태를 살피던 석주는 착잡한 듯 고개를 저었다. 돌아오지 않을 것 같았는데 무탈하게 와준 것은 고마운 일이었다. 하지만 뭔가 큰일을 저지를 것만 같은 기분이 들어 석주는 불안했다.

경혜는 내당 안으로 정종을 처음으로 들였다. 후행의 차림을 하고 선 정종을 보는 경혜의 눈빛이 애잔했다. 정종에세 후행을 서도록 설득한 것은 경혜 자신이었으나 목숨을 걸고 가는 길임을 공주도 잘 알고 있었다. 경혜는 하고 싶은 말이 많았지만 고작 몸조심하라는 말밖에는 하지 못했다.

"천하의 콧대 높은 공주마마께서 지금 저를 걱정해주시는 것입니까?"

정종은 일부러 웃음을 머금은 채 경혜를 지긋이 바라보았다.

"부마가 아니라 전하를 걱정하는 것이니 착각 마시지요. 다녀오십시오."

경혜는 괜스레 겸연쩍어 마음에도 없는 말을 내뱉고는 돌아섰다. 그런데 갑자기 정종의 손이 경혜의 어깨를 홱 붙들고 돌아 세웠다. 그리고는 와락 경혜를 품에 안았다.

경혜가 놀라 품에서 빠져나오려 애썼지만 그럴수록 정종은 더욱 힘을 주어 껴안았다. 더없이 소중하다는 듯 그녀를 품에 안고 있는 정종의 마음을 경혜도 느끼고 있었다.

"몇 번을 상상했는지 모릅니다. 이리 마마를 제 품에 안는 일을. 죽어도 여한이 없다는 말은 하지 않을 것입니다. 꼭 살아 돌아와 마마를 다시 제 품에 안을 것입니다."

떨리는 정종의 고백에 경혜는 아무 말도 하지 못했다. 거사를 치르러 떠나는 지아비에게 따뜻한 말 한 마디 해주지 못하는 스스로를 탓하며 경혜는 그저 눈물만 흘렸다.

한편 마당에서는 후행 복장을 하고 있는 총통위 세 명에게 금성대군이 당부를 하고 있었다. 한 치의 실수조차 용납될 수 없는 계획이었다. 금성은 옷 소매 속에 무기를 숨기고 있는 총통위들의 모습을 든든하게 바라보았다. 정종이 금성에게 다가왔다. 그리고는 이번 일이 성공하고 나면 신면의 목숨만은 살려달라 청했다. 하지만 금성은 단호했다. 정난 때 신면이 맡았던 역할을 금성은 잘 알고 있었다. 그런 자의 목숨을 살려주자니 심기가 불편했다. 그러나 신면의 목숨을 구하지 않으면 동참할 수 없다는 정종의 단호한 말에 어쩔 수 없이 그러겠노라 답했다.

정종은 후행들을 이끌고 신숙주의 저택으로 갔다. 환하게 반겨주는 신면의 얼굴을 보니 정종은 마음이 무거워 웃을 수가 없었다. 예전에 자신의 후행을 서 주던 벗의 모습이 주마등처럼 스치고 지났다.

'무엇이, 어쩌다가 우리를 이렇게 갈라놓았는가!'

잔인한 운명의 장난이었다. 정종은 애써 신면의 시선을 외면하며 수양대군의 집으로 향했다.

세령은 인형처럼 여리에게 몸을 맡긴 채 서글픈 얼굴로 허공만 바라보았다. 세정이가 그토록 부러워한 혼례복을 입고 곱게 화장까지 마쳤지만 아무런 느낌이 없었다.

어머니 윤씨는 조금전 안방에서 세령의 손을 꼭 붙들며 말했었다.

"부디 품지 말아야 할 사람은 네 가슴속에서 지우거라. 오로지 신 판관을 바라보고, 신 판관의 뒤를 따르며, 신 판관의 그림자가 되거라. 알겠느냐?"

승유라면 지아비가 되어도 좋겠다고 했던 때가 떠올랐다. 세령은 순간 가슴이 일렁였다. 마치 승유의 목소리가 생생하게 들리는 듯했다.

'결국 삼종지도는, 여인이란 사내의 그림자에 불과하다는 가르침이지요.'

세령의 눈에서 굵은 눈물방울이 툭툭 떨어졌다.

"내가 그분의 그림자가 되어드리고, 그분이 내 그림자가 돼주시길 바랐어……."

울음을 삼키며 세령이 혼잣말처럼 말했다. 붉은 혼례복 치마에 눈물이 점점이 번져갔다. 옆에 있던 여리가 울먹이며 연신 세령의 얼굴을 손수건으로 꼭꼭 눌러 눈물을 닦아냈지만 소용이 없었다.

수양대군의 저택 큰 마당에는 손님들로 발 디딜 틈도 없었다. 북적대는 사람들 속에 각기 다른 속내를 품고 서 있는 한명회를 비롯한 수양의 측근과 금성대군의 보이지 않는 신경전이 오고갔다. 기럭아범[*]을 앞세운 신면과 정종의 후행들이 들어서자 한층 긴장감이 더해졌다. 수양과 한명회는 금성과 총통위들이 자리잡은 위치를 세밀하게 쳐다

---

*기럭아범 : 전통 혼례에서, 전안奠雁할 때 기러기를 들고 신랑 앞에 서서 가는 사람.

보았다. 수양 역시 구경꾼들 사이사이 가노와 손님으로 위장한 군사들을 배치해두었던 터였다. 군사들은 금성이 검을 빼어드는 순간만을 기다리고 있었다. 수양은 혼례의 기쁨보다 귀찮은 것들을 오늘 모두 제거할 수 있다는 생각에 더없이 기쁘고 흡족했다.

그 시각에 세령은 모든 치장을 마치고 홀로 방안에 앉아 있었다. 한참을 울어서인지 세령의 얼굴빛이 어두웠으며 울고 난 뒤 말간 눈빛은 초점이 없었다.
 이제 곧 혼례가 시작될 터였다. 미룰 수도 없고 멈출 수도 없는 일을 앞두고 세령은 모든 것을 체념한 듯 멍하니 앉아 있었다. 그분을 가슴에 품은 채 이대로 혼례를 치르는 것이 옳은 일일까. 세령은 아버지의 명에 따라 원치 않는 혼인을 해야 하는 자신의 운명이 원망스러웠다.
 세령은 초점 없이 흐린 눈빛으로 속절없이 눈앞에 떠오르는 승유의 얼굴 때문에 마음이 무거웠다. 목덜미에 연지를 찍고 들어왔던 강론방에서의 첫 만남부터 세령의 입술에 입맞춤하고 환한 얼굴로 돌아가던 승유, 세령을 죽이겠노라 목을 조르던 승유의 고통스러운 얼굴, 서로의 손가락을 걸며 만남을 약속하던 두 사람, 승유가 떠나던 뒷모습…….
 이 모든 순간들이 주마등처럼 세령의 눈앞을 스치고 지나갔다. 계곡에서 승유와 함께 나누었던 정담情談이 떠오르자 세령의 눈에는 다시 눈물이 차올랐다.

세상을 향해 묻습니다.

정情이란 무엇이냐고.

나는 대답할 것입니다.

우리로 하여금 아무런 망설임도 없이

삶과 죽음을 서로 허락하는 것,

그것이 바로 정이라고.

붓에 물을 찍어 글씨를 쓰던 승유의 모습과 목소리까지도 생생하게 들리는 듯했다.

'삶과 죽음을 서로 허락하는 것, 그것이 바로 정이라고…….'

그때 병풍이 조심스레 밀쳐지면서 웬 사내의 발이 나왔다. 신발을 신은 채 조심스레 세령의 뒤를 노리며 다가가는 사내, 승유였다.

승유는 시름에 잠겨 축 늘어진 세령의 어깨를 냉정한 눈빛으로 바라보았다. 두 손에 잡은 천을 팽팽하게 잡아당기며 세령에게 다가가는데, 수상한 기척을 느끼고 세령이 뒤를 돌아보았다. 하지만 눈이 마주치기 전에 재빨리 승유의 손이 세령을 덮쳤다.

분노의 화살

"얼마나, 얼마나 힘드셨습니까.
상상조차 할 수 없는 고통을 어찌 견뎌내셨습니까.
제 목숨이라도 취해 그 고통을 잊으실 수 있다면
천 번 만 번이라도 달게 죽겠습니다."

수양대군의 저택은 혼례 준비를 하는 사람들로 북적거렸다. 세령의 혼례를 축하해주러 온 손님들과 친척들이 마당을 가득 메웠고 각종 하례품들을 옮기는 짐꾼들로 분주했다. 부엌에서는 잔치 음식을 준비하는 소리가 맛깔나게 들려왔다. 천하의 수양의 집에서 벌이는 첫 번째 혼례였다. 정난靖亂때 수양이 몰고 왔던 피바람을 씻기 위해서, 아니 그것이 정당했음을 알리기 위해 더욱 성대하게 마련한 잔치였다. 승유는 그 분주함을 틈타 짐꾼들 사이로 잠입했다. 김승유가 살아 있다고는 아무도 생각하지 못했으며 이전과는 너무도 달라진 모습 때문에 누구도 그를 알아보지 못했다.

승유가 숨어들었을 때 세령의 처소는 텅 비어 있었다. 방바닥에 곱게 놓여 있는 혼례복이 승유의 눈에 들어왔다.

승유도 한때 혼례복을 입은 세령을 신부로 맞이하는 꿈을 꾼 적이 있었다. 승유는 그 꿈들이 모두 거짓 위에 만들어졌다는 사실이 참을 수가 없었다. 조심스레 병풍 뒤에 몸을 숨기고 있으니, 운종가 기방에 서 있었던 일이 생각났다. 병풍 뒤에 숨어 앉아 곤히 잠들어 있던 세령의 천진난만했던 그 얼굴에 가슴이 뛰고 떨렸던 순간이 떠올라 승유는 가슴을 쳤다. 승유는 눈을 질끈 감으며 모든 것이 거짓이다 되뇌이며 입술을 깨물었다. 잊고 싶은 추억이 머리를 비집고 들어오는 것조차 죄스러울 정도로 승유는 자신을 매섭게 다그쳤다.

그때 여리와 함께 세령이 들어왔다.

"내가 그분의 그림자가 되어드리고, 그분이 내 그림자가 돼주시길 바랐어……."

한숨 섞인 세령의 목소리가 들려왔지만 승유에겐 세령의 독백마저 자신을 향한 말이 아니라고 생각했다. 그저 모든 것을 끝낼 순간이 어서 오기를 잠자코 기다렸다.

잠시 후 여리가 장지문을 열고 나가는 소리가 들렸다. 방 안에는 승유와 세령 단둘이 남았다. 밖의 인기척이 없음을 확인하고 승유는 조심스레 움직일 준비를 했다. 주의 깊게 병풍 밖을 살펴보았다. 혼례복을 입은 세령의 뒷모습이 보였다. 속절없이 승유의 심장이 쿵쿵거리며 뛰었다. 그 순간 면경에 그녀의 얼굴이 비쳤다. 눈물이 가득 고인 세령의 얼굴. 청초한 그녀의 모습이 승유의 가슴에 낙인처럼 박혀 뜨거워졌다.

"삶과 죽음을 서로 허락하는 것, 그것이 바로 정이라고……."

두꺼운 천을 붙잡고 있는 승유의 손이 파르르 떨렸다. 어쩌자고 저 여인은 그 말을 입에 담는가. 승유는 잠시 머뭇거리다 마음속으로 자신을 채찍질하며 천천히 세령에게 다가갔다.

 인기척을 느꼈는지 세령이 뒤를 돌아보려는 순간, 그대로 세령을 덮치고는 재갈을 물렸다. 승유는 곧바로 놀라 버둥거리는 세령을 제압하고 포대자루를 뒤집어 씌웠다. 이 모든 일이 순식간에 벌어졌다.

 세령이 괴한의 손에서 벗어나려고 몸부림치느라 장신구가 바닥에 떨어져 나갔다. 승유는 포대자루에 집어넣은 세령을 그대로 어깨에 짊어지고 밖으로 나갔다. 승유는 이제 복수의 첫걸음을 떼었다고 생각했다. 이로써 세령을 향해 남아 있는 티끌만한 미련조차 떨쳐냈다고 믿었다. 아니, 그렇게 믿고 싶었다.

 아무리 기다려도 나오지 않는 신부를 데리러 윤씨가 직접 세령의 방문을 열었다가 기겁했다. 주인 없는 빈 방에는 서안書案은 뒤집혀 있고 면경은 깨져 있었다. 뒤이어 다급히 찾아온 수양은 낭패라는 듯 미간을 찌푸렸다. 수양은 세령이 제 발로 도망쳤다고 생각했던 것이다. 하지만 신면은 신발이 그대로 있는 것을 보고 납치일지도 모른다고 말했다. 게다가 사람이 들어갈 만한 포대자루를 들쳐 메고 가던 사내에게 얻어맞았다는 노비까지 발견되자 수양의 얼굴이 서늘해졌다.

 '감히 누가 이 수양의 집에서!'

 신면은 서둘러 옷을 갈아입고 한성부 군사들을 대동해 추적에 나섰다.

 불길한 예감이다. 얼마나 기다려온 혼례였던가. 그렇게 기다려온 순간이 눈앞에서 산산이 흩뿌려지고 말았다. 신면은 얼음장 같은 분노에 휩싸였다.

한편 정종은 긴장이 풀리지 않아 벌벌 떨고 있었다. 이 일이 빨리 끝나버렸으면 하는 마음에 초조함은 이루 말할 수 없었다. 신부가 나오기를 기다리는 시간이 너무 길었고 그래서 더욱 불안하게 느껴졌다. 정종의 불안한 예감은 적중했다.

수양대군 측근들의 움직임이 무언가 수상했다. 어수선한 분위기가 이어졌고 수양의 표정은 싸늘하게 식어 있었다. 금성대군은 일이 묘하게 꼬였다고 생각했다. 곧장 후행으로 위장한 총통위들에게 눈짓을 보내 서둘러 피신하도록 지시했다. 정종은 신부가 사라졌다는 말에 깜짝 놀라 눈이 휘둥그레졌다. 그 말은 곧 거사 계획도 미루어야 한다는 말이었다.

수양대군은 좌중에 모인 사람들에게 혼례를 며칠 미루겠다고 말했다. 신부가 토사곽란으로 거동이 불편하다는 것이 이유였지만 곧 뼈 있는 말을 덧붙였다.

수양이 금성을 쳐다보며 여식이 무슨 이유로 토사곽란을 일으켰는지 차차 밝혀내겠다고 엄포를 놓았다. 금성과 정종은 긴장을 감춘 채 태연한 척 가장했다.

아무래도 일이 묘하게 돌아가고 있었다.

신부가 사라진 것이 누구의 소행이든 금성의 거사를 망친 것은 분명했다. 게다가 자칫 신부가 제때 나타나지 않는다면 신부를 납치한 주모자로 죄를 뒤집어쓸 수도 있는 것이다.

금성은 당당한 태도로 형인 수양을 바라보았다.

잠시 후 커다란 포대자루를 말 등에 얹은 사내가 무서운 속도로 달리는 것을 보았다는 자들이 속속 나타났다. 신면은 마포나루로 향하는 것을 본 자가 있다는 송자번의 보고를 받고 추격에 박차를 가했다.

승유는 포대자루를 들쳐업고 빙옥관 뒤편으로 들어갔다. 승법사에서 세령을 납치할 기회를 놓치고 돌아온 승유는 밤새 생각을 정리했었다. 세령을 납치해서 어디에 데려다 놓을 것인지 아무리 생각해도 마땅한 장소가 떠오르지 않았다. 그렇다. 세령을 숨길 만한 장소로 빙옥관 만큼 적절한 곳은 없었다. 수상쩍은 사람들이 무시로 드나드는 마포나루가 오히려 안전할 것이라 여긴 것이다. 승유는 빙옥관의 폐 창고에 포대자루를 던지듯 내려놓았다. 각종 잡동사니들을 쌓아놓은 창고는 사람이 거의 드나들지 않는 곳이다. 포대자루를 벗겨내자 정신을 잃은 세령의 모습이 보였다. 재갈을 입에 물린 채 머리채는 비녀가 빠져서 흐트러져 있었다. 그 모습을 물끄러미 바라보는데 세령의 눈꺼풀이 파르르 떨리며 깨어나려 하고 있었다.

승유는 다시 기계적으로 몸을 움직였다. 세령의 몸을 창고 기둥에 단단히 매어 묶었다. 세령은 가물거리는 눈으로 자신을 묶고 있는 어떤 사내를 보았다. 컴컴한 창고 안이라 얼굴이 보이지 않는 사내의 모습을 보자 세령은 두려웠다. 그래도 얼굴을 확인하려고 애써 초점을 맞추려고 했다. 하지만 사내는 곧 창고를 나가버렸다. 빛 한 줌 새어 들어오지 않는 창고의 어둠 속에 갇힌 채 세령은 엄습하는 공포에 몸부림쳤다.

승유는 곧장 빙옥관으로 들어갔다. 남들에게는 늦은 점심인 첫 식사를 하는 기녀들과 기둥서방들로 객장이 북적거렸다. 석주에게 지필묵紙筆墨을 가져다달라는 승유를 모두들 어안이 벙벙해서 쳐다보았다. 고급 기생집이 아니고는 난蘭을 치고 시詩를 읊는 것은 시간 낭비인 빙옥관이었다. 소앵이 지필묵을 찾으러 갔다.

이층 객방으로 올라가는 승유를 석주는 불안한 눈빛으로 쳐다보았다. 초희의 방에서 잠을 자고 일어나 창밖을 내다보던 석주는 어깨에 무언가를 짊어지고 폐창고로 들어가던 승유를 보았던 것이다. 그것이 무엇인지는 생각도 하기 싫었다. 그런데 이번에는 지필묵을 달라고 하니 불안한 마음은 더욱 커졌다. 도대체 무슨 일을 꾸미고 있는 것인지 알 수 없었다.

승유는 소앵이 가져다준 바싹 말라 금이 간 벼루에 먹을 갈았다. 다 비어져나온 붓에 천천히 먹을 묻혔다. 승유는 탁자 위에 올려놓은 누런 종이를 물끄러미 쏘아보았다.

마치 그 종이가 누구라도 되는 듯이 매섭게 쏘아보더니 붓을 들고 글을 쓰기 시작했다.

수양首陽…….

신숙주는 정신이 아득했다. 아들의 혼례가 드디어 성사되는가 싶었는데 신부가 사라진 것도 모자라, 금성대군의 계략을 뒤늦게 알게 된 것이 충격이었다. 모두들 알고 있었는데 자신만 몰랐다는 것이 못내 불안했다. 걱정할까 저어했다는 수양의 말에 그저 고개를 끄덕였으나 불안한 마음은 도통 가시지 않았다. 수양이 자신을 믿지 못함인가,

아니면 아들을 믿지 못함인가. 하지만 불안함을 절대 드러내서는 안 되었다. 이럴수록 수양의 심중에서 멀어질 것이다.

"헌데 이 모든 일이 금성대군의 짓이란 말입니까?"

신숙주가 물었다.

"금성대군은 아닐 것입니다. 자신의 모략을 노출시키면서까지 세령 아가씨를 납치해서 얻을 것이 전혀 없습니다. 필경 다른 자의 소행일 것입니다."

한명회가 수염을 만지작거리며 불평하듯 내뱉었다.

금성대군 말고도 반기를 드는 세력이 또 있다는 것이었다. 그 말에 모두들 표정이 무거워졌다. 정체를 알아야 대비도 가능한 법이었다. 그런데 적이 누군지도 모르는데 어떻게 대해야 할지 수양과 그 측근들은 신경이 쓰였다.

경혜는 방안에 앉아 있지 못하고 마당을 서성거리며 정종이 돌아오기만을 기다렸다. 돌아오지 않을지도 모른다는 불안감이 이토록 자신의 마음을 헤집어 놓을지는 미처 몰랐다. 무사히 돌아오길 바라며 애꿎은 대문만을 쏘아보던 찰라, 거짓말같이 대문이 열리고 정종과 금성이 들어섰다. 경혜는 정종의 얼굴을 보는 순간 봄눈 녹듯 모든 불안이 사그라지는 것을 느꼈다. 그런데 곧이어 들린 소식에 놀라 입을 다물지 못했다.

"대체 누구의 소행이란 말입니까? 수양 숙부에게 대항하는 이가 우리 말고 또 있단 말입니까?"

경혜는 깜짝 놀랐다. 세령이 납치당했다는 사실도, 또 다른 대항세력이 있다는 것도 놀라울 따름이었다. 세령을 생각하면 마음 한편 걱정이 앞섰지만 전하에게 힘이 되는 누군가가 더 있다는 사실이 반가웠다. 하지만 이 놀라움은 오래 가지 못했다. 곧바로 수양이 보낸 한성부 군사들이 들이닥쳤던 것이다. 수양은 금성대군의 음모를 알고도 세령이 납치된 일 때문에 눈앞에서 금성을 놓치게 된 것이 꺼림칙하게 여겼다. 이번에는 운 좋게 금성의 음모를 사전에 발각했지만 차후에도 역모를 꾀할 것이 분명하기 때문이다.

"세령 아가씨를 납치한 놈이 어떤 자이든, 이번 일을 꾸민 주모자는 금성대군이 되어야 하옵니다."

한명회의 말에 수양은 고개를 끄덕였다. 당연히 세령이 무사히 돌아오기를 바라지만 그보다 발칙하게 고개를 쳐드는 금성의 기세를 꺾어놓을 필요가 있다고 믿었다.

"금성대군을 하옥하라는 수양대군의 명이십니다."

한성부 군사의 말에 정종은 아연실색했다. 일이 크게 잘못 되었음이 분명했다. 군사들은 일국의 종친을 대역죄인처럼 양 팔을 단단히 붙들어 잡고 끌고 갔다. 금성은 정종과 경혜를 쳐다보았다. 경혜는 거사를 제대로 도모해보기도 전에 무참히 끌려가는 숙부의 피 끓는 분노와 안타까움을 보았다. 진정 이대로 무너지고야 마는 것인가 절망감에 부마를 바라보았지만, 정종 역시 끌려가는 금성대군을 굳은 얼굴로 쳐다볼 뿐이었다.

정종은 서둘러 전하를 알현해 수양이 금성을 하옥시킨 사실을 고했다. 더불어 금성과 함께 도모했던 거사를 단종에게 말했다. 단종은 자신에게 아무 말도 없이 그런 위험한 일을 계획한 것이 서운했다. 하지만 모두 자신을 걱정해서 한 일이라는 것을 아무리 어린 왕이라지만 왜 모르겠는가. 단종은 금성 숙부를 한성부에서 의금부로 옮기라고 전균에게 명했다. 안평 숙부를 지키지 못한 것도 아직 마음에 남아 있는데 금성 숙부까지 잃을 수는 없었다.

신면과 송자번 등 한성부 군사들이 마포나루를 이 잡듯이 수색하고 있었다. 유곽들마다 들이닥쳐 객방을 샅샅이 훑었지만 흔적을 찾을 수가 없었다. 게다가 이곳은 저희들마다의 유흥에 빠져 누가 옆에서 무얼 하고 지나갔는지 신경조차 쓰지 않는 곳이었다. 탐문에 성과가 없자 군사들은 일일이 유곽을 수색하기 시작한 것이다. 신면은 성과 없이 자꾸만 시간이 흐르는 것에 몸이 달았다. 도대체 무슨 일이냐고 항의하는 기녀들과 유곽 사람들을 가차 없이 밀쳐냈다. 송자번은 상관의 무자비한 모습에 긴장했다.

영문도 모르는 채 기둥에 묶여 있던 세령은 몸을 뒤틀며 줄을 풀어 보려고 안간힘을 썼다. 살려 달라 소리를 질러도 재갈을 물려 제대로 된 소리가 새어나오지 않았다. 묶인 손에 힘을 줬다 빼가며 갖은 애를 쓰면서도 머릿속에는 한 가지 생각뿐이었다.

'대체 누가, 무슨 목적으로 나를 납치했을까.'

그러나 한 가지는 분명했다. 아버지, 아버지를 향한 복수가 시작된 것이라는 것을…….

마포나루에 한성부 군사들이 들이닥친 것도 모른 채 빙옥관 객장은 장사 준비에 정신이 없었다. 객장 한구석에 앉아 검을 다듬고 있는 승유의 눈빛이 매서웠다. 눈앞에 마주했던 세령의 모습이 자꾸만 승유를 괴롭혔다. 자신을 나락으로 떨어뜨린 여인, 원수의 딸이거늘 자꾸만 머릿속을 헤집고 돌아다니는 세령의 얼굴이 원망스러웠다.

"이거 좀 갖다버려. 객장 뒤편에 안 쓰는 창고 있어. 거기 갖다 둬."

무영이 부서진 의자 두 개를 들어 노걸에게 떠안겼다.

"달고 나온 건 매한가진데 힘쓰는 건 왜 나만 시키시나?"

노걸이 빙글거리며 타박하자 무영의 눈빛이 매서워졌다. 금세 치마춤 사이에서 장검을 꺼내더니 노걸의 사타구니 쪽으로 척하니 갖다 댔다.

"입 함부로 놀렸다간 고자 될 줄 알아."

무영의 쌀쌀한 말투에 노걸의 눈이 휘둥그레졌다. 그때 승유가 의자를 뺏어들고 나갔다. 둘의 대화를 저도 모르게 엿듣고는 창고라는 말에 몸이 먼저 반응했던 것이다.

세령은 손목이 벌겋게 벗겨지는데도 줄을 풀려고 애를 쓰고 있었다. 쓰라린 통증을 이를 앙다물고 힘을 준 보람이 있어 드디어 줄이 느슨해졌다. 겨우 두 손이 자유로워지나 했는데, 갑자기 창고 문이 열렸다. 세령은 두 팔을 뒤로 감추고 아무 일도 없는 척 두 눈을 감았다.

사내가 양 손에 의자를 하나씩 들고 들어오더니 창고 한 구석으로 던지는 것을 실눈을 뜨고 바라보았다. 역광이 비쳐 사내의 모습은 흐릿했다. 문득 사내가 돌아보는 것 같아 세령이 다시 눈을 질끈 감고

숨을 죽이고 있었다. 잠시 후 사내가 문 쪽으로 다가가는 소리가 들리자 조심스레 일어나 저고리 춤에 장신구로 매달린 은장도를 꺼내들었다. 칼을 뽑아들고 사내의 목을 노리며 달려드는데, 사내가 휙 돌아서더니 세령의 팔을 붙잡았다.

세령은 바로 코앞으로 다가온 사내의 얼굴을 확인하고는 경악하며 휘청거렸다. 스승님…….

서늘한 눈빛으로 담담하게 세령을 노려보고 있는 승유였다.

내가 헛것을 보는 것인가. 아니면 그분이 날 죽이러 온 것이라고 믿고 싶은 것인가. 꿈이라면 이대로 그분의 손에 목숨을 맡겨도 좋다고 생각했다.

세령의 마음을 아는지 모르는지 승유는 세령의 은장도를 빼앗아 한쪽으로 휙 던졌다. 그리고는 거칠게 세령을 기둥 쪽으로 잡아끌고는 눌러 앉혔다. 승유는 아무 말도 없이, 감정이라고는 없는 사람처럼 냉정하게 움직였다. 세령은 승유의 그런 모습에 너무 놀라고 기가 막혀 물끄러미 바라보았다.

'꿈에도 그리던 분, 이제는 마음에 묻어야 하는 줄 알았는데 이리 살아 돌아오셨습니까…….'

묻고 싶은 말도 하고 싶은 말도 많았다. 하지만 승유는 제 할 일을 마치자 몸을 일으켜 창고에서 나가려 했다.

"정녕 스승님이십니까? 정녕 이게 꿈은 아닙니까? 배가 침몰하여 돌아가신 줄만 알았습니다. 어째서 알려주시지 않았습니까? 어째서 살아계신다는 것을……."

돌아서는 승유의 뒷모습에 대고 세령이 원망하듯 토해냈다.

승유가 천천히 돌아섰다. 눈물이 가득 어린 세령의 얼굴을 냉정하게 쳐다보았다.

"네가 알던 김승유는, 이 세상에 없다!"

차갑게 내뱉고는 세령이 입고 있는 혼례복을 경멸하듯 쏘아보았다. 그 시선에 자신이 혼례를 앞두고 있었다는 것을 깨달은 세령의 몸이 움츠러들었다. 화려한 혼례복이 너무도 수치스러웠다.

"내 아버지의 원수의 딸과 나를 배신한 벗의 혼사라……. 참으로 어울리는 한 쌍이다."

승유의 독기어린 말이 계속 이어졌다.

"부디 살아 남아, 죽이러 와 달라 하지 않았나?"

힐난하는 것 같은 승유의 말투에 세령은 가슴이 아팠다.

"내 손에 죽을 날을 기다리겠다고도 했었지. 그저 말뿐이었나?"

그랬다. 세령이 분명히 그렇게 말했었다. 그래야 승유가 살아남을 이유가 생길 테니까. 하지만 냉정하게 세령을 조롱하는 승유의 모습이 지금은 너무도 낯설었다. 도저히 믿기지가 않았다.

세령은 그제서야 승유에게 그 모든 일들이 얼마나 무참하고 처참한 것이었던가를 깨닫게 되었다. 세령은 온몸이 산산이 부서지는 듯 격통을 느꼈다.

"스승님!"

세령은 절규하듯 승유를 불렀다.

"네가 그토록 바라던 그날이 왔을 뿐이다. 기다려라. 곧 죽여줄 테니까."

말 한 마디 한 마디에 힘을 주며 내뱉는 승유가 돌아섰다.

"스승님!"

"더 소리 질러 봐! 당장이라도 죽고 싶다면."

승유는 짐승처럼 눈을 치켜뜬 채 죽일 듯 쏘아붙이고는 그대로 창고를 나가서 문을 잠갔다.

어둠 속에서 세령은 몸이 부들부들 떨리는 것을 느꼈다. 한치 앞도 보이지 않는 어둠이, 마치 그분의 마음속 같아 죄스럽고 안타까웠다. 분노에 가득찬 눈빛, 어두워진 승유의 얼굴, 그분이 진정 스승님이던가. 세령은 전에 알고 있던 승유는 이미 죽어버렸다는 것을 깨달았다. 승유의 온몸 가득 뿜어내던 증오를, 분노를, 한스러움을 세령은 절망적으로 느끼고 있었다.

'나는 도대체 스승님께 무슨 짓을 저지른 것일까…….'

땅이 꺼지는 것 같았다. 세령의 눈에서는 눈물이 툭툭 떨어졌다.

신면과 한성부 군사들은 빙옥관까지 쳐들어왔다. 수상한 사내를 찾고 있다는 신면의 말에 초희는 그런 자는 없다고 태연히 응대했다. 빙옥관 식구들은 군사들이 석주를 찾아왔다고 생각했다. 때마침 석주와 노결도 객장에 있었던 터라 잔뜩 긴장한 상태였지만 무영과 소앵을 비롯한 기녀들은 유연하게 군사들의 수색을 지켜보았다. 긴장을 터트리는 건 자살행위였다. 노걸이 덜덜 떨며 도망치려는 것을 석주가 단단히 붙잡고는 인상을 찌푸렸다. 석주는 유곽 왈패 하나 잡자고 한성부 군사들이 쳐들어왔으리라곤 믿지 않았다. 석주의 머릿속에 번뜩 스치는 것이 승유였다.

분명 어느 고관대작의 자제였음이 틀림없다. 죽지 않고 살아났다는 소문이 도성에 미쳤을지 몰랐다. 그래서 그를 잡으러 쫓아온 것은 아닐까 그런 생각이 들었다.

승유는 이층에서 내려오다 신면과 군사들의 모습을 먼저 발견하고는 몸을 피했다. 군사들이 벌써 이곳까지 들이닥쳤다는 놀람과 신면에 대한 분노가 뒤엉켜 승유의 얼굴이 험하게 일그러졌다.

점점 가까이 다가오는 송자번과 군사들을 지켜보다 승유는 일층으로 가는 비밀통로로 향했다. 평상시에는 열려 있는 바닥이지만 비상시에는 밀어서 가릴 수 있는 문이었다. 모르는 사람들에겐 그저 평범한 바닥처럼 보였다. 서둘러 사다리를 내려온 뒤 바닥을 끌어 닫았다. 그리고는 빙옥관 뒤편으로 통하는 쪽문으로 그대로 빠져나갔다. 서둘러 폐 창고에 있는 세령을 다른 곳으로 옮겨야 했다. 자칫 복수의 칼을 들기도 전에 무산될 위험에 처해 있었던 것이다.

승유는 군사들의 눈을 피해 조심스레 빙옥관 뒤편으로 가는데 성공했다. 폐창고가 눈앞에 보이는가 했는데 그 앞으로 신면이 어슬렁거리고 있었다. 김승유는 얼른 몸을 숨기고 신면을 쏘아보았다.

주위를 살펴보며 흔적을 쫓던 신면의 시선이 문득 폐창고에 머물렀다. 낡고 허름한 창고인데 빗장이 걸려 있는 것이 수상쩍게 느껴졌다.

천천히 다가가 빗장을 열려는 순간 군사들의 목소리가 들렸다.

"웬 놈이냐? 잡아라!"

갑작스레 들려오는 소리에 신면은 반사적으로 그쪽을 쳐다보았다. 도망치는 사내의 옷자락이 보였다. 신면은 재빨리 그의 뒤를 쫓아 달려 나갔다.

신면이 사라지는 것을 확인한 승유는 서둘러 창고로 달려가 세령의 입에 재갈을 다시 물렸다. 기둥에서 풀고는 다시 두 팔을 묶는 승유를 세령은 걱정 어린 눈으로 바라보았다.

창고 안은 어두웠지만 소리까지 차단된 것은 아니었다. 창고 밖에서 들려오는 소리는 세령을 찾는 군사들이 분명했다. 만약 세령이 이곳에서 발각되었다간 또 애꿎은 사람들의 목숨이 달아날지도 모르는 일이다. 게다가 승유마저 잡힌다면 이번에야말로 유배로 끝나지 않을 것이었다.

세령은 승유가 이끄는 대로 잠자코 따라나섰다. 갑자기 쏟아지는 햇살에 현기증이 났다. 세령은 몇 걸음 채 걷지도 못했는데 갑자기 승유의 발걸음이 우뚝 멈춰 놀라 바라보았다. 눈앞에 낯선 사내가 서 있었다. 단정하게 묶지도 않은 채 멋대로 내버려둔 머리칼에 험상궂은 얼굴이 한눈에 보기에도 왈패가 분명했다.

"그 여인이 수양대군의 딸이냐?"

석주는 매서운 눈빛으로 승유에게 물었다. 잠자코 시선을 피하는 승유를 보니 확실했다.

미치고 환장할 노릇이었다. 다 죽어가는 놈 살려놨더니 이제 다 죽이려고 달려드는 꼴이 아닌가. 게다가 그 방법이란 것이 그를 더욱 분노하게 만들었다. 씹어 먹어도 시원치 않을 공칠구가 석주를 제거할 때 써먹은 방법과 같았던 것이다. 여인을 이용해서 꾀어낸다.

석주는 화가 치밀어 올라 다짜고짜 승유의 멱살을 휘어잡았다.

"너란 놈 정말 대책 없는 놈이구나. 어쩌겠다는 거냐? 네 놈의 복수란 것이 고작 이런 방법이었냐!"

부들부들 떨리는 손으로 멱살을 움켜잡았던 석주의 손이 갑자기 탁 승유를 내쳤다.

"아무 죄도 없는 힘없는 계집을 미끼로 추잡한 복수를 하시겠다? 그렇게 애타게 부르던 네 아버지에게 부끄럽지도 않냐?"

경멸하듯 내뱉는 석주의 말에 승유는 당장이라도 덤벼들 듯 노려보았다.

"함부로 떠들지 마!"

하지만 석주는 냉정했다. 승유 역시 다른 놈들과 똑같은 종자라며, 빙옥관 식구들에게 피해주지 말고 꺼지라고 소리쳤던 것이다.

승유는 석주의 모욕적인 말에 머릿속이 차가워졌다. 하지만 세령을 데리고 더 머물다간 석주의 말대로 빙옥관에 폐를 끼칠 수 있었다. 그것도 목숨이 위태로울 만한……. 그의 말이 맞았다. 세령을 이곳에서 데리고 나가야했다.

"갈아입어!"

명령하듯 내뱉으며 승유가 허름한 옷가지를 세령 앞에 던져주었다.

승유의 냉정한 말은 세령을 슬픔에 빠트렸다. 어떻게 하면 승유가 예전의 모습으로 돌아갈 수 있을까. 그것은 진정 불가능한 일이 되어 버렸나.

승유는 세령의 몸짓, 눈빛 모두 마음에 들지 않았다. 죽고 싶지 않으면 갈아입으라고 윽박질렀지만 그럴수록 세령의 눈빛은 더욱 쓸쓸해졌다. 승유는 더 참지 못한 채 세령에게 달려들어 옷고름을 확 뜯어냈다. 갑작스런 승유의 거친 행동에 세령이 뒤로 주춤 물러섰지만 승유는 아랑곳하지 않았다. 다시 달려들어 저고리를 벗기려 손을 뻗쳤다. 그때 세령의 소매 춤에서 뭔가가 툭 바닥으로 떨어졌다. 작은 비단 주머니……. 세령이 당황하며 주으려는데, 승유가 먼저 휙 낚아챘다.

비단주머니를 뒤집자 그 안에서 깨진 옥가락지 조각들이 떨어졌다. 바닥으로 떨어지는 가락지 조각들을 바라보는 승유의 얼굴이 움찔거렸다. 세령은 경직된 얼굴로 가락지를 노려보고 있는 승유를 보다가 조각들을 하나씩 주워 담았다.

승유의 얼굴이 점차 일그러졌다. 세령의 모든 행동이 승유의 눈에는 가식처럼 느껴졌다. 살려고 몸부림치는 것으로밖에 보이지 않았다. 하지만 그 조각들은 분명 승법사에서 제 손으로 부숴버린 가락지였다. 그것을 주머니에 담아 간직하고 있었던 세령의 마음을 느낄 수 있었다. 그래서 참을 수 없이 화가 났다.

승유가 옷을 갈아입으라고 고함쳤지만 세령은 작은 조각 하나까지 그러모아 주머니에 담았다.

"깨진 것을 뭣 하러 주워 담아!"

승유가 참지 못하고 세령의 팔을 휘어잡았다. 세령은 그 팔을 뿌리쳤다.

 "설령 깨졌다 하더라도 제겐 어느 분께 받은 온전한 마음입니다."

 승유를 바라보며 단호하게 말하는 세령이었지만, 어느새 눈가에 촉촉하게 물기가 어려 있었다.

 "어제 승법사에 계셨습니까? 내내 저의 뒤를 쫓으신 것입니까? 하루 종일 스승님을 생각했는데 스승님은 제 뒤를 따르고 계셨군요. 감사합니다. 살아 있어 주셔서. 참으로 감사합니다."

 세령의 고백에 승유는 가슴이 일렁거렸다. 하지만, 흔들려서는 안 된다고 이를 앙다물었다. 거칠게 세령의 저고리를 움켜잡고는 어서 말을 들으라고 윽박지르고는 그대로 밖으로 나가버렸다. 기어이 세령의 눈에서 눈물방울이 툭 떨어져 내렸다. 마음을 알아주길 바라는 것이 욕심이라는 것을 잘 안다. 자신의 존재가 그분의 가슴속 상처를 덧나게 한다는 것도 잘 알고 있다. 하지만 자꾸만 마음이 아려왔다. 그분의 증오를, 분노를, 절망을 씻어드릴 수 있을지 걱정되어 더욱 슬펐다.

 '원하시는 대로 따라가자. 내 목숨은 그분의 것이니까……'

 세령은 눈물을 손등으로 훔치고는 천천히 옷을 갈아입었다.

 인적이 드문 산길을 두 사람을 태운 말 한 필이 달리고 있었다. 세령은 승유와 함께 말을 타고 달렸던 옛일이 떠올랐다. 하지만 승유는 예전처럼 세령의 허리를 감싸주지 않았다.

 세령은 달리는 말에서 떨어질까 봐 두려워 안장에 연결된 손잡이를 힘주어 움켜잡았다. 냉정한 얼굴로 고삐를 움켜쥔 채 말에 박차를 가하는 승유였지만, 머릿속은 이러지도 저러지도 못하는 혼란스런 상태였다. 바로 눈앞에 있는 세령의 몸에는 풍겨오는 그녀만의 체취가 바람에 자꾸 실려와 승유를 괴롭혔다. 더구나 빙옥관을 빠져나올 때 세령이 취했던 행동은 이해가 되지 않았다. 그때까지 빙옥관 주변을 맴돌고 있던 신면 무리들에게 들킬 뻔했던 것을 세령이 막아준 것이다. 그 순간 세령의 눈동자에 어린 결연한 기색을 승유는 어떻게 받아들여야 할지 혼란스러웠던 것이다.

더 이상 말을 타고 오를 수 없는 길에 이르자 말에서 내렸다. 나무에 말을 묶어놓은 뒤 승유는 세령의 팔을 단단히 결박한 뒤 다시 산길을 올랐다.

세령은 성큼성큼 앞서가는 승유의 뒤를 따라갔다. 하지만 양팔이 묶인 상태에서 험한 산길을 오르는 것은 너무 힘들었다. 발을 헛디뎌 경사에 미끄러져 굴러 떨어지고 생채기가 났지만 승유는 무심한 얼굴로 세령을 일으켜 세우기만 할 뿐 뒤도 돌아보지 않고 다시 걸었다. 세령은 지친 두 다리가 천근만근처럼 느껴졌지만 이를 앙다물며 승유를 쫓아갔다.

캄캄한 밤이 되어서야 도착한 곳은 폐허처럼 보이는 사찰이었다. 적막한 사찰의 마당에 서 있노라니 세령은 착잡했다. 스승님은 이곳에서 무엇을 하시려는지 짐작할 수조차 없었다. 승유는 그런대로 멀쩡한 승방으로 세령을 끌고 들어왔다. 세령은 피로감에 후들거리는 몸으로 벽에 기대어 앉았다. 승유가 호롱불에 불을 붙였다. 그 불빛에 비친 세령의 얼굴에 온통 생채기가 난 것을 보니 승유는 기분이 좋지 않았다.

"아프지 않으니 그리 보실 필요 없습니다."

담담한 세령의 말에 승유는 쓴웃음을 지으며 말했다.

"착각하는 건 여전하군."

"저를 언제 죽이려 하십니까?"

세령의 물음에 승유는 그녀의 눈동자를 서늘하게 쏘아보았다.

"내가 나의 아버지를 죽이는 미끼가 되었듯, 너도 네 아비를 죽이는 미끼가 될 것이다."

단호하면서도 잔인한 승유의 말에 세령은 눈을 감아버렸다.

결국 그렇게 되는 것인가. 피로써 피를 씻어내시려고 하시는가.

세령은 다시 눈을 뜨고 촉촉하게 젖은 눈으로 승유를 바라보았다. 세령의 서글픈 눈빛은 승유의 마음을 흔들어놓았다. 그래서 참을 수가 없었다.

저 눈빛, 왜 그렇게 나를 보는가? 왜 나를 불쌍한 놈처럼 바라보는가?

"왜, 그리 끔찍한 아비여도 죽는 건 싫은가? 피로 칠갑을 한 네 아비가 그리 좋으냔 말이다! 그렇게 보지 마! 순진한 척, 아픈 척, 다 아는 척! 그런 식으로 날 보지 말란 말이야! 눈이라도 도려내줘야 말을 듣겠어? 어떻게, 도대체 어떻게 해야 내 말을 듣겠어? 네 아비나 너나 똑같아! 네 아비의 가슴에 칼을 박고 네 식구들의 목을 베고 나면 너도 잔인하게, 잔인하게 죽여줄 것이야, 알아?"

광인처럼 발악하는 승유의 모습에 세령은 가슴이 울렁거려 숨을 쉴 수조차 없었다. 세령은 갑자기 묶인 팔 안으로 와락 승유를 품어 버렸다. 갑작스런 세령의 행동에 놀라 그녀를 밀어내려 했지만 단단히 묶어 놓은 손목이 오히려 세령의 품에서 꼼짝할 수 없게 만들었다. 세령은 승유를 더욱 꽉 안아주며 눈물을 흘렸다.

"얼마나, 얼마나 힘드셨습니까. 상상조차 할 수 없는 고통을 어찌 견뎌내셨습니까. 제 목숨이라도 취해 그 고통을 잊으실 수 있다면 천 번 만 번이라도 달게 죽겠습니다."

어떤 고통이 사랑하는 임의 아픔보다 더할 수 있겠는가. 세령은 자신의 품에 안겨 있는 승유의 분노가 사그라지기를 진심으로 바라고 있었다. 그럴 수만 있다면 그리 할 수만 있다면…….

하지만 얼굴이 잔혹하게 일그러진 승유가 세령의 팔을 힘주어 잡고는 휙 걷어냈다. 잠시 동안이었지만 세령이 자신을 두 팔로 안았을 때, 그녀의 진심어린 고백을 들으며 승유는 모든 것을 잊고 싶었다. 마음이 흔들렸던 그 짧은 순간조차 승유는 스스로를 용서할 수 없었다.

'또 나를 기만하려 하는가.'

승유는 냉정한 눈빛으로 검을 뽑아 세령의 목에 들이밀었다. 그런데 세령은 물러서기는커녕 두려움 없이 그저 애처로운 눈으로 승유를 바라보고 있었다. 눈물을 흘리며 눈을 감는 세령을 보자 승유의 칼끝이 흔들렸다.

'도대체 네가 무엇이기에 너 따위가 무엇이기에…….'

부들부들 떨리는 손으로 세령의 목에 검을 더욱 가까이 들이대던 승유의 얼굴이 움찔했다. 세령의 목에 희미하게 남아 있는, 붉은 선처럼 보이는 흉터자국이 눈에 들어왔던 것이다. 순간 예전에 옥사에서 신면이 했던 말이 떠올랐다.

'그 여인이 널 살리려고 목숨까지 걸었다면 믿겠느냐?'

그 말이 사실이었던가. 승유는 혼란스러움에 검을 획 거두고는 활을 들고 그대로 승방을 나가버렸다. 문이 탁 닫히는 소리에 세령은 감았던 눈을 떴다. 승유가 발악하며 소리 지른 말들이 가슴에 사무쳤다. 갈기갈기 찢어진 승유의 마음을 위로해줄 수 있는 것은 아무것도 없었다.

세령은 고개를 돌려 문에 비친 승유의 그림자를 손으로 매만지며 눈물을 흘렸다.

'더는 닿을 수도 만져서도 안 되는 남자…….'

승유는 아직도 가라앉지 않은 분노에 거친 숨을 몰아쉬며 세령이 있는 방의 장지문을 쏘아보았다. 장지문에 비친 세령의 모습에 승유는 다시 고개를 돌렸다.

모든 것이 수양의 야망 때문이라고, 그의 딸 세령 때문이라고 칼을 갈아왔건만 그녀는 여전히 승유의 마음을 흔들어놓고 있었다. 아무리 냉정해지려고 해도, 아버지를 죽인 원수의 딸이라고 아무리 되뇌어도 세령 앞에서 속수무책 무너지는 자신이 원망스러웠다. 장지문에 와 닿는 세령의 손가락들이 보이고 자기도 모르게 무표정한 얼굴이 자꾸만 흐트러지려고 했다.

'바보같이 아직도 마음에 남겨둔 것이 있단 말인가.'

바늘을 삼킨 것처럼 가슴속이 따끔거렸다. 승유는 그 모든 고통이 빨리 사라지길 바랐다. 이대로 시간을 끌다가 마음이 어떻게 변할지는 알 수 없었다. 승유는 결연한 눈빛으로 활을 들고 벌떡 일어섰다. 멀어지는 승유의 발걸음 소리에 세령은 가슴이 아파 눈물이 멈추지 않았다.

수양대군의 저택은 세령이가 납치된 후 아무런 흔적도 찾지 못하자 분위기가 어둡게 가라앉아 있었다. 세령을 기필코 찾아낼 것이라는 신면의 다짐에도 수양은 묵묵부답 말이 없었다. 이 모든 흉악한 일이 자신의 목을 향하고 있음을 누구보다 수양은 잘 알고 있었다.

'나를 우습게 본 것이야. 감히 내 집안에서 그것도 혼사를 앞둔 신부를 데려가?'

수양은 반드시 납치범을 잡아내어 그 대가를 몇 곱절 처절하게 치르게 해주겠노라며 서늘하게 읊조렸다.

노심초사 대청마루에서 서성거리고 있던 윤씨와 숭, 세정은 아직 오리무중이라는 여리의 말에 아연실색했다. 윤씨는 불상사가 생길 리 없다 마음을 다잡으려 애썼다. 그렇잖아도 원치 않는 혼례를 앞두고 괴로워했던 세령이였다. 세령의 연정을 알면서도 단호하게 반대했던 윤씨였지만, 그래서 더욱 안쓰럽고 불쌍한 딸자식이었던 것이다. 그때, 날카로운 소리와 함께 밤공기를 가르며 화살이 날아들었다. 화살은 곧장 윤씨 옆의 대청마루 기둥에 와서 콱 박혔다.

순간적으로 어머니를 보호하려고 막아서던 숭은 화살 끝에 묶인 누런 종이를 보았다. 숭은 화살을 뽑아들고는 불길함을 감추지 못한 채 어머니를 바라보았다.

윤씨는 화살에 묶인 서찰에 끔찍한 글이라도 적혀 있을까봐 얼굴에 핏기가 가셨다.

수양, 네 놈의 딸을 데리고 있다.
내일 사시※에 인왕계곡 갖바위로 혼자 나와라.
만일 군사들을 대동하거나 섣부른 짓을 하면
네 딸은 그 자리에서 죽을 것이다.

수양은 굳은 얼굴로 서찰을 내려놓았다. 신면이 서둘러 서찰을 펼쳐보고는 분노로 파르르 떨었다. 그런데 절대 나가서는 안 된다는 한명회의 말에 신면은 더욱 경악했다. 위험을 무릅쓰고라도 세령을 구해야 하지 않느냐고 말했다. 하지만 수양은 아무 말도 하지 않았고, 대책을 강구하는 측근들의 입씨름만 높아졌다.

"나가셔선 아니 되옵니다. 분명 대군을 노릴 것입니다."

한명회는 수양이 나가는 것을 반대했다.

"수양의 목숨을 노리는 게 불을 보듯 뻔한데 나가서는 안됩니다."

※사시 : 오늘날 9시~11시 사이

"군을 함부로 움직여서도 안 됩니다."

신숙주도 덧붙였다.

"그럼 저리 죽게 놔둔단 말입니까?"

세령의 목숨 따위 상관없다는 듯 탁상공론만 주고받는 그들의 말에 신면은 버럭 소리를 질렀다. 한명회가 엄한 목소리로 신면을 나무랐다. 그때 수양이 입을 열었다.

"자중들 하시게. 나는 이미 마음을 정했네."

수양의 얼굴은 생각을 굳힌 듯 냉정해져 있었다. 세령의 목숨을 구하는 것도 중요하지만 그것 못지 않게 적이 누구인가 알아내는 것도 중요한 일이었다. 설령 그 과정에서 세령이 목숨을 잃는다고 하더라도 어쩔 수 없었다. 오히려 옥좌로 가는 길에 크게 이용할 수도 있을 터였다. 수양은 딸의 목숨을 두고 저울질하는 자신이 순간 끔찍하게 느껴졌다. 하지만 그것은 아주 잠깐 스쳐간 생각이었다.

지친 모습으로 새벽녘에야 들어온 승유를 세령은 물끄러미 보았다. 시선조차 주지 않은 채 멀찍감치 떨어져 눈을 감아버리는 승유를 보니 세령은 속절없이 가슴이 메어왔다.

승유는 눈을 감고 있었지만 그녀의 시선을 느끼고 있었다. 이제 끝이다. 이 질긴 악연의 매듭을 끊어버릴 때가 왔다. 승유는 모질게 마음을 먹으며 세령을 의식하지 않으려 애썼다.

칠흑 같은 어둠 속에서 아버지의 얼굴이 보이는 듯했다. 흐뭇하게 승유를 바라보는 아버지를 보자 그리움으로 한달음에 달려갔다. 그런데 순간 아버지의 모습은 사라지고 참혹하게 잘린 채 효시되어 있는 아버지의 머리만 보였다. 심장이 미친 듯이 뛰었다. 무참히 잘려진 아버지의 머리가 어둠 속에서 승유를 향해 다가왔다. 그러더니 갑자기 두 눈을 번쩍 뜨며 탄식하듯 승유를 불렀다.

"승유야!"

헉 소리를 내며 눈을 뜬 승유의 얼굴이 땀에 흠뻑 젖어 있었다. 순간 심장이 터질 것처럼 쿵쾅거렸다.

아버지가 그런 모습으로 꿈에 나타난 이유가 무엇일까 생각하자 머리가 어지러웠다. 그러다 무심코 고개를 돌린 승유는 세령이 사라진 것을 보고 벌떡 일어났다. 마당에 내려서는데 조금 떨어진 샘터에 인기척이 느껴졌다. 세령이 그곳에 서 있었다.

밤새 잠을 제대로 이루지 못한 세령의 얼굴이 창백해 보였다. 여전히 두 손이 묶여 있는 세령이 승유에게 다가와 표주박을 내밀었다. 깨끗한 샘물이 담긴 표주박을 보자 승유는 다시금 알 수 없는 분노가 치밀어 표주박을 거칠게 내쳤다. 그리고는 세령의 손목을 잡아끌고는 사찰을 나섰다.

"복수는, 저 하나를 죽이는 것으로 끝내주십시오."

세령이 애써 담담하게 말했지만, 돌아오는 것은 승유의 비웃음뿐이었다.

"부디 제 목숨을 취하시고, 이 끔찍한 악몽에서 벗어나십시오."

간곡한 세령의 말에 승유는 서늘하게 대꾸했다.

"허튼 소리 하지 마. 네 아비는 마땅히 죗값을 치러야 해!"

"아버지가 저지른 참혹한 일은 용서받을 수 없으나, 스승님의 참형을 막아주신 분 또한 그분입니다."

승유는 세령의 말에 기가 막혔다. 이 여인은 어찌 제 아비를 그렇게도 모른단 말인가.

꿈에 나타나 탄식하며 외치던 아버지의 얼굴은 혹시라도 승유가 흔들릴까 저어되어 나오신 게 틀림없었다.

"참형을 막아? 그렇다면 수많은 목숨을 태운 배를 바다 한가운데서 수장시킨 것은 누구의 짓이란 말이냐?"

승유는 증오심에 불타는 눈으로 세령을 쏘아보며 내뱉었다.

세령은 믿기지 않는다는 듯 그게 무슨 말이냐고 되물었다. 분명 아버지는 승유의 목숨만은 구명해주셨다고 말했다. 강화에 노비로 보내진다고 분명히 그리 말했었다.

승유는 세령의 말에 서늘한 웃음을 머금었다.

"네 아비의 본모습을 아직도 모르고 있구나. 유배를 가장하여 나를 비롯한 네 아비의 적들을 한꺼번에 죽였다."

세령의 순진함을 잔인하게 비웃는 승유의 말에 세령은 충격을 받았다. 분명 목숨을 걸고 청했던 것을 어렵게 들어주었다 하지 않았던가. 이번 일은 세령의 뜻대로 해주었으니 또다시 같은 일을 벌인다면 그때는 용서치 않겠다고도 하지 않았던가.

세령은 아버지가 또 자신을 속였다는 것에, 순진하게도 아버지를 믿었던 것이 한스러웠다.

경혜공주가 그랬었다. 겉으로만 따뜻한 척하는 것이 나의 아비라고, 잠시 잊고 있었다. 하지만, 여식이 목숨을 걸고 청했던 것을 그리 무참히 농락했다는 것을 인정할 수가 없었다.

신면은 송자번을 위시한 한성부 군사들을 대동하고 수양을 기다렸다. 신면은 세령을 납치한 놈을 갈가리 찢어죽이고 싶은 분노에 휩싸여 있었다. 하지만 잠시 후 나온 수양대군은 절대로 먼저 공격해서는 안 된다고 분명하게 말했다. 세령의 목숨을 구하는 것뿐만이 아니라 반드시 납치한 자를 생포하여 배후를 밝혀야 된다고 덧붙였다. 신면은 어찌 세령의 목숨을 더 위에 두지 않는 것인지 놀랐다. 제 딸의 목숨을 위험에 처하게 할 만큼 옥좌에 오르는 일이 그렇게 중요한 것인가. 신면은 다시 한 번 수양의 냉정함을, 옥좌에 대한 욕망을 확인한 것 같아 몸서리가 쳐졌다.

인왕계곡 갓바위 건너편의 숲속은 소리 없이 움직이는 군사들의 발길로 분주했다. 길잡이가 송자번에게 어느 한곳을 가리켜주었다. 신면이 그 손끝을 따라가자 나뭇가지 사이로 건너편 계곡의 편편하고 넓은 바위가 훤하게 내려다보였다.

그곳이 바로 서찰에 적힌 갓바위였다. 신면은 엄청난 용기가 아니면 선뜻 나오기 힘든 장소라는 생각에 섬뜩해졌다. 사방의 시야가 확보되어 있는 그 갓바위는 적들에게 자신을 숨길 생각이 없음을 드러내는 것 같았다. 그 말은 곧 죽기를 각오했다는 것이고 세령의 목숨은 안중에도 없다는 말이었다. 오직 수양대군의 목숨을 끊기 위해 마련한 자리였다.

"조금의 위험이라도 감지되면, 즉시 그 자를 쏴야 한다!"

신면의 단호한 말에 송자번은 놀라 쳐다보았다.

"나리, 수양대군께서 생포하라 이르지 않으셨습니까?"

"너의 상관은 나다! 오로지 내 말만 따르거라."

송자번은 결연한 신면의 말에 고개를 숙였다.

승유는 세령을 앞세운 채 갓바위를 향해 올라갔다. 아침 하늘이 눈이 부실 정도로 화창했다. 이 모든 일들을 뒤로 하면 너무도 아름다운 아침 풍경이었다. 하지만 조금 있으면 수양의 피로 물들게 될 것이다. 승유는 그리 마음을 다잡으며 세령에게 길을 재촉했다.

"위험하지 않겠습니까? 이미 군사들을 준비시켰을 것입니다."

세령의 걱정 어린 말에도 승유는 상관없다고 차갑게 내뱉었다. 수양만 죽일 수 있다면 무슨 상관인가.

"어찌 살고자 하지 않으십니까?"

세령이 멈춰 서서 간곡하게 물었다. 살고자하는 의지를 온통 복수에 맞춰놓은 승유가 그저 안타까웠다.

"너희들을 죽여 내 가족의 원수만 갚을 수 있다면 목숨 따위엔 미련 없다."

승유는 안타까운 세령의 눈빛을 외면하고는 앞서서 걸었다. 그런데 살아남은 가족이 있다는 세령의 말이 승유의 몸을 돌려세웠다. 온몸의 피가 거꾸로 솟는 것 같았다. 돌아가신 형수님과 조카를……. 감히, 제 목숨을 구하고자 그분을 들먹이는 것인가!

"네 입에서 어찌 감히……."

승유는 분노를 못 이긴 채 이를 갈며 내뱉었다.

"어린 조카와 형수님이 스승님을 애타게 기다리고 있습니다. 무사히 피신하고 계시니 가서 만나보시지요."

흔들리지 않는 눈빛으로 똑바로 쳐다보며 말하는 세령을 보자 승유는 혼란스러웠다. 진정 살아계신 것인가. 세령의 눈은 거짓을 말하는 것 같지 않았다. 그렇게 믿고 싶었지만 믿을 수 없는 현실이었다.

"또 무슨 거짓을 꾸며내는 것이냐? 더는 너에게 속지 않는다!"

더는 여인의 세 치 혀에 놀아나지 않겠다 다짐하며 승유는 무섭게 으르렁거렸다.

"진정, 진정입니다. 이대로 달려가 형수님과 아강이와 함께 부디 먼 곳으로 떠나십시오. 그것만이 스승님을 위하는 길일 것입니다."

세령은 진심으로 승유가 가족들을 데리고 떠나기를 바랐다. 목숨을 구하길 바랐다. 하지만 승유는 그녀의 마음을 읽고도 믿지 못해 두려웠다. 세령의 입에서 나오는 말이 두려워 승유는 재갈을 물려 그녀의 입을 다물게 했다. 그리고는 가녀린 그녀의 어깨가 부서져라 힘 주어 꽉 붙잡고 말했다.

"나를 위하는 길은, 네 아비의 목숨을 끊어 가족의 원수를 갚는 것뿐이다!"

승유는 더는 세령과 마주하기 싫다는 듯 두건으로 얼굴을 가렸다. 그리고 세령을 이끌고 갖바위로 올라갔다.

승유는 세령을 방패삼아 널찍한 갖바위에 들어섰다. 얼굴을 가린 사내의 정체가 승유라는 것을 꿈에도 생각하지 못한 채 신면은 세령

공주의 남자 • 189

의 지친 몰골을 보자 분노가 치밀어 올랐다.

신면은 자기도 모르게 검을 꺼내 한 발 나서려 하는데 송자번이 그의 팔을 붙잡았다.

"아가씨가 위험해질 것입니다."

송자번이 말리지 않았다면 그길로 쫓아내려가 그놈의 목을 내리쳤을 것이다. 하지만 송자번의 말이 맞았다. 괴한의 주의가 흩어졌을 때를 기다려야했다. 신면은 마음을 다잡으며 복면을 쓴 괴한의 움직임을 쏘아보았다.

시원스럽게 쏟아지는 폭포수 앞에 승유는 세령을 앞세우고 서 있었다. 승유는 제 그림자를 물끄러미 바라보다 하늘을 올려다보았다. 태양이 약속한 시간을 향해 머물러 있었다.

때가 되었음을 느끼자 활을 꺼내 세령의 목을 향해 겨누었다. 그 흔한 산새소리도 들리지 않고 풀벌레 소리조차 없었다. 그저 무심하게 떨어지는 폭포수의 소리만 공간을 메우고 있었다.

신면은 괴한이 세령을 향해 활시위를 당기는 것을 보자마자 옆에서 준비하고 있던 군사의 활을 빼앗아 승유를 향해 활을 겨눴다. 신면의 활시위가 팽팽하게 당겨졌다.

활을 겨눈 채 수양이 나타나지 않는지 주위를 살피던 승유는 담담히 서 있는 세령이 눈에 거슬렸다. 수양이 나타나지 않는다면 과연 세령을 향해 활을 쏠 수 있을까. 제 마음은 이렇게 뒤엉켜 있는데 너무도 차분하게 죽음을 기다리는 세령이 미웠다. 승유는 그녀의 얼굴을 볼 때마다 자신이 너무도 비겁하게 느껴져 손끝이 떨렸다.

"네 아비가 오지 않으면 너는 죽는다."

승유가 나지막하게 뇌까렸다. 네 아비가 오지 않는다면, 기꺼이 네 목숨을 앗아가겠다……. 승유는 다시 한 번 활을 잡은 손에 힘을 주며 결의를 다졌다.

세령은 뜨거운 햇살을 온몸으로 받으며 주위를 찬찬히 둘러보았다. 어디선가 불어온 바람이 멀리 보이는 숲을 부드럽게 쓰다듬고 가는 것이 보였다. 바위 틈 사이에 용케도 피어 있는 이름 모를 들꽃도 보았다. 맹렬히 흘러가는 계곡물을 바라보며 결국 이 모든 고통은 흐르는 물처럼 지나갈 것이라고 생각했다.

아버지는 오지 않을 것이었다. 죽음을 각오하는 듯 세령은 조용히 눈을 감았다. 마지막으로 승유를 한 번 더 보고 싶었지만 예전 환하게 웃던 직강 김승유의 얼굴과 함께 죽고 싶었다. 증오에 휩싸인 그분의 얼굴을 저 세상까지 가져갈 수는 없었다. 그때였다.

"죄 없는 내 딸을 당장 놓아주어라!"

세령은 눈을 번쩍 떴다. 아버지였다.

얼마 떨어지지 않은 곳에 수양이 홀로 서 있었다.

괴한과 수양을 보고 있는 신면과 군사들이 잔뜩 긴장한 채 숨죽이고 있었다. 신면의 활시위 끝이 승유와 세령 사이에서 위태롭게 흔들렸다. 세령이 수양의 등장에 뒤를 돌아보면서 몸을 움직였는데 그 자리가 마침 승유를 가로막는 위치였던 것이다.

매복해 있는 신면의 존재를 알지 못한 채 승유는 수양을 향한 활시위를 더욱 팽팽하게 당겼다. 제 목을 겨눈 활에도 아랑곳하지 않은 채 태연하게 걸어오는 수양의 모습이 위압적으로 다가왔다.

승유의 활 끝이 조금씩 흔들렸다.

"복면 뒤에 숨을 만큼 용기도 없는 자가, 감히 내게 대적하겠다는 것이냐?"

수양이 조롱하듯 말했다.

"네 딸을 풀어주는 대가는 네 목숨이다!"

승유는 수양의 기에 밀리지 않으려 애쓰며 내뱉었다.

"그렇겠지. 어서 풀어주고 내 목숨을 거둬가거라. 그 화살이 향할 곳은 내가 아니냐? 무엇을 망설이느냐?!"

수양은 조금씩 세령에게 다가갔다. 그의 압도적인 기세에 승유는 흔들렸다.

무엇 때문에 저리도 당당한 것인가. 도대체 무엇이 저 극악무도한 자를 당당하게 만든 것인가. 승유는 점점 온몸에 뜨거운 분노가 차오르는 것을 느꼈다.

"당장 쏴라! 왜 못 쏘느냐!"

수양의 당당한 외침에 승유는 더 참지 못한 채 짐승처럼 포효하며 활시위를 당겼다. 수양과 승유를 두려운 눈빛으로 번갈아 바라보던 세령은 건너편 숲속에 튀어나온 활시위를 발견했다. 놀라 승유를 돌아보며 안 된다고 소리쳤지만 재갈에 막혀 소리가 나오지 않았다.

그 사이, 승유의 활은 활시위를 떠나 수양의 가슴팍에 퍽 하고 꽂혔다. 세령은 순간 세상의 모든 소리가 사라진 것 같았다. 화살을 맞고 충격으로 비틀거리는 아버지를 보자 땅이 흔들리는 것 같이 참담했다. 아버지와 형제를 눈앞에서 잃은 승유의 고통이 어떤 것이었는지 그 순간 모두 이해할 것만 같았다. 하지만 그것도 잠시, 숲속에서 겨누고 있던 활시위가 떠올랐다. 고개를 들어 쳐다보니 활은 여전히 승유를 향해 있었다.

 승유는 수양이 비틀거리며 몸을 숙이는 것을 눈을 부릅뜬 채 지켜보았다. 그런데 다음 순간 승유의 얼굴이 경악으로 일그러졌다. 수양이 천천히 고개를 들며 살기어린 눈빛으로 승유를 노려 보는 게 아닌가. 게다가 그의 입가에는 잔인한 미소가 번졌다. 승유는 충격을 받고 자기도 모르게 주춤거리며 뒤로 물러났다.

 승유와 세령 두 사람의 사이가 벌어지자 신면의 활시위에는 승유가 정확하게 들어왔다. 신면은 그 틈을 놓치지 않고 활시위를 당겼다. 신면이 쏜 화살은 매섭게 공기를 가르며 승유를 향해 똑바로 날아가고 있었다.

 세령은 아버지가 비열한 웃음을 지으며 충격에 빠져 있는 승유를 쳐다보는 모습을 바라보고 있었다. 그와 동시에 승유를 향해 곧장 날아드는 화살을 보자 아찔했다. 세령은 본능적으로 승유 쪽으로 몸을 돌리며 그를 감싸 안았다. 그와 동시에 쉭! 하는 소리와 함께 날아온 화살이 세령의 여린 등에 무참하게 와서 꽂혔다. 몸이 부서지는 격통이 찾아왔지만 금세 사라졌다. 세령은 화살이 박히는 끔찍한 고통보다, 죽는다는 두려움보다 그저 승유가 애처로워 견딜 수 없었다. 갑작스런 화살의 공격에 승유는 당황했다. 더군다나 자신을 향해 날아오는 화살을 막으려고 세령이 몸을 던진 것에 충격을 받았다. 화살에 맞아 허리가 뒤로 꺾여 넘어가면서도 애절하게 손을 뻗는 세령의 모습을 승유는 도저히 믿을 수 없었다. 승유는 바닥에 쓰러지는 세령을 간신히 손으로 받아 안고 도대체 왜 그랬냐고 따지고 싶었다. 하지만 세령의 서글픈 두 눈은 기다려주지 않은 채 스르르 감기고 말았다. 승유의 얼굴을 쓰다듬으려던 세령의 손이 툭 떨어졌다.

그 순간, 승유의 가슴속에도 무언가 툭 떨어져 내리는 소리가 울렸다. 떨리는 손으로 세령을 부여잡고 있는 승유는 숨을 쉴 수조차 없는 충격으로 공황상태였다. 어쩌자고 감히…….

왜! 이 여인은 나를 이토록 아프게 하는 것인가. 얼마나 더 고통을 주려고 하는가. 왜 내 앞에서 죽는단 말인가……. 나를 얼마나 더 비참하게 하려고 하느냔 말인가!

머릿속이 온통 새하얘지는 충격에 승유는 멍하니 제 품 안에서 축 늘어진 세령을 바라만 보았다. 한성부 군사들이 숲속에서 쏟아져 나왔지만 승유에게는 보이지 않았다.

그저 세령의 창백한 얼굴만이 승유의 눈동자에 아프게 와서 박힐 뿐이었다.

정인의 눈물

"싫습니다! 내 기어이 부마를 잡아가지 못하게 할 것입니다."
"곧 돌아올 것입니다. 잡혀가는 모습을 보이고 싶지 않습니다."
경혜의 눈에 눈물이 맺혔다.

그 순간은 하늘에서 날벼락이 떨어져 내리는 것 같았다. 수양은 단지 세령을 납치한 자가 누구인지 그 배후를 캐내고자 했을 뿐이다. 딸의 목숨이 위태로워질 수도 있었지만 수양은 아랑곳하지 않았다. 수양은 속에 갑옷을 갖춰 입고 나왔다. 하지만 정작 딸의 안전은 생각하지 못한 것이다. 수양은 순식간에 벌어진 일이 믿어지지 않았다. 눈앞에서 펼쳐진 참혹한 현장을 보고도 믿기지 않았다.

세령의 등에 무참하게 박힌 화살, 힘없이 뒤로 쓰러지는 딸의 모습이 수양의 부릅뜬 두 눈에 낙인처럼 박혔다.

"세령아!"

신면과 송자번을 위시한 한성부 군사들이 갓바위를 향해 쏟아져 나왔다.

'내가 무슨 짓을 한 것인가…….'

수양은 언뜻 세령과 시선이 마주친 것도 같아 가슴이 미어졌다. 딸에게 다가가고 싶었지만 그 자리에서 꼼짝도 할 수 없었다. 생존에 대한 본능적인 망설임이 아비의 정을 이긴 것이다.

신면과 군사들이 다가왔다. 순간 수양은 세령의 손이 놈의 얼굴을 만지려는 듯 뻗치는 것을 보았다. 잘못 본 것인가. 잘못 본 것이 아니라면 저건 도대체 무슨 의미인가.

그런데 그것도 잠시 세령의 손이 힘없이 아래로 떨어졌다. 그와 동시에 갖바위에 도착한 한 무리의 군사들이 수양을 호위하며 만일의 공격에 대비해 둘러쌌다. 수양은 군사들 사이로 괴한의 품에 쓰러져 있는 세령을 뚫어져라 쳐다보았다.

군사들이 몰려들자 폭포 뒤에서 복면을 한 괴한 두 명이 뛰쳐나왔다. 그들은 화살에 맞아 축 늘어진 세령을 망연자실 쳐다보고 있던 승유의 팔을 끌어당겼다. 그 바람에 세령이 차가운 바위 위로 힘없이 쓰러졌다. 수양은 심장이 멈추는 것 같은 충격에 몸이 얼어붙었다.

송자번과 군사들은 폭포 뒤로 사라진 괴한들을 쫓아갔다. 수양은 그제서야 쓰러진 딸에게로 천천히 다가갔다. 두려움에 떨며 세령이 살아 있기만을 바랐다. 수양이 이제까지 이토록 두려움에 떤 적이 있었던가 싶을 정도로 세령을 바라보는 모습이 몹시 불안해 보였다.

"세령아 눈을 뜨거라 세령아!"

수양은 세령의 몸을 안으며 얼굴을 매만졌다. 이대로 아비 곁을 가 버리는 것인가, 수양은 숨을 쉴 수조차 없었다. 딸의 목덜미를 만져보니 가늘게 맥박이 뛰고 있었다. 아직 세령이 죽지 않고 살아 있음을 확인한 수양은 신면을 쳐다보았다.

"내 딸을 살려야 하네! 세령이를 살려야 해!"

수양은 애끓는 목소리로 신면을 향해 말했다.

신면은 곧바로 세령을 안아 올리고 서둘러 갓바위를 내려갔다. 수양은 괴한들이 사라진 폭포를 서늘한 눈빛으로 쏘아보았다. 그놈이 어떤 자이든, 배후가 누구이든 간에 기필코 붙잡아 사지를 찢어버릴 것이라고 생각했다.

신면은 세령의 방 앞에서 장승처럼 서 있었다. 분명히 그놈을 겨냥한 활이었다. 그런데 불현듯 세령이 몸을 날려 그놈에게 날아가는 화살을 막았다. 상황이 어떠했든 한 가지 확실한 것은 신면의 화살이 세령을 맞추었다는 것이다. 그리고 세령은 아직 깨어나지 못하고 있었다. 신면은 세령에 대한 마음이 앞서 수양의 뜻을 거스르고 활을 쏜 자신을 자책했다. 평생을 두고 세령에게 갚아나가야 한다고 자신에게 다짐했다.

"세령이를 구하려다 그리 된 것이니 자네 탓이 아닐세."

어느새 수양이 옆에 다가와 있었다. 신면은 죄책감에 고개를 들지 못했다.

"말씀드리기 송구하옵니다만 아가씨께서 꼭 그놈을 감싸려는 듯 보였습니다."

신면은 마음속에 가시지 않은 의문을 털어놓았다. 수양은 신면의 말에 눈빛을 빛냈다. 갓바위에서는 세령이 화살에 맞은 것 때문에 정신이 황망했었지만 분명히 기억하고 있었다. 그 무도한 놈을 향해 손을 뻗는 딸의 모습을…….

하지만 수양은 내색하지 않은 채 그럴 리가 있겠느냐며 신면을 안심시켰다.

"반드시 제 손으로 잡겠습니다."

"그래야지. 내 집안까지 들어와 납치행각을 벌인 놈일세. 세령이 목숨을 빌미로 내 목숨까지 노린 대담한 놈이야. 세령이를 위해서도, 나를 위해서도, 그자의 정체를 어김없이 밝혀야 할 것이네."

단단히 당부하는 수양의 말에 신면은 매서운 눈빛으로 각오를 다졌다.

그때, 다급히 달려온 송자번이 마포나루에서 찾아냈다며 활옷을 건넸다. 신면은 눈이 휘둥그레졌다. 그것은 잔뜩 구겨지고 더럽혀졌지만 분명 세령의 활옷이었다.

세령이 입었던 활옷을 보며 어머니 윤씨는 눈물을 흘렸다. 그렇게 천방지축 날뛰며 어미 속을 썩이던 딸이 이제야 혼례를 치르는가 싶었는데 이 무슨 마른하늘에 날벼락 같은 일인가. 윤씨는 구겨지고 더럽혀진 활옷을 쓰다듬으며 세령이 그저 빨리 깨어나기만을 바랐다.

조석주는 수양대군 저택 근처에 숨어서 동태를 살피고 있었다. 송자번이 말 옆에서 기다리고 있는 게 보였다. 골치 아픈 놈 때문에 엄청난 일에 말려들었지만 이미 엎질러진 물이었다. 어차피 죽음의 섬에서 도망쳤을 때부터 승유와 한패가 된 것인지도 모른다. 고요한 정적을 깨며 문이 열리고 신면이 나왔다. 송자번은 걱정스런 투로 세령의 용태를 물었다. 신면은 세령이 곧 깨어날 것이라며 말에 올라탔다.

"다행입니다. 아가씨께서 깨어나셔야 괴한에 관한 정보를 얻을 수 있지 않겠습니까?"

송자번은 신면을 위해서라도 세령이 빨리 회복되어야 한다고 생각했다. 예전의 신면은 단호하면서도 부드러운 상관이었다. 그런데 언제부턴가 심장이 딱딱하게 굳어버린 듯 차가운 사람이 되어가고 있었다. 그것이 세령 아가씨 때문이라는 것을 송자번은 잘 알고 있었다. 마포나루를 향해 말에 박차를 가하며 서두르는 신면을 따라 송자번도 속력을 높였다.

신면이 마포나루로 간다는 말을 들은 석주의 얼굴에 짜증스러운 표정이 역력했다. 저들보다 먼저 빙옥관에 도착해야만 한다. 석주는 얼른 숨겨둔 말에 올라타고는 어둠속을 내달렸다.

석주는 이미 승유가 끔찍한 짓을 저지르려 한다는 것을 알고 있었다. 그래서 노걸과 함께 복면을 하고 폭포 뒤에 숨어 있었던 것이다. 여차하면 뛰쳐나가 승유와 함께 싸워주려고 했다. 도대체 왜 승유를 도우려하는지 자신도 이유를 알 수 없었지만 몸이 저절로 그렇게 움직였다.

승유가 쏜 화살을 맞은 수양대군은 멀쩡하게 일어나 소름끼치는 쓴웃음을 지으며 제 몸에 꽂힌 화살을 뽑아내고 있었다. 석주는 수양대군이 겉옷 속에 갑옷을 입고 있는 걸 보고 치를 떨었다. 그 순간 숲속에서 승유를 향해 날아온 화살이 그 여인의 몸에 맞아 쓰러지는 모습을 보고 가슴이 철렁 내려앉았다. 게다가 승유는 제정신이 아닌 것 같았다. 군사들이 몰려드는데도 쓰러진 여인을 안은 채 꼼짝도 하지 않고 서 있는 게 아닌가.

옆에서 벌벌 떠는 노걸을 이끌고 무작정 달려가 승유의 팔을 낚아챘다. 폭포 뒤편 동굴로 빠져나가 인왕계곡을 벗어나는 지름길로 구르듯이 내달렸다. 미친 듯이 달리고 또 달려 빙옥관까지 어떻게 왔는지 모를 지경이었다. 승유를 객방에 던지듯이 밀어 넣었을 때조차 승유의 창백한 얼굴은 넋이 나간 채였다. 석주는 승유가 한동안 저렇게 멍하니 있겠거니 생각하고, 적의 동태를 살피러 나온 터였다.

빙옥관으로 돌아와 보니 승유가 머물던 객방은 텅 비어 있었다. 쓸데없이 주둥아리를 놀리는 노걸이 낮에 있었던 일을 자꾸만 조잘거리고 있었다. 노걸은 도대체 갓바위에 있던 그 남자가 누군지, 그 여인은 작은 형님과 무슨 관계인지 쉴 새 없이 질문을 해댔다. 석주는 짜증이 날 때로 난 상태에서 드디어 폭발한 듯 성난 황소처럼 노걸의 멱살을 붙잡고 밀어붙였다.

"남고 싶으면 네 입에 자물쇠를 채워. 아니면 네 주둥이에 한 땀 한 땀 바느질을 해줄 테니까!"

빙옥관은 수많은 사람들이 드나드는 곳이라 남의 이목을 끌 일이 없다는 점과 언제나 술이 있다는 점이 좋았다. 승유는 빙옥관 지하 술 창고에 앉아 술을 들이붓다시피 마시고 있었다. 그렇게 마시는데도 취하지가 않았다. 고꾸라질 정도로 마시고 다 잊어버리고 싶은데 술을 들이부을수록 갖바위에서의 일이 더욱 선명하게 눈앞에 보였다.

 야비하고 치밀한 수양이 군사들을 대동하고 올 거라고만 생각했다. 하지만 몸에 박힌 화살을 제 손으로 뽑아내는 수양을 보자 등골이 서늘해졌었다. 화살이 뽑히면서 찢긴 겉옷 속으로 보이던 갑옷을 입고 올 줄은 미처 생각지 못했다. 아버지 김종서가 끔찍한 모습으로 꿈에 나타나 승유를 불렀던 이유가 바로 그것이었나. 승유는 괴로웠다. 자신의 무방비함 때문에 수양의 목숨을 빼앗을 기회를 놓친 것이 원통했다. 그리고 그를 더욱 힘들게 한 것은 세령이었다.

 수양의 위세에 잠시 휘청거리는 사이, 승유를 구하려고 화살에 몸을 던진 세령 때문에 승유는 극도의 혼란에 빠졌었다. 자신이 어느곳에 서 있는지, 도대체 그곳에 왜 왔었는지조차 까맣게 잊은 채 무너져 내리는 그녀를 붙잡아 안았다. 세령의 눈동자에 어린 안타까움이, 애절함이 그리고 절절한 그리움이 온전히 승유의 눈으로 파고 들어와 온몸을 산산조각 내는 것 같았다.

 승유는 잊으려고 머리를 흔들며 다시 술병을 입에 들이붓는데, 석주가 술병을 빼앗았다.

 "뭐가 그리 괴로워? 죽도록 원하던 복수를 하지 못해서? 아니면 화살 맞은 그 여자가 죽었을까봐?"

 석주의 비아냥거리는 말투에 승유의 눈이 매섭게 치켜떠졌다.

 그 위악적인 모습을 석주는 물끄러미 바라보았다.

 '불쌍한 놈······.'

 "그 여자는 살아 있다. 군사들이 하는 소릴 들었어."

석주의 말에 승유의 얼굴이 꿈틀했다. 가슴속 어딘가 차가운 바닷물이 빠져나가는 것처럼 싸한 소리가 들리는 듯했다. 하지만 금세 아무 상관없다는 것처럼 술병을 다시 잡아챘다.

"죽었든 살았든 관심 없소."

석주가 답답함을 감추지 못하고 나무라듯 말했다.

"너 정말 복수를 위해 그 여인을 잡아온 거냐? 아니면, 남의 여인이 되는 게 싫어서 데리고 온 거냐?"

석주의 말이 끝나기가 무섭게 승유가 석주의 멱살을 움켜쥐고는 벽으로 밀어붙이려고 했다. 하지만 석주의 날랜 손이 먼저 날아가 술에 취한 승유를 사정없이 후려쳤다.

"정신 차려! 자기가 뭘 원하는지도 모르는 주제에 복수는 무슨!"

석주는 바닥에 나동그라지는 승유를 바라보며 밖으로 나가버렸다.

바닥에 드러누운 채 멍하니 천정을 쏘아보는 승유의 눈가가 촉촉이 젖어들었다. 복수를 원했던가. 아니면 신면의 여인이 되는 게 싫었던가. 승유는 석주의 물음에 대한 답을 찾을 수가 없었다. 아니 이미 알고 있었을지도 모른다. 그는 그 둘을 모두 원했다. 수양을 죽이고 싶었다. 그러면서도 수양의 딸인 세령을 갖고 싶었다. 다시는 만나서는 안 될 인연이라고 몇 번이고 다짐했지만 마음에서 사라지지 않는 여인이었다. 그녀를 향한 마음이 깊을수록 이루어 질 수 없다는 절망감에 피 끓는 증오가 가슴속에서 거세게 몸집을 불려갔었다. 그 양극단에 있는 감정이 승유를 혼란에 빠트리고 어둠속으로 내쳐지게 했다. 승유는 참담한 마음으로 솟구치는 눈물을 참으려고 몸부림쳤다. 주먹을 움켜쥐고 여러 차례 바닥을 쾅 쾅 쾅 내리쳤다.

 조심스레 지켜보던 석주는 그런 승유가 안쓰러운지 한숨을 내쉬었다. 어느새 저 불쌍한 놈을 끝까지 지켜주고 싶다는 생각이 석주의 마음에 들어와 앉았다.

 신면은 활옷을 찾아냈다는 곳에 와 있었다. 마포나루 유곽에서 흘러나온 각종 잡동사니들이 산더미처럼 쌓여 있는 이곳은 깨진 술병, 기녀들의 찢겨진 치마저고리, 부서진 집기들까지 한마디로 쓰레기장이었다. 간간히 쓸 만한 물건을 건질 수도 있는지 허름한 넝마차림의 걸인 한두 명이 그 쓰레기들을 헤집고 있었다.

 신면은 암담한 듯 그곳을 바라보고 있었다. 활옷이 이곳에서 발견되었다면 어느 기방에서 나온 것인지 알 수 없다는 말과 같았다. 신면은 송자번에게 마포나루 패권을 잡은 자를 찾으라고 명했다. 때로는 양지보다 음지에서 세력을 쥔 놈들이 더 유용할 때가 있다. 그놈들을 이용하기 가장 좋은 것이 이런 유곽에서 일어나는 일을 알아야 할 때였다.

 말을 타고 마포나루 유곽들을 둘러보던 신면은 수양대군이 찾는다는 전갈을 받고 청풍관으로 향했다.

 수양을 중심으로 모두 모여 있는 그 자리에서 신면은 충격적인 말을 들었다. 그 곳에 모인 사람들은 금성대군을 세령의 납치 주모자로 몰아가고 있었던 것이다. 세령이 아직 깨어나기 전인데도 한명회는 금성대군을 지목했다.

"진범을 찾아내든 그렇지 못하든 그것은 그리 중요한 것이 아닙니다. 못 찾으면 그만이고 찾아도 그 배후가 금성이라 자백하게 만들면 그만 아닙니까?"

한명회의 말에 권람은 그것이야 말로 전화위복이 아니냐며 맞장구를 쳤다. 신숙주는 금성대군을 지키려고 애쓰는 단종이 마음에 걸렸다. 한성부에 하옥되어 있는 금성을 의금부로 옮기라는 어명을 내렸지만 계속 막고 있던 터였다. 그런데 한명회는 한술 더 떠 금성대군으로 끝날 일이 아니라 부마 정종도 이참에 같이 제거해야한다고 말했다. 신면은 눈앞이 아득해졌다.

"부마 정종 또한 대군을 시해하려던 금성대군의 음모에 동참한 공모자입니다."

한명회가 당연하다는 듯 말했다.

"종이는, 종이는 아니 됩니다."

신면이 자기도 모르게 그렇게 말했다. 정종은 신면의 마지막 남은 벗이었다. 그 벗이 자신을 수양의 개로 몰아붙인다고 해도 상관없었다. 수양 편에 서 있는 걸 알면서도 후행을 서주겠다고 하지 않았던가. 두 사람은 서로 위치가 달라 틀어진 것뿐이라고 생각했다. 그런데 그 벗마저 없애야 한다니 신면은 참담했다.

"후행을 서 주려던 저의 벗입니다!"

신면의 말에 한명회는 콧수염을 매만지며 서늘하게 비웃었다.

"부마를 직접 취조하시지요. 부마가 후행에 데려온 사내들이 금성대군의 수하인 총통위 군사들임을 어렵지 않게 아시게 될 것입니다."

신면은 뒤통수를 가격당한 것처럼 정신이 번쩍 들었다. 믿을 수가 없었다. 혼례날 집으로 찾아왔던 정종의 표정이 어두웠고, 자꾸만 시선을 피하던 벗의 얼굴이 떠올라 심장이 무섭게 뛰었다.

"아직도 부마를 자네 벗이라 생각하는가?"

의미심장하게 다가오는 수양의 말이 무섭게 뛰던 신면의 심장에 커다란 말뚝을 박아버린 것 같았다. 신면은 숨이 막힐 것 같았다.

경혜공주의 사저는 팽팽한 긴장감이 감돌고 있었다. 정종은 불안한 느낌이 들었다. 혼례 때 거행하기로 한 계획이 틀어지고 수양 대신 그 딸이 화살에 맞고 돌아왔다는 말을 듣자 불안함이 한층 커졌다. 무슨 일이 벌어질 것만 같았다. 그때였다.

"죄인 정종은 오라를 받아라!"

경혜가 화들짝 놀라며 부마를 바라보았다.

내당 마당에는 신면과 송자번을 필두로 한 한성부 군사들 대여섯 명이 서 있었다.

정종이 천천히 마당으로 내려서며 신면을 쏘아보았지만 그는 딱딱하게 굳은 얼굴로 땅만 내려다보고 있었다. 정종은 올 것이 왔구나 생각했다.

"대군의 따님을 납치하여 수양대군의 시해를 모의한 혐의로 부마 정종을 한성부로 잡아들이라는 명입니다."

서늘하게 밤공기를 가르는 송자번의 말에 경혜는 다리가 후들거렸다. 자기도 모르게 버선발로 마당을 내려와 고함을 쳤다.

"감히 누구에게 납치를 뒤집어씌우는 것이냐. 벗이라 찾아올 땐 언제고 오라를 묶어 죄인처럼 부마를 끌고 가겠단 말이냐?"

경멸에 찬 눈으로 매섭게 쏘아보며 경혜가 말했다. 신면은 표정 하나 달라지지 않고 그저 먼 곳을 바라보았다.

정종은 신발도 신지 않고 마당에 서서 파르르 떨고 있는 경혜를 물끄러미 바라보았다. 경국지색이라 불리던 아름다운 공주마마 아니던가. 예쁘고 귀한 것을 좋아하시는 분 아닌가. 그런데 버선발로 마당에서 계시게 하다니, 정종은 안타까움에 눈시울이 뜨거워졌다. 정종은 송자번을 향해 시간을 좀 달라고 말했다. 신면이 송자번을 향해 고개를 끄덕였다.

경혜는 무력하게 따라가려는 정종을 야속한 듯 소리쳐 불렀다. 하지만 정종은 부드러운 눈길로 그녀의 손을 잡고 안방으로 들어갔다. 그제야 신면이 두 사람이 사라진 안방을 향해 두 눈을 부릅뜬 채 쏘아보았다.

"마마는 여기 계십시오."

자신을 혼자 두고 가려는 정종이 야속하고 원망스러워 경혜는 정종을 쏘아보았다. 하지만 정종은 그 마음을 잘 알았다. 자신 말고 누가 알겠는가.

서늘하고 차가운 얼굴 뒤에 감춰진 여린 마마의 모습을. 울고 있는, 떨고 있는 그 모습이 안타까워 정종은 애써 미소 지으며 경혜의 두 손을 가만히 잡았다. 하지만 경혜가 그 손을 뿌리쳤다.

"싫습니다! 내 기어이 부마를 잡아가지 못하게 할 것입니다."

역정을 내는 경혜를 향해 정종이 말했다.

"곧 돌아올 것입니다. 마마께, 잡혀가는 모습을 보이고 싶지 않습니다."

경혜의 눈에 눈물이 맺혔다. 이 사내를, 부마를 어찌하면 좋을까.

부마는 왜 이리 나를 부끄럽게 만드는가. 속절없이 눈물이 흘러내렸다. 정종은 경혜의 손을 다시 감싸 쥐고 부드럽게 다독였다. 그리고는 결심한 듯 뒤돌아 나섰다.

그 순간 정종의 옷깃을 잡아당기는 손길. 경혜는 정종의 옷깃을 절박하게 붙잡고 있었다. 경혜는 두려웠다. 이대로 부마를 보내는 것이 못 견디게 두려웠다. 아직 살갑게 대해준 적도 없는데, 그렇게 차갑게 대하기만 했는데, 아직 마음을 열어 보이지도 못했는데……. 이렇게 마지막이 될까 두려워 잡은 옷깃을 놓을 수가 없었다. 정종은 그 마음 다 안다는 듯 안쓰러운 얼굴로 경혜의 얼굴에 흐른 눈물을 조심스럽게 닦아주었다. 그리고 애써 활짝 웃는 경혜공주를 뒤로하고 밖으로 나섰다.

경혜는 정종의 옷깃이 제 손끝에서 빠져나가는 것을 눈물을 흘리며 바라보았다.

'꼭 돌아오십시오. 제게…… 제게 기회를 주십시오.'

한성부로 향하는 길은 기분 나쁠 정도로 어두웠다. 먹구름이 짙게 드리워 밤하늘은 달빛조차 비추지 않았다. 신면은 오라도 거부한 채 당당히 앞서 걷고 있는 정종을 경직된 얼굴로 바라보고 있었다. 물을 것이 있었다. 머리에서는 묻지 말라고 외쳤지만, 그의 가슴이 확인해야 한다고 자꾸만 부추겼다.

"내 후행을 허락한 것이 금성대군의 계략을 도우려는 것이었냐?"

묵묵부답인 채 걸음을 옮기는 정종의 팔을 신면이 붙잡았다.

"말을 좀 해보란 말이다. 내가 네 후행을 설 때 그랬듯 내 혼사를 진정 기뻐하며 나서준 것이 아니란 말이냐?"

신면은 정종의 입에서 그것이 아니라고 말하길 바랐다.

"그 정도로 배신감을 느끼는 것이냐?"

신면을 물끄러미 쳐다보며 차분히 내뱉는 정종의 말에 신면은 얼굴이 일그러졌다.

"제 가족을 잃고 비명에 간 승유에 비하면 네놈의 배신감은 사치에 불과하다."

정종이 담담히 말을 이었다.

"네놈만큼은 날 조금이나마 이해해주는 줄 알았다. 아니었구나. 너마저 날 짐승 취급하는구나."

"스스로 짐승이 된 것은 아니더냐?"

신면은 절망했다. 이제 자신에겐 아무도 없었다.

"네 놈마저도 이젠 벗이 아니다."

신면은 정종에게 그렇게 말하고는 획 돌아서 걸음을 재촉했다.

"그러는 너는 어찌 나를 잡아가느냐!"

정종의 말에 신면이 걸음을 멈췄다. 하지만 돌아볼 수가 없었다. 정종이 납치와 무관함을 신면은 너무도 잘 알았다. 금성대군과 부마를 없애 전하의 안위를 위협하기 위해 수양이 꾸민 일이라는 것을 청풍관에서 상세하게 듣지 않았던가.

"다 알면서도 내 벗이라 하는 자는 날 잡아가지 않느냐. 서로의 목숨을 노리는 자들을 어찌 벗이라 할 수 있느냐."

정종의 탄식어린 말에 신면은 눈시울이 뜨거워졌다. 승유가 한 말이 맞을지도 모르겠다. 수양의 개가 되었다고 하더니……. 나는 정말 주인이 시키는 대로 짖고 무는 개가 되었는가. 신면은 깊은 절망을 느끼며 아무것도 보이지 않는 밤하늘을 올려다보았다.

처음으로 와보는 사랑채였다. 경혜는 정종의 방을 찬찬히 둘러보았다. 모든 것이 제자리에 정돈되어 있는데다 쓸데없는 장식도 없는 단출한 방이었다. 경혜는 하나하나 눈에 아로새기듯 찬찬히 둘러보다 서안書案 앞에 앉았다.

"부마께서는 생각보다 깔끔하신 성품이시구나."

가만히 서책을 훑어보던 경혜가 문득 한숨처럼 내뱉었다.

곁에서 지키고 서 있는 은금이 걱정스러운 얼굴로 바라보았다. 그만 들어가서 주무시라고, 밤새 마마 곁을 지키겠노라 말했지만 경혜는 잠이 올 것 같지 않았다.

기약 없이 끌려간 부마를 생각하니 모든 것이 후회스러울 뿐이었다. 늘 곁을 지켜주던 지아비였거늘, 누구보다 경혜의 마음을 더 알아주던 분이 돌아오지 못할까봐 경혜는 두려웠다.

세령은 연등이 곱게 밝혀진 승법사에 홀로 서 있었다. 돌탑이 있는 곳으로 걸어가 돌을 하나 들어 올리니 그 아래 옥가락지가 있었다. 세령은 옥가락지를 손에 끼려 했는데 누군가가 그 옥가락지를 낚아채 갔다. 놀라 바라보니 승유가 세령을 향해 환하게 웃으며 손을 가만히 붙잡았다. 그리고는 옥가락지를 세령의 손가락에 끼워주었다. 세령은 두근거리며 승유를 바라보았다. 환하게 웃고 있는 승유를 보다가, 세령은 기쁜 마음으로 제 손을 들어 옥가락지를 바라보았다. 그런데 순간 옥가락지가 먼지처럼 부서져 바람에 흩어졌다. 세령은 먼지로 흩어지는 옥가락지를 움켜잡으려 했지만 손가락 사이로 스르르 모두 빠져나갔다. 안타까운 얼굴로 승유를 보았다. 그렇게 고왔던 임의 얼굴은 어디로 가고 차갑고 냉정한 얼굴의 승유가 세령을 향해 무섭게 증오의 말을 내뱉었다.

　"네 아비의 가슴에 칼을 박고 네 식구들의 목을 베고 나면, 너도 잔인하게 죽여줄 것이다!"

　세령은 눈을 번쩍 떴다. 꿈이었다. 익숙한 방안의 풍경이 눈에 들어왔다. 몸을 일으키려 했지만 엄청난 격통이 등을 휘감아 꼼짝도 할 수가 없었다. 마침 여리가 문을 열고 들어오다 반색하며 달려왔다.

　"그분은, 그분은 어디 계셔?"

눈을 뜨자마자 또 그분을 찾는 아가씨의 모습에 여리는 가슴이 철렁했다. 그분이라면 김승유를 말하는 것일 텐데……. 여리가 알기로는 그분은 분명 죽었다 들었다.

여리는 걱정스러운 얼굴로 세령을 쳐다보았다.

윤씨와 수양대군은 세령이 깨어났다는 말에 얼굴이 밝아졌다. 괜찮냐고 묻는 윤씨의 물음에 여리는 잠시 멈칫했다. 깨어나자마자 김승유를 찾았다고 이실직고 했다가는 마님과 대군마님 모두의 심려를 끼치는 일이 될 것이었다. 여리는 세령 아가씨가 열에 들떠 잠깐 헛소리를 하긴 했지만 지금은 괜찮다고 두 사람을 안심시켰다. 윤씨는 한시라도 빨리 딸의 얼굴을 보려고 걸음을 옮겼다. 그런데 수양이 윤씨를 막아서며 먼저 만나보겠다고 나섰다.

수양이 세령의 방문을 열고 들어서자 세령이 자리에서 일어나려고 애쓰는 것을 보고 일어나지 말라고 다정하게 말했다. 수양은 걱정 어린 눈으로 딸의 얼굴을 물끄러미 바라보았다.

세령은 아버지의 눈길을 바라보며 그 눈에 담긴 진심을 읽어내려 애썼다. 하지만 도무지 아버지의 얼굴에서는 아무것도 알아낼 수가 없었다. 문득 가슴에 박힌 화살을 뽑아내며 입가에 소름끼치는 웃음을 머금었던 아버지의 얼굴이 떠올랐다.

'아버지는 나를 살리러 나오신 게 아니라, 그분을 죽이러 나오셨던 것일까…….'

세령은 그대로 시선을 방바닥으로 떨어뜨렸다.

"상처는 아리지 않느냐? 그 무도한 자에게 이틀이나 끌려 다녔으니 얼마나 기겁을 했을꼬."

수양이 안타까운 목소리로 말했지만, 세령은 흔들리는 눈빛을 들킬까 두려웠다.

"그자의 얼굴을 보았느냐? 혹, 아는 자였느냐?"

수양은 고개를 젓는 세령을 바라보다, 어디 갇혀 있었는지 기억나는 것이 없는지 재차 물었다. 세령은 눈이 가려져 보지 못했다고 담담하게 말했다. 수양은 제 딸의 얼굴을 들여다보며 의중을 파악하려 애썼지만 알아낼 수 없었다.

"이 아비가 괜한 것을 헤집었구나. 차차 얘기하자꾸나."

"그자는 어찌 되었습니까?"

수양이 의혹의 눈빛으로 다시 세령을 탐색했다.

"잡혔습니까?"

도대체 무엇이 궁금한 것인가, 그자의 얼굴을 아는 것인가?

수양의 머릿속이 복잡하게 굴러갔지만 이내 온화한 얼굴로 답해주었다.

"놈들의 무리가 나타나 함께 도망을 쳤다. 신 판관이 곧 잡을 것이니 아무 염려 말거라."

그 말에도 아무런 반응이 없는 세령의 얼굴을 보니 수양은 자신이 오해한 것인가 생각이 들었다. 수양은 세령의 머리를 쓰다듬었다. 수양은 갓바위에서 세령을 잃는 줄만 알고 놀란 가슴은 지금도 편치만은 않았다.

"이 아비는 너를 꼭 잃는 줄만 알았다. 자식을 잃는다면 세상의 모든 부귀영화 따위가 무슨 소용이겠느냐? 이 아비는 그만 일어날 테니 몸조리 잘하여라."

수양은 아무런 감정도 드러내지 않는 딸의 얼굴을 한없이 자애로운 눈길로 바라보았다.

문이 닫힐 때까지 시선도 주지 않던 세령의 눈에서 굵은 눈물방울이 툭 떨어져 내렸다. 승유가 무사히 도망쳤다는 말에 온몸의 긴장이 스르르 풀렸다.

'고맙습니다. 붙잡히지 않아서. 살아계셔서 진정 고맙습니다.'

수양은 방을 나서자마자 불길한 느낌이 들어 안색이 변했다. 세령이 살아 있어준 것만으로 감사했던 순간은 어느새 괴한의 정체에 대한 불안함이 집어삼켜버린 것이다. 제 딸이 큰일을 겪었다는 것은 알지만, 세령은 전과 달라져 있었다. 아비를 두려워하는 눈빛이 심상치 않았다. 하지만 그 이유가 무엇 때문인지는 알 수가 없었다.

신면은 세령이 깨어났다는 소식에 마음의 무거운 짐을 하나 떨쳐낸 것 같았다. 하지만 아무것도 기억하지 못한다는 소식에 낭패감을 느꼈다. 세령이 깨어난다면 괴한의 정체를 수월하게 밝힐 수 있을 것이라 생각했다. 결국 남은 것은 마포나루에서 발견한 활옷뿐이었다. 마포나루를 휘어잡고 있다는 공칠구라는 왈패 우두머리를 서둘러 만나야했다.

공칠구는 기분이 좋지 않았다. 공칠구는 태어나자마자 버려져 구걸하며 연명해온 이름도 없는 자였다. 그런 공칠구를 거둬주고 키워준 사람이 바로 석주였다. 하지만 부모에게 버려졌다는 것이 그의 발목을 붙잡았다. 부모도 날 버렸는데 석주도 언젠가는 쓰레기처럼 자신을 내팽개쳐버릴 것이라고 생각했다. 석주에게 버림받기 전에 먼저 공격하겠다고 생각했다. 패거리를 모아 석주를 몰아낸 것은 그 때문이었다. 다시는 돌아오지 못하도록 강화로 유배 떠나는 배에 태우려고 뇌물까지 갖다 바쳤다. 그 배가 침몰했다는 소식에 십년 묵은 체증이 내려가듯 상쾌한 나날을 보내고 있던 참이었다. 그런데 죽지도 않고 다시 돌아와 공칠구의 신경을 긁어댔다.

오늘은 결판을 내리라 생각하며 왈패들을 한 무리 이끌고 빙옥관을 쳐들어갔다. 십 수 명이 한꺼번에 쳐들어간 왈패들은 순식간에 객장을 난장판으로 만들어놓았다. 무영이 검을 들고 맞서 싸웠지만 사방에서 쏟아지는 칼날에 그만 두 손을 들었다. 초희의 목에도 날카로운 검을 겨누고 있는 것을 확인한 뒤, 큰 소리로 허공에다 대고 소리쳤다.

"석주 형님! 얌전히 저 세상으로 보내드리나 했더니, 참말로 명줄 한번 기시네. 인사 좀 올리게 후딱 좀 나와 보시오, 형님!"

"아침나절에 떠났다니까?"

석주의 대답 대신에 초희의 살벌한 목소리가 들려왔다.

"초희 널 두고 그 인간이 떠나?"

공칠구는 코웃음을 쳤다. 조석주는 하늘이 두 쪽이 나도 초희를 두고 갈 인간이 아니었고, 공칠구도 그걸 너무도 잘 알고 있었다. 초희가 빙옥관에 있다면 석주도 분명 빙옥관에 있을 것이다. 공칠구는 이층 객장을 둘러보며 떠들기 시작했다. 석주를 쥐새끼만도 못한 겁쟁이라고 욕을 퍼붓다가는 문득 초희를 쳐다보았다. 그리고는 초희의 얼굴을 징그럽게 쓰다듬으며 초희 비명이라도 들어야 정신을 차릴 거냐고 숨어 있는 석주를 자극했다. 공칠구의 생각은 적중했다.

"그 더러운 손 치워!"

석주의 목소리가 들렸던 것이다. 그와 동시에 이층 계단에서 왈패한 놈이 굴러 떨어졌다.

공칠구는 이층에서 검을 들고 홀로 내려오는 석주를 실실거리며 노려보았다. 초희 때문에 매번 발목 잡히는 석주가 한심했다. 자기는 절대로 한 여자한테 목숨을 걸지 않을 것이라 생각했다. 장부의 앞길을 막는 것이 바로 요사스러운 계집이라고 생각했다. 실실거리던 공칠구의 얼굴이 순간 무섭게 일그러졌다. 석주가 객장을 내려오며 마치 개를 부르듯 손가락으로 까닥까닥하며 혀를 찼던 것이다.

"주인을 문 정신 나간 똥개가 이제야 주인을 찾아왔구나. 칠구야, 어서 물어봐."

빙그레 웃으며 손가락으로 까딱까딱 부르는 석주의 모습에 공칠구는 심한 모멸감을 느꼈다.

"네 놈 혓바닥부터 뽑아주마, 쳐라!"

순식간에 석주에게 달려드는 공칠구와 왈패들의 공격을 석주는 능수능란하게 검을 휘두르며 막아냈다. 한 무리가 달려들어도 석주를 당해낼 수가 없었다. 공칠구는 얼른 뒤로 물러섰다. 단단히 벼른 듯 무섭게 저항하는 석주를 정면 돌파하기는 어려울 것 같아, 다급하게 주위를 둘러보았다. 마침 무영의 앞에 놓여 있는 화장용 분가루를 발견하고는 한 움큼 쥔 채 다시 석주에게 다가갔다. 그리고는 잽싸게 석주에게 분가루를 뿌렸다. 으억! 석주는 시야를 잃고 버둥거렸다. 초희가 날카로운 비명을 질렀지만, 공칠구의 검이 석주의 한쪽 다리를 베었다. 보이지 않는 눈으로 검을 마구 휘둘렀지만 왈패의 또 다른 검이 석주의 나머지 다리마저 베어버렸다. 두 눈을 감싼 채 풀썩 주저앉는 석주를 향해 공칠구가 검을 높이 치켜들었다.

"참으로 징한 목숨이요, 형님. 이제 그만 가쇼."

공칠구의 검이 석주의 가슴팍을 향해 내리꽂히는 순간, 어디선가 바람이 불어온 듯했다. 그리고는 공칠구의 머리카락 한 줌이 제 얼굴을 스치고 떨어져 내렸다. 깜짝 놀라 주위를 두리번거리는데, 낯선 얼굴이 공칠구의 바로 뒤편에 서 있었다. 승유였다.

왈패 한 놈이 승유를 가리키며 그때 그 미친놈이라며 지레 겁을 먹고 뒤로 물러섰다.

다된 밥에 코 빠트린다더니, 이건 또 웬 놈인가 싶어 공칠구가 검을 휘둘렀다. 하지만 승유의 검이 조금 더 빨랐다. 무섭게 휘두르는 승유의 검을 간신히 막아낸 공칠구는 그 힘에 밀려 뒤로 나동그라졌다. 순간 왈패들이 와, 소리를 내며 한꺼번에 달려들었다. 하지만 승유의 검 실력에 모두들 추풍낙엽처럼 쓰러졌다. 무영의 목에 검을 겨눈 것도 잊어버린 채 넋을 놓고 지켜보던 왈패가 무영의 공격으로 제압당했다. 무영이 검을 집어 들고는 승유에게 합세했다. 잔뜩 숨죽인 채 숨어 있던 노걸 마저 뛰쳐나와 검을 휘두르기 시작하자, 공칠구는 전세가 역전되었음을 깨달았다. 속이 뒤틀렸지만 공칠구는 훗날을 기약하며 서둘러 왈패들을 이끌고 도망쳐 나갔다.

며칠 새 또 난장판이 되어버린 빙옥관을 초희가 물끄러미 쳐다보았다. 주저앉아 있는 석주가 걱정이 되었지만 일어나는 모양새를 보니 크게 상한 것은 아닌 것 같았다.

"수리하는 삯은 오라버니가 내. 아님 여길 뜨든지!"

초희는 냉랭하게 내뱉고는 이층으로 휑하니 올라가버렸다.

분가루 탓에 눈이 벌게진 석주는 초희의 뒷모습을 바라보았다. 그리고는 승유에게 다가가 고맙다며 어깨를 툭 쳐주고는 초희를 따라 올라갔다.

승유는 객방에 있다가 객장의 소란 때문에 바람이라도 쐬러 나가려던 참이었다. 복잡한 생각을 잊고 싶었던 차에 눈앞에 펼쳐진 난동에 승유는 갑자기 온몸의 피가 끓는 것을 느꼈다. 그러다 공칠구가 석주에게 분가루를 뿌리는 것을 보자 더는 참지 못하고 검을 빼든 것이다. 휘두르는 칼날이 공칠구에게 가닿는지 그놈의 수하에게 가닿는지 생각조차 들지 않았다. 그저 몸 안에 가득 쌓인 분노와 원망과 한탄을 풀 수 있는 것이 필요했을 뿐이다. 그리고 공칠구가 도망간 지금, 결국 아무것도 풀지 못한 채 승유는 멍하니 제 검만 바라보고 있었다.

열패감에 사로잡힌 채 공칠구는 있는 대로 골질을 부리며 유곽 거리를 걸었다. 희멀건하게 생긴 놈만 아니었어도 오늘은 조석주의 제삿날이 될 터였다. 그렇잖아도 열불이 터질 것 같은데 공칠구를 가로막는 자가 있었다. 송자번이었다. 한성부 복색의 송자번을 보고 은근히 경계하면서도 공칠구는 건들거렸다.

"네가 공칠구냐?"

송자번의 물음에 공칠구는 머리가 확 돌아버리는 것 같았다. 오늘은 무슨 마魔가 낀 게 아닐까 싶었다. 쓸데없이 한성부에서 왜 자기를 찾는 것인지 궁금하기도 했다.

"아, 오늘 참 여기저기서 달려드네."

공칠구가 한탄 섞인 투로 투덜거리는데, 송자번이 옆으로 비켜서고 그 앞에 다른 사람이 나타났다.

"한성부 판관 신면 나리시다."

송자번의 말에 공칠구는 신면을 아래위로 훑어보았다.

'판관이라니……. 판관이 왜 날 찾아?'

"이곳은 한성부 관할이 아닐 텐데……."

공칠구가 경계심을 늦추지 않은 채 비딱하게 의자에 기대며 물었다. 한성부로 가지 않고 제 기방에서 판관 나리와 앉아 있다는 게 그나마 안심이 되었다.

"기방이며 유곽, 술청까지 손금 보듯 훤히 꿰고 있다 들었다."

공칠구를 바라보며 신면이 느긋하게 말했다.

"본론을 밝히시지?"

지루하다는 듯 공칠구가 시비조로 내뱉었다.

"마포나루 일대에 수양대군에게 반기를 드는 자들이 숨어 있다. 역모에 가담한 자들이거나 그 자들의 피붙이일 가능성이 높다."

"그래서?"

공주의 남자 · 219

신면은 탁자 아래로 공칠구가 다리를 탈탈 떨어대고 있는 것을 흘 깃 보았다.

"그자들을 잡거나 찾아서 나에게 고하면, 마포나루 뿐 아니라 한성부 전체가 네 무대가 될 것이야."

그 말에 부산스럽게 떨어대던 공칠구의 다리가 탁 멈추었다. 그리고는 탁자 앞쪽으로 몸을 슬며시 기울이며 신면의 얼굴을 보더니 피식 웃었다.

"수양대군은 무슨, 제 몸뚱이로 하루 벌어 하루 먹고 사는 것들이 무슨 지체 높은 양반한테 반기를 들겠수? 내 알아는 보리다. 허나, 두루뭉수리하게 한성부 운운하지 말고 구체적으로 어느 동네부터 따박따박 따먹을 수 있는지 약조부터 해주셔야지."

의외로 꼼꼼한 공칠구의 말에 신면은 만만치 않은 놈이라고 생각했다.

공칠구는 다시 의자에 몸을 기대고는 다리를 탈탈 떨어댔다. 한 입으로 두 말 하는 놈들이야 수두룩하다만, 높으신 양반들은 똑같은 입으로 두 말이 아니라 셋, 넷 다른 말을 해대는 족속들이었다. 읽을 줄은 몰라도 어쨌든 문서로 확답을 받아야 한다고 생각했다.

"그래서 그 쪽 아버님이 대체 누군데?"

아수라장이 된 객장을 정리하던 무영이 눈살을 찌푸리며 물었다. 뒤집어진 의자를 소리 나게 탁 내려놓으며 노걸이 의미심장하게 기녀들을 둘러보았다. 공칠구 일당을 몰아낸 뒤 기분이 한껏 좋아진 노걸이 한창 입방정을 떨고 있던 참이었다. 문무를 겸비해야 진정한 사내라며 거드름을 피우는 노걸의 허풍에 무영이 장단을 맞춰준 것이었다.

"절대 비밀에 붙여야 해. 자칫 하면 목이 달아난다고. 내 아버님이 바로, 대호 김종서 장군이시다."

사뭇 주위를 경계하며 조심스레 허풍을 떠는 노걸을 승유는 매섭게 노려보았다.

"김종서 장군이 누군데?"

"낸들 알아? 쟤 아버지라잖아."

노걸과 기녀들이 아버님의 함자銜字를 함부로 입에 올리며 농지거리로 삼는 것을 승유는 참을 수 없었다. 참지 못하고 벌떡 일어서 자리를 뜨는데, 온몸의 피가 빠져나가는 것 같은 소리가 들려왔다. 수양대군 댁 아가씨를 납치한 것이 공주마마 지아비라는 소리가 들렸던 것이다. 문손잡이를 잡은 승유의 손이 파르르 떨렸다. 그리고는 그대로 문을 박차고 나갔다.

석주는 뭔가 일이 된통 꼬였다는 것을 감지하고는 혀를 찼다.

금성대군과 정종은 어디로 가는지도 모르는 채 한성부 군사들에게 이끌려나갔다. 의금부로 이송하는 것이냐 물어도 누구 하나 대꾸하는 이가 없었다. 하지만 한성부 대문을 넘어서지 않았다. 옥사 바로 옆 고신장으로 간 것뿐이었다. 잔혹한 고신拷訊* 기구들이 매달려 있

---

*고신拷訊 : 자백을 받기 위해 하던 고문.

는 어두컴컴한 곳이었다. 당당한 태도를 멈추지 않았던 금성과 정종이었지만 끔찍한 도구들을 보자 두려움이 밀려왔다. 강제로 의자에 앉혀져 오라로 꽁꽁 묶여진 두 사람 앞에 한성부 소윤이 냉정한 얼굴로 다가왔다. 한성부에서 종친인 대군을 국문한다는 것은 있을 수 없는 일이었다.

응당 의금부로 가야하거늘, 한성부라니. 수양대군의 손아귀에서 국문을 당한다는 것은 이대로 끝인 것과 같았다. 소윤은 한성부를 국청*으로 삼아 대역 죄인들을 조사하라는 영상대감의 명이라며 금성의 주장을 일축했다.

"수양대군의 명이 어명보다도 우선이더냐?"

분노어린 금성의 말에도 소윤은 감정이라도 없는 사람처럼 무표정했다.

"대군과 부마의 귀한 몸을 되도록 상하지 않게 하라는 수양대군의 특별한 당부가 계셨습니다."

정종은 기가 막혔다.

"한쪽 뺨은 때리고 한쪽 뺨은 어르시겠다?"

정종은 이를 앙다물며 분노를 불태웠다. 소윤이 대역 죄인들의 죄상을 상세히 밝힐 증인이 있다고 말했다. 증인의 얼굴을 본다면 발뺌하지 못할 것이란 말도 덧붙였다. 금성은 불길한 눈으로 정종을 바라

---

* 국청 : 조선시대 왕명으로 국가적 중죄인을 심문, 재판하기 위해 임시로 설치한 특별 재판기관.

보았다. 증인이라니……. 우리 안에 배신자가 있었단 말인가.

잠시 후 소윤의 부관이 누군가를 데리고 들어왔다. 그늘에 가려 보이지 않는 증인의 정체를 긴장한 채 바라보던 금성대군의 눈이 휘둥그레졌다. 그는 바로 정종과 함께 후행으로 위장했던 총통위 중의 한 명이었다. 그것도 가장 총애하던 자의 변절을 눈앞에서 확인한 금성의 두 눈이 시뻘게졌다.

"네 놈이! 네 놈이 나를……."

피를 토하는 금성의 절규를 들으며 정종은 참담함에 눈을 감았다.

도대체 이 나라의 주상主上은 누구인가.

단종은 한 치의 거리낌 없이 금성과 부마에게 사약을 내려야 한다고 말하는 수양대군을 경악하며 바라보았다. 분명 두 사람을 의금부로 옮기라고 승정원에 명을 내렸는데 어명을 어기고 한성부에서 국문을 한다 말인가?

"영상!"

어린 임금의 분노에 찬 외침에도 수양은 끄덕하지 않았다. 이번에는 '영상'이라고 부르는 조카의 말이 놀랍지도 않았다.

"저들이 불궤한 음모를 꾸몄다는 영상의 말을 믿을 수 없습니다."

단종이 힘주어 말했으나, 수양은 숙부의 목을 노리고 있는 것을 몰랐던 것이냐며 되물었다. 단종은 흠칫 놀랐다. 그것을 놓치지 않은 채 수양대군은 금성대군, 부마 정종, 거기에 경혜공주까지 연루되어 있는 일을 모른다니 참으로 기이하다고 말을 이었다.

단종은 수양이 원하는 바를 깨달았다. 그들의 목숨을 구하고 싶다

공주의 남자 • 223

면 뭔가를 내놓으라고 압박을 하고 있는 것이다.

　단종은 두려움을 애써 감추려 했지만 눈동자가 흔들리고 있었다.

　"끝내 금성 숙부와 자형을 풀어줄 수 없다 이 말입니까?"

　"소신, 전하를 생각하여 공주마마까지는 잡아들이지 않았습니다. 자꾸 이리 하시면 원칙대로 할 수밖에 없사옵니다."

　수양은 협박하듯 차갑게 내뱉었다.

　단종은 정신이 아득해졌다. 원칙대로라니, 누구의 원칙인가.

　"김종서, 안평 숙부, 금성 숙부, 그리고 부마까지, 그들을 다 죽이고 나면 다음은 내 차례가 아닙니까?"

　담담하게 내뱉는 단종의 말에 수양은 단종의 얼굴을 가만히 쳐다보았다.

　"이 숙부 듣기 황망하옵니다."

　차가운 수양의 말에 단종은 기어이 참지 못한 채 눈시울이 붉어졌다.

　"숙부는 왜 내가 성군이 되도록 지켜봐주지 않는 것입니까. 내 나이 비록 어리나 할바마마와 아바마마의 뜻을 이어 이 나라를 경영할 자신이 있습니다. 왜 내게 기회를 주지 않는 것입니까?"

　절절한 단종의 말은 수양의 가슴을 차갑게 식게 만들었다.

　"그리 하실 수도 있겠지요. 허나 막연한 가능성만으로 감당하기에는 일국의 왕이라는 자리가 참으로 막중하질 않사옵니까?"

　단종은 자신을 벼랑 끝에 몰아넣는 수양의 말에 가슴이 떨렸다. 옥좌를 노리는 숙부가 속내를 처음으로 내보인 것이다. 그것은 이제 아무것도 두려울 것이 없다는 말이었다.

경혜공주는 수양의 저택에 차마 들어가지도 못한 채 대문 앞에서 서성이고 있었다. 낮에 한성부로 찾아갔지만 부마와 금성 숙부가 국문을 당하고 있다는 말을 전해들었다.

경혜는 수양을 만나 무슨 말을 해야 할지 몰랐지만 부마를 살릴 수만 있다면 무엇이라도 해볼 작정이었다. 하지만 자꾸만 심장이 떨리고 그 간악한 수양이 어찌 나올지 불안했다.

마침 교자를 타고 퇴궐하는 수양이 보이자 경혜는 예를 갖췄다.

수양은 뜻밖의 만남에 자못 놀라는 기색이었다.

'여기까지 손수 납시다니 애가 닳으셨구먼.'

싸늘히 미소를 지으며 그대로 대문 안으로 들어가는 수양을 경혜는 매섭게 쏘아보았다. 하지만 이대로 돌아가려고 이곳을 찾아온 것은 아니었다. 경혜는 숨을 크게 들이마시고는 수양을 따라 들어갔다.

대문 안에 들어서자 수양은 어처구니없다는 듯 물끄러미 경혜를 바라보았다.

'부마를 살리고자 여기까지 왔건만 높은 콧대가 네 입을 막고 있는가 보구나.'

수양에게 경혜는 눈엣가시 같은 오만방자한 조카였다. 어찌할 바를 모르고 서 있던 경혜는 갑자기 땅바닥에 풀썩 무릎을 꿇고 앉아 고개를 조아렸다.

수양은 콧대 높던 조카가 보인 예상 밖의 행동에 놀랐다.

"이게 무슨 짓이냐!"

"제발 금성 숙부와 부마를 살려주십시오. 그분들은 세령이의 납치와 아무런 상관이 없습니다."

경혜가 고개도 들지 못한 채 절절한 목소리로 애원했다.

"그토록 꼿꼿하던 공주께서 어찌 이런 행동을 하십니까?"

경혜는 수양의 얼굴을 똑바로 보지는 못했지만 그가 웃고 있음을 알았다. 그 순간 모멸감이 온몸을 휘감았지만 참아야 했다. 그저 버릇없는 조카의 행동을 잊어달라, 용서해달라 애원했다. 두 사람의 목숨만 구해준다면 수양의 눈에 거슬리지 않겠노라 조용히 살겠노라 간청했다. 그것은 진심이었다. 두 사람만 살릴 수 있다면 그렇게 해야만 한다면 쓰라린 아픔을 묻고 조용히 살 수도 있다고 생각했다.

수양은 자신에서 무릎꿇은 경혜의 모습이 통쾌했다. 하늘 높은 줄 모르고 숙부에게 바락바락 대들던 공주가 지아비를 살려달라며 애원하고 있으니 잠시 마음이 흔들리기도 했다. 하지만 조용히 살겠다는 조카의 말은 믿을 수 없었다. 그건 마치 수양이 왕위에 관심이 없다는 말과 같은 말 아닌가.

"지아비를 구하려는 마음은 가상하나 국법이 지엄하니 어쩌겠습니까? 그만 돌아가시지요."

매정하게 돌아서는 수양의 모습을 보며 경혜는 절망에 빠졌다.

차가운 땅바닥에 앉아 일어설 생각도 못한 채 부들부들 떨었다. 수치심과 절망감이 뒤엉켜 경혜는 정신이 아득해졌다. 어떻게 하면 좋은가, 내게는 왜 아무런 힘이 없는 것일까…….

"마마, 어찌 이러고 계십니까?"

언제 나왔는지 세령이 경혜 앞에 다가와 있었다.

힘없이 주저앉아 있는 경혜를 보니 세령은 가슴이 무너질 듯 아팠다. 언제나 당당하던 경혜가 호시탐탐 옥좌를 노린다고 경멸해마지 않았던 제 아비에게 무릎을 꿇으며 애원하는 것이 세령의 가슴을 찔렀다.

사랑채에서 서책을 넘기던 수양은 입가에 미소를 지었다. 바로 코앞에 다가온 옥좌가 눈에 보이는 듯했다.

훌륭한 대신들의 보좌가 있다면 단종도 성군이 될 수 있는 자질을 갖고 있다는 것을 수양도 잘 알고 있었다. 이제는 제법 단호하게 판단할 줄도 알고 적절히 제 권력을 내보이기도 했다. 하지만 적절한 지원군이 없다면 혼자서는 아무것도 할 수 없다. 게다가 단종은 신하를 두려워하지 않는가. 주군이 신하를 두려워해서야 어디 천하를 다스릴 수 있으랴. 수양은 자신이 장자로 태어나지 않아서 왕이 되지 못한 것처럼, 조카 역시 왕재임에는 분명하나 때를 잘못 만난 탓이라고 생각하며 웃었다.

평온한 상념의 순간, 갑자기 장지문이 벌컥 열리더니 세령이 들어와 수양의 앞에 섰다. 수양은 기막혔지만 내색하지 않은 채 태연하게 세령을 지켜보았다.

"또 저를 빌미로 금성 숙부와 부마까지 해치려 하십니까? 저를 납치한 것은 그분들이 아닙니다."

수양은 느긋하게 답했다.

"기억이 나질 않는다면서 아닌 줄은 어찌 아느냐?"

세령은 금성 숙부와 부마의 목소리를 알고 있는데, 어찌 모르겠느냐고 되물었다.

수양은 그들의 사주를 받은 자들일 수도 있다고 단박에 잘랐다.

"그자는 아버님께 개인적인 원한이 있는 자였습니다."

수양은 세령을 쏘아보았다.

"아버님께서 저지른 짓을 단죄하고자 저뿐이 아닌 온 가족의 목숨을 앗아가겠다 했습니다."

수양은 등골이 서늘했다. 도대체 이 아이가 무슨 소리를 지껄이는 건가. 진정 그자의 정체를 알고 있는 것은 아닌지 소름이 끼쳤다.

"아버님께 원한을 지닌 자가 어디 그뿐이겠습니까? 무고하게 죽어간 자들의 원혼들이, 가슴깊이 사무친 한을 지닌 자들이 넘치고 넘칠 것입니다."

"그 입 다물지 못하느냐!"

수양이 참지 못하고 역정을 냈다.

세령이 숨을 한번 들이 마시고는 수양을 노려보았다.

"강화로 가는 배는 어찌 일부러 침몰시키신 것입니까?"

딸의 물음에 수양은 당황한 기색을 내비쳤다. 도대체 어디서 그 소리를 들은 것인가.

"아버님께 또 속은 것이 분하고 분합니다. 그분을 살려주시겠단 약조를 믿은 제가 어리석었습니다."

수양은 황당무계한 소리를 어디서 들었느냐며 되물었지만, 분노에 찬 세령의 입에서는 끔찍한 말들이 계속 이어져 나왔다.

"그분을 죽인 것은 아버님이십니다! 아버님이 그분을 죽인 것입니다! 더는 아버님을 믿을 수 없습니다. 더는 믿지 않을 것입니다. 신판관과의 혼사도 받아들일 수 없으니 그리 아십시오. 억지로 혼례를 치르게 하신다면 활옷을 입고 혀를 깨무는 모습을 보시게 될 것입니다."

폭풍처럼 아버지에 대한 비난을 퍼붓고 나자 세령은 대답을 들을 생각도 하지 않은 채 그대로 휑하니 나가버렸다. 수양은 머리가 지끈거렸다. 딸이 살아나 안도의 한숨을 쉰 것이 엊그제 같은데 살아 돌아온 딸의 모습은 너무도 끔찍하게 변해 있었다. 제 아비에게 어찌 그런 험한 말을 할 수 있는가.

사랑채를 나서는 세령의 앞을 신면이 가로막았다. 비켜달라고 말했지만 신면은 꿈쩍도 하지 않았다. 도대체 납치한 자가 누구인지 단서 정도는 알고 있을 것 아니냐며 세령을 다그쳤다.

"그저 무서운 원한을 지닌 자라는 사실만 알 뿐입니다."

세령은 짧게 말하고 지나치려 했다. 신면은 마음속에 품고 있던 의문을 내뱉었다.

"무슨 연유로 그자를 그토록 두둔하십니까?"

세령이 걸음을 멈추는 것을 보고 신면은 독하게 말했다.

"그자의 정체를 끝까지 밝혀낼 것입니다."

세령은 뒤돌아보지 않았다. 신면의 집착이 두렵게 느껴졌던 것이다.

"아무리 그리하셔도 신 판관과의 혼사는 치르지 않을 것입니다."

신면은 매정하게 멀어져가는 세령이 원망스러웠다. 아무리 두드려도 열리지 않는 문, 그녀가 미웠다. 도대체 자신이 죽은 승유보다 못한 게 무엇이란 말인가. 원망이 커져갈수록 세령을 꼭 자기 여자로 만들겠다는 신면의 욕망은 점점 더 뜨겁게 불타올랐다.

경혜는 세령의 방 앞마루에 걸터앉아 멍하니 달을 쳐다보고 있었다. 휘영청 밝은 달은 자미당 후원에서 바라보던 그 달과 다를 바가 없는데 달빛이 비추는 모든 것은 변해 있었다.

지난날 비단신을 모으던 때가 떠올랐다. 신지도 못할 신을 방안을 가득 채울 정도로 모았던 비단신과 예쁜 장신구들을 만져보며 누군가에게 자랑할 수도 없는데 몸치장 하던 때가 생각났다. 그때는 참으로 무료하고 심심한 나날들이라 여겼었다. 직강들의 강론도 따분하기만 했었다. 아무 일도 일어나지 않는 그때가 지루하고 재미없다 여겼었다. 구중궁궐에 틀어박힌 외로운 신세라 생각했다. 지금은 다시 그때로 돌아가고 싶었다. 무료할지언정 아무 걱정은 없었던 그 시절로……. 아바마마가 살아계시고 동생 홍위가 불안함이라는 것을 몰랐던 그때로 돌아가고 싶었다. 그렇게만 된다면, 강론 시간에 세령과 자리를 바꾸는 위험한 짓은 하지 않았을 것이다. 경혜의 두 눈에서 눈물이 툭 떨어졌다. 그 장난을 치지 않았더라도 수양 숙부는 똑같이 무도한 짓을 벌였을 것이다. 그저 숙부의 탐심을 채울 시기가 더 빨라졌던 것뿐이라는 것을 알았던 것이다.

누군가 다가오는 기척이 들려 경혜는 얼른 눈물을 닦아냈다. 세령이였다.

"어찌 되었느냐."

세령은 차마 경혜를 쳐다볼 수도 없어 고개를 떨어뜨렸다.

"되었다. 너인들 네 아비를 대적할 수 있겠느냐."

경혜는 담담하게 말하고 자리에서 일어섰다.

세령은 송구하다는 말조차 할 수가 없어 눈물만 흘리며 경혜를 바라보았다. 세령의 마음을 느끼고 경혜도 눈물이 어른거렸다. 하지만 독하게 마음을 먹었다.

"네 아비는 혹독하게 죗값을 치를 것이다. 그 때문에 너까지 다치지 말았으면 싶구나."

마루에서 내려서는 경혜를 향해 세령은 결연하게 말했다.

"무엇이든 전하와 마마를 도울 것입니다."

경혜는 부질없다는 듯 세령을 바라보았다.

"그것이 네 아비에게 반하는 일이라도 말이냐?"

선뜻 말을 하지 못하는 세령의 모습에 경혜는 희미하게 미소지었다.

'천륜天倫이니 어쩔 수 없는 것이겠지.'

생각만이라도 고맙다며 경혜는 쓸쓸히 걸음을 옮겼다. 천천히 걸어가는 경혜의 뒷모습이 꼭 눈앞에서 금세 사라질 것처럼 위태로워 보여 세령은 가슴이 아팠다.

승유는 하루 종일 경혜공주의 뒤를 따랐다. 한성부에 가서 정종에 관한 탐문을 하려다 우연히 경혜와 은금이를 보게 된 것이다. 국문을 당하고 있다는 말에 승유는 무모한 행동이 불러온 끔찍한 결과에 현기증이 났다. 게다가 수양대군에게 무릎을 꿇으며 애원하는 것까지 두 눈으로 목격하고 나니 죄책감이 온몸을 휘감았다. 승유는 어둠 속에서 경혜가 무사히 집으로 돌아가는지 지켜보고 있었다. 지금 나서서 무엇이라도 하지 않으면 안 될 것 같다고 생각했다. 공주에게 금성과 부마는 죄가 없다 말해주고 싶었다. 공주의 사저로 들어가려 했지만 사저 주변은 한성부 군사들이 삼엄하게 경계를 서고 있었다. 공주의 가마가 도착하자 은금이 달려나왔다. 휘청거리는 경혜를 은금이 부축하는 모습에 검을 쥔 승유의 손이 파르르 떨렸다.

멀리 하늘을 올려다보고 있는 단종. 달빛을 받고 서 있는 단종의 얼굴이 창백했다. 밤하늘은 별빛을 무수하게 쏟아내고 있었다. 그 중에 작은 별 하나가 긴 꼬리를 달고 떨어지는 것을 단종은 착잡한 마음으로 바라보았다.

멀찌감치 떨어져 지키고 서 있는 전균*과 문 내관의 얼굴도 어둡긴 마찬가지였다. 단종보다 수십 년은 더 오래 궐을 지켜온 이들이었다. 몇 명의 임금을 보필해온 그들은 어린 임금의 속내를 짐작할 것도 같았다. 다만 되돌릴 수 없는 선택을 하지 않기를 간절히 바랐다.

"전하, 밤바람이 차갑습니다."

---

*전균 : 역사 속의 전균은 단종에게 충절을 바친 환관이 아니다. 전균은 권력형 내시의 시초라고 불릴 정도로 수양의 왕위찬탈에 깊숙이 연결되어 있었다. 세조 즉위 후 그는 공신대열에 올랐다.

전균의 걱정 어린 말에도 단종은 그저 묵묵히 생각에 잠겼다. 죽음을 목전에 두고도 어린 아들이 염려되어 흔들리던 문종의 얼굴이, 곁에서 지킬 것이니 주저하지 말고 앞으로 나아가시라 든든하게 말해주었던 좌상 김종서, 온화한 성품으로 예술을 사랑했던 안평대군의 얼굴이 차례로 스쳐 지나갔다. 언제나 호탕하던 금성대군과 듬직해 보였던 부마의 얼굴이 스치고 가자, 안타까운 누이의 얼굴이 마지막으로 남았다. 어린 동생의 안위를 위해 노심초사하고 있을 누이를 생각하니 단종의 마음은 무겁게 가라앉았다.

 어디선가 스산한 바람이 불어와 창백한 단종의 얼굴을 스치고 지났다. 단종은 결심한 듯 눈을 번쩍 떴다. 그리고는 전균에게 날이 밝는 즉시 영상을 불러들이라 명했다.

 슬픈 얼굴로 돌아가신 아바마마 생각이 간절하다고 읊조리는 단종의 얼굴을 전균과 문내관은 안쓰럽게 바라보았다. 혹시나 돌이킬 수 없는 무모한 결심을 하신 건 아닌지 불안했다.

 화창한 날이었다. 뜨겁지도 차갑지도 않은 상쾌한 아침이었다. 수양은 시원하게 불어오는 청량한 바람에 어젯밤 세령에게서 뒤집어썼던 끔찍한 말들이 씻겨 나가는 것 같았다. 수양은 좋은 일이 있을 것 같은 생각에 거침없이 궐로 들어섰다. 아침부터 단종이 부른 연유가 무엇인지 짐작하면서도 내심 궁금했다. 수양은 서둘러 강녕전 동온돌로 찾아갔다. 예를 갖추고 단종 앞에 좌정하고 앉아 수양은 말없이 기다렸다.

"수양 숙부, 숙부에게 보위寶位를 물리겠습니다. 더는 사람을 죽이지 마십시오."

의외로 담담한 단종의 말에 수양은 흠칫 놀랐다.

이렇게 될 줄 짐작하지 못한 것은 아니었다. 단종이 좀 더 버틸 것이라고 생각했다. 그런데 이렇게 빨리 손을 들 줄이야.

"전하, 그 무슨 당치 않은 분부시옵니까?"

수양이 당황하는 척 말했다.

"나는 숙부를 믿습니다. 이 나라 종묘사직을 부디 잘 지켜주십시오."

단종은 절절한 마음을 담아 수양에게 부탁했다. 자신만 물러나면 모두가 평온해질 것이다. 돌아가신 아바마마와 동생을 걱정하는 누이를 볼 면목이 없었지만 더 이상 피를 보고 싶지 않았다. 자신을 대신해서 죽어갈 이들이 생기는 것을 더는 가만히 지켜볼 수 없었다.

"전하! 명을 거둬주시옵소서!"

수양이 엎드려 고개를 조아리며 명을 거둬달라 소리쳤지만 단종의 결심은 흔들리지 않았다.

대호의 그림자

눈앞에 쓰러져 있는 주검을 바라보는 승유의 눈빛이 날카롭게 빛났다.
이제 첫발을 내디딘 것이다. 원통하게 돌아가신 아버님의 복수, 형님의 복수,
형수님과 아강이를 잃은 복수의 시작이었다.

한성부 옥사에 각각 갇혀 있는 금성대군과 정종은 고신을 당한 모습이 역력했다. 눈에 보이는 험한 짓을 당하지는 않았지만 모멸감과 무력감이 그들의 모습을 망가뜨려 놓았다.

옷은 더럽혀지고 머리칼은 정돈되지 못한 채 흘러내렸다. 하지만 눈빛만은 형형하게 빛이 나고 있어서 아직 정신이 죽지 않았음을 알 수 있었다.

조용하던 옥사에 갑자기 큰 소란이 일었다. 군사 한 명이 눈이 휘둥그레진 채 달려와 옥사 안을 둘러보던 신면과 송자번에게 달려와 큰 소리로 보고한 말 때문이었다.

"나리! 방금 전하께서 수양대군께 양위讓位*하겠단 뜻을 밝히셨다 합니다!"

---

*양위讓位 : 임금의 자리를 물려줌.

신면은 가슴이 철렁 내려앉았다.

"그게 무슨 소리냐! 양위라니!"

정종이 신면을 향해 소리를 질렀다. 믿을 수가 없었다. 어찌 그런 일이 생긴단 말인가. 피를 토하듯 통곡하는 금성대군의 목소리가 옥사를 절절하게 울렸다. 정종은 털썩 주저앉았다. 수양에게 빌미를 준 것 때문에, 금성대군과 자신이 잡혀 들어온 것 때문에 전하가 이런 결심을 하신 것 같아 정종은 심장이 터질 것 같았다. 이런 불충不忠이 어디 있는가. 정종은 절망감에 사로잡혀 절규했다.

양위 소식은 경혜공주의 사저에도 흘러들어갔다. 믿을 수 없는 소식에 경혜는 창자가 끊어지는 것 같은 아픔에 몸부림쳤다. 은금이 눈물을 흘리며 공주의 몸을 붙들었다. 경혜는 원통하고 원통했다.

'어마마마……. 핏덩이를 두고 가시면서 저승에서라도 전하의 뒤에서 든든하게 지켜주셨어야지요. 어마마마 얼굴도 보지 못하고 자란 전하입니다. 이렇게 듬직한 주상이 되었건만, 왜 아무도 지켜주시지 않는 것입니까.'

어찌 전하를 지켜주시지 않으시는 건가. 왜 저 간악한 수양 숙부를 그대로 놔두시는 건가. 왜 불쌍한 전하에게 이런 수모를 안겨주시는 것인가 경혜는 야속하게 가버린 부모님을 원망했다.

"아바마마! 아바마마! 전하를 어찌. 안 돼! 안 돼!"

정신을 놓은 것처럼 미친 듯이 절규하는 경혜였다. 그 모습에 더욱 애통해하여 은금은 얼굴이 온통 눈물범벅이었다. 저렇게 울다가는 혼절할 것만 같았다.

"내 눈에 흙이 들어가기 전에는 절대로 절대로 안된다."

기어이 경혜의 몸이 축 늘어져버렸다. 은금이 놀라 경혜를 깨우려 했지만 소용이 없었다.

뙤약볕 아래 달궈진 돌바닥 위에 수양대군이 부복해 있었다. 분부를 거둬달라고 목청 높여 소리치고 있었지만 진심이 아니라는 것은 그를 내려다보고 있는 하늘도 알고 있을 터였다. 단종이 양위 의사를 밝힌 후 신속하게 모여든 수양의 측근들은 희희낙락하면서도 신중했다. 선뜻 보위를 물려받았다가는 자칫 강제로 어린 조카의 왕위를 빼앗았다는 비난을 면할 수 없을 터였다. 금성대군과 부마의 목숨을 휘어잡고 있는 한 조급해할 필요가 없었다. 그저 적당히 때를 기다리면 되는 일이었다.

"전하께서 대군에게 간곡히 보위를 청하는 모양새가 되도록 기다려야 할 것입니다."

수양은 신숙주의 말이 옳다고 생각하며 더욱 더 목청을 높였다.

"전하! 천부당만부당한 분부이옵니다. 명을 거둬주시옵소서!"

명을 거둬달라는 수양의 목소리가 들려올 때마다 단종은 점점 서글퍼졌다. 숙부의 저 말이 진심이라면 얼마나 좋겠는가. 설움이 밀물처럼 밀려들어 단종은 가슴이 북받쳤다. 물기어린 눈으로 동온돌 안을 물끄러미 둘러보던 단종은 기어이 흐느끼고 말았다.

"아바마마 송구하옵니다. 송구하옵니다 아바마마."

어린 임금만이 홀로 앉아 있는 동온돌에 애처로운 울음소리가 안타깝게 떠돌았다.

정종은 무참한 기분을 안은 채 사저로 돌아왔다. 부마가 집으로 들어가는데도 군사들의 감시는 소홀하지 않았다. 하지만 정종이 대문 안으로 들어서자 군사들은 궐 안에서 일어난 엄청난 사건에 대해 떠드느라 경계가 흐트러졌다. 수양대군에게 보위를 물려준다는 소식이 맨 아래 군졸들에게까지 퍼졌던 것이다.

사저 근처에서 숨어 들어갈 기회를 노리던 승유에게는 청천벽력 같은 소리였다. 이 모든 것이 자신의 탓인 것 같아 현기증이 났다. 승유는 기강이 흐트러진 군사들의 경계를 피해 서둘러 담을 넘어 공주의 사저로 들어갔다. 벗의 얼굴을 어떻게 봐야할지 갑갑했지만 봐야 했다. 제 잘못을 말해야 했다.

내당으로 들어서는 정종에게 예를 갖추는 은금의 눈은 울어서 퉁퉁 부어 있었다. 그 모습을 보니 경혜가 더욱 걱정이 되었다.

"마마께서 우시다가 그만 지쳐 쓰러지셨습니다."

마마께서 어찌하고 계시느냐 묻기도 전에 은금이가 말했다. 정종은 놀라 정신없이 내당 안으로 뛰어 들어갔다. 안방 문을 왈칵 열어젖히고 들어서자, 방구석에 웅크리고 앉아 울고 있는 경혜가 보였다.

무사히 돌아온 부마를 물끄러미 올려다보는 경혜의 모습에 눈이 시렸다. 정종은 애써 웃음을 지으며 경혜 앞에 웅크리고 앉았다.

"왜 이리 초라하게 계십니까? 마마께는 어울리지 않습니다."

정종의 말에도 경혜는 소리없이 눈물만 흘렸다. 죄스러웠다. 정종은 죄스러워 견딜 수가 없었다. 자신을 타박해도 좋을 것을 아무 말도 없이 울고만 있는 경혜가 안쓰러워 견딜 수가없었다.
 "압니다. 말하지 않아도 제 마음속에는 마마의 목소리가 다 들립니다."
 울음을 애써 삼키며 정종이 경혜를 다독였다. 마음을 어루만지는 정종의 말에 경혜의 참았던 울음이 기어이 터져 나왔다. 그토록 눈물을 쏟았건만 아직도 흘릴 눈물이 남아 있다는 것이 믿기지 않았다. 정종은 경혜의 야윈 어깨를 가만히 감싸 안았다. 부마의 품에 안겨 경혜는 한탄했다.
 "어찌하면 좋습니까. 이제 어찌하면 좋습니까. 차라리 제 목을 거둬가라 하십시오! 제 목을 거두고 전하를 내버려 두라 하십시오!"
 애끓는 통곡에 정종은 눈물을 삼키며 경혜를 꼭 안아주었다.
 "못나고 힘없는 부마라 송구합니다. 참으로 송구합니다."
 붉어진 정종의 눈에서도 뜨거운 눈물이 흘러내렸다. 경혜는 자신을 품에 안고 있는 부마의 팔을 힘주어 붙잡았다. 정종이 겪고 있을 아픔이, 미안함이 느껴져 경혜는 가눌 수 없을 만치 마음이 아팠다. 위로하듯, 지키려는 듯 힘주어 서로를 부둥켜안은 부부의 애끓는 흐느낌이 방을 가득 채웠다.
 정종은 정자에 앉아 술을 들이켰다. 경혜가 겨우 진정하고 자리에 눕는 것을 확인한 뒤부터 계속이었다. 몇 병의 술을 비웠는지 몰랐다. 그런데 취하지가 않았다. 술맛조차 느낄 수 없었다. 풀벌레 소리만

이 정종의 마음을 달래듯 쓸쓸하게 울려 퍼지고 있었다.

정종은 자신의 무력함이 원망스럽고, 참을 수 없는 분노가 치밀었지만 할 수 있는 일이 없다는 것이 더 허탈했다. 술병을 집어 들고 마시려는데 어느새 또 병이 비어 있었다. 한숨을 내쉬며 일어서는데, 정자 뒤편에서 인기척 소리가 들렸다.

"웬 놈이냐!"

잠시 기다려보았지만 아무 소리도 들리지 않았다. 취중에 잘못 들은 것인가 했는데, 또다시 부스럭 거리는 소리가 들려왔다. 정종이 경계를 늦추지 않은 채 비겁하게 숨지 말고 나오라 추상같이 내뱉었다.

"종아……."

제 이름을 부르는 목소리에 정종은 등골이 서늘해졌다.

"나다."

귀에 익은 목소리였다. 하지만 믿을 수 없었다. 그놈은 이미 죽지 않았던가. 귀신의 농간인가, 아니면 이것도 수양의 흉악한 간계인가. 정종은 머릿속이 차갑게 얼어붙었다.

"나라니? 어서 모습을 드러내지 못할까?"

긴장한 채 어둠을 쏘아보던 정종의 눈이 점점 커졌다. 어둠 속에서 모습을 드러낸 자는 바로 승유였기 때문이다. 죽은 줄로만 알았던 벗의 얼굴을 보자 스르르 다리에 힘이 풀렸다. 정종은 저도 모르게 풀썩 주저앉고 말았다.

'내가 꿈을 꾸는 것인가. 정녕 꿈을 꾸는 것인가.'

"종아 나다, 승유다."

승유는 얼이 빠져 있는 정종에게 한 걸음 더 다가왔다. 믿지 못해 두 눈을 부릅뜨고 있는 벗의 어깨에 가만히 손을 얹고는 "돌아왔다"고 나지막이 말했다.

정종은 그제야 승유의 얼굴이며 팔이며 여기저기 더듬거리며 매만졌다. 손에 만져지고, 살갗은 따뜻한 것을 보니 정녕 귀신이 아님은 분명했다.

"살아 있었구나."

정종은 와락 끌어당겨 승유를 껴안았다. 가슴이 벅차올라 터질 것만 같았다.

"죽은 줄만 알았다. 죽은 줄만 알고 살맛이 안 났다. 승유야 진짜 너로구나. 진정 승유 네가 맞구나. 너를 가슴에 묻어야지 했다. 그랬었는데 살아 있었구나."

정종의 얼굴은 웃음과 울음이 범벅이 되었다. 그동안 누구에게도 마음놓고 제 속을 터놓고 울지 못했던 정종이었다. 아픔을 토해내며 정종이 승유를 껴안고 서럽게 울었다. 벗의 얼굴을 보자 승유 역시 그동안 참아왔던 울음이 터져 나왔다. 벗에 대한 그리움과 미안함이 한꺼번에 솟구쳤다. 풀벌레 소리마저 두 사람의 재회를 위해 잠시 멈춘 듯 정원에는 두 사람의 흐느낌 소리만 흘러나왔다.

정종은 함께 술을 나눠 마시면서도 눈앞에 있는 승유의 모습이 믿기지 않았다. 이것이 꿈이라도 좋았다. 흉금을 터놓을 수 있는 벗과 함께 술을 마시는 것이 실로 얼마만인가.

"미안하다. 나 때문에 네가 고초를 겪었구나."

"네가 납치를 했다 밝혔어도 달라지지 않았을 게다. 나와 금성대군에 너까지 엮어서 넣었겠지."

낮게 한숨을 내쉬고 말하던 정종의 눈빛이 순간 사납게 변했다.

"수양은 그러고도 남을 짐승 같은 놈이다. 차라리 잘 됐다. 네가 죽은 줄 아는 자들은 네 정체를 몰라 안달이 날게야. 보이지 않는 적보다 무서운 게 어디 있냐? 무고하게 죽어간 사람들이 겪은 고통과 두려움을 그들도 겪어봐야 해."

처음 보는 정종의 날선 눈빛을 승유는 물끄러미 바라보았.

공짜 술을 마실 건수를 찾으면 좋아라, 희희낙락하던 놈이었다. 경국지색 공주마마의 부마가 될 것이라고 호언장담하던 놈이었다. 맛있는 술과 좋은 벗들과 함께 있을 수 있다면 아무것도 바랄 게 없다던 정종이었다. 실없는 소리를 내뱉고 허허실실 웃기 좋아하던 놈이었다. 그런 벗의 눈빛에 가늠할 수 없는 분노가 번뜩이는 것이 승유는 안타까웠다. 고통스러운 시간이 정종과 자신을 무참하게 바꿔놓은 것 같아 슬픔이 차올랐다.

청풍관 사랑채 안은 밤늦도록 풍악소리가 울려 퍼졌다. 천하를 다 가졌다는 듯 웃음을 터뜨리며 수양대군과 측근들이 축배를 들고 있었다. 매향을 비롯한 기녀들을 하나씩 옆에 끼고 앉은 채 한껏 들떠 기쁨을 만끽하고 있었다.

"아직 끝난 일이 아닙니다."

입가에 웃음을 머금은 채 수양이 자중하라는 듯 말했지만, 온녕군이며 권람은 이미 항복을 받은 것과 진배없다며 오늘 같은 날은 마음껏 마셔야 된다고 목청을 높였다.

"그러지 말고 쭈욱 한 잔 비우시고 내게도 어주御酒 한 잔 내려주시게."

온녕군이 수양에게 말하자, 좌중의 시선이 집중되었다.

"수양대군이 내리는 술이 어주가 아니면 무엇인가?"

"지당하신 말씀이십니다."

온녕군과 한명회가 서로 장단을 주고받자 모두들 파안대소破顔大笑했다. 수양의 무리들은 잔뜩 교태를 부리며 춤을 추는 기녀들 사이에 술에 취하고, 기쁨에 취해 밤새는 줄 몰랐다.

빙옥관 객방에 우두커니 앉아 정종의 말을 곱씹고 있는 승유의 표정은 비장했다.

'네가 죽은 줄 아는 자들은 네 정체를 몰라 안달이 날 게야.'

검을 움켜쥐고 물끄러미 바라보았다. 자신이 할 수 있는 일이 무엇인지, 수양에게 맞서 싸울 방법이 무엇인지 생각하고 또 생각했다. 승유는 손에 쥔 검을 뽑고는 물끄러미 바라보았다. 보이지 않는 적보다 더 무서운 것은 없다.

사내들을 희롱하는, 혹은 기녀들을 희롱하는 사내들의 떠들썩한 소리가 빙옥관을 가득 메웠다. 웃고 떠드는 사람들 사이로 결연한 얼굴의 승유가 이층 비밀통로 사다리로 내려오고 있었다. 머리부터 발끝까지 검은 복색으로 갖춰 입은 채 빙옥관을 빠져나가는 승유의 모습이 심상치 않음을 석주는 걱정하고 있었다. 석주는 혀를 끌끌 차며 고개를 저었다.

'묘한 놈, 징한 놈, 또 무슨 짓을……'

마치 이곳이 첫번째라는 듯이 달빛이 훤하게 온녕군의 저택을 비추고 있었다. 승유는 어둠속에 몸을 숨긴 채 온녕의 집을 노려보았다. 형수님과 아강이가 노비로 있었다는 곳이다. 그 수치심을 견디지 못하고 강물에 몸을 던진 형수님. 온녕군을 제1의 목표로 삼은 이유가 바로 그 때문이었다. 승유의 눈은 어둠속에서도 형형하게 빛났다.

조심스레 주위를 살피다 아무도 오가는 사람이 없자 복면으로 얼굴을 가리고 온녕의 저택을 향해 다가갔다. 그리고는 주저 없이 한 달음에 담 위로 훌쩍 올라갔다. 담 위에 낮게 몸을 붙인 채 집안을 날카롭게 살피던 승유가 이윽고 집안으로 뛰어내렸다. 승유는 드문드문 지나가는 노비들을 피해 나무 뒤에 몸을 숨긴 채 불 꺼진 사랑채를 노려보았다. 이윽고 노비들이 보이지 않자 소리 나지 않게 발소리를 죽이고 은밀하게 사랑채로 향했다. 승유는 천천히 사랑채 문을 열고 안으로 들어갔다.

한껏 취해 비틀거리며 걸어 나오는 온녕을 겸종이 얼른 부축했다. 수양을 비롯한 나머지 대감들도 모두 나와 대취大醉한 온녕을 배웅했다. 온녕은 배웅 나온 수양에게 "주상께서 어찌 여기까지 나오시느냐"며 농을 했다.

때 이른 소리였지만 수양이 듣기에 과히 나쁘지 않았다. 절로 웃음이 나는 말이 아닌가.

"살펴 가시지요. 앞으로 누릴 것이 더 많으시질 않습니까?"

"두 말할 것이 무엇입니까? 온갖 부귀영화가 온녕군의 품에 있음이옵니다."

신숙주의 말에 한명회가 맞장구를 쳤다.

"그래야지! 내 그럴 것이야. 주상, 또 뵈십시다!"

온녕이 호탕하게 웃으며 인사를 나눴다. 그간 고생이 많았다는 수양의 치하에 대수롭지 않다는 듯 손을 번쩍 들고는 교자로 향했다. 수양은 취한 온녕을 태운 교자가 청풍관을 나서는 모습을 흐뭇하게 지켜보았다.

"참으로 좋은 날이네."

수양이 교교한 달빛을 쳐다보며 말했다.

"이제 대군을 거스를 자는 아무도 없습니다."

한명회가 고개를 조아리며 말했다. 수양은 모든 것이 만족스러웠다. 왕이 되지 못한 종친으로 겪어야 했던 수모와 고통이 눈 녹듯이 사라지는 것 같았다.

온녕은 만취한 탓도 있었지만 기분이 하늘을 찌를 듯했다. 오늘 같은 날이 올 줄 알았다는 듯 연신 웃음이 터져 나왔다. 사저에 도착해서 교자에서 내리자 한 무리의 가노들이 나와 예를 갖췄지만 오늘은 다 귀찮았다. 그저 흥이 돋고 좋았다. 사랑채로 들어가면서 따르지 말라 손을 휘이휘이 저었다. 만취한 몸이 휘청거리고 땅이 흔들리는 느낌조차 구름 위를 걷는 듯했다. 온녕은 어서 빨리 잠을 청하고 싶었다. 얼른 내일이 돌아왔으면 했다. 그래야 수양이 옥좌에 오르는 날이 더 빨리 올 테니까 말이다. 갓을 벗고, 옷가지를 벗으면서도 웃음이 멈추지 않았다. 그 순간 갑자기 온녕의 목 뒤에서 갑자기 쓱 들이밀어진 차가운 칼날에 웃음기가 싹 가시고 말았다.

"누, 누구냐?"

잔뜩 얼어 붙어 온녕이 외쳤다. 그러자 온녕의 목을 겨눈 칼끝을 놓치지 않은 채 천천히 모습을 드러내는 사내가 보였다.

온녕은 복면을 한 사내의 얼굴을 놀란 눈으로 바라보았다.

"온녕군의 목을 거두러 왔소."

음산한 괴한의 말에 온녕은 술기운이 다 달아나는 듯했다.

"대체, 네 놈이 누군데 감히!"

사뭇 노기 섞인 목소리였지만 떨림마저 감추지는 못했다. 괴한이 천천히 복면을 벗자, 온녕의 얼굴에서 핏기가 사라졌다. 이게 어찌 된 일인가.

"김승유 네가 어찌……."

"그 이름은 이제 세상에 없다."

싸늘하게 내뱉으며 승유가 검을 치켜들었다. 순간 제 죽음을 직감하고는 다급히 소리를 지르려는 온녕을 향해 허공을 가르며 승유의 검이 번개처럼 날아들었다.

희미한 달빛 아래 온녕이 끔찍한 주검으로 쓰러져 있었다. 승유가 그 곁에 앉아 손가락으로 온녕의 하얀 옷자락에 글씨를 남기고 자리에서 일어났다. 눈앞에 쓰러져 있는 주검을 바라보는 승유의 눈빛이 날카롭게 빛났다.

이제 첫발을 내디딘 것이다. 원통하게 돌아가신 아버님의 복수, 형님의 복수. 형수님과 아강이를 잃은 복수의 시작이었다.

승유는 숨을 깊이 들이마시고는 결연한 표정으로 돌아섰다. 승유가 문을 열고 나가면서 스며들어온 달빛에 주검의 옷자락에 피로 쓰인 '대호大虎.'라는 글씨가 선명하게 드러났다.

여원여모

승유는 천천히 세령의 눈을 마주보았다. 그 맑은 눈동자에
그리움이, 슬픔이, 원망이 담겨 있어 가슴이 일렁거렸다.
그녀의 숨결이 코끝으로 느껴졌다.

어슴푸레 새벽이 밝아오고 있었다. 고요하고 적막한 새벽공기가 주위를 감도는 가운데 수양은 곤히 잠을 자고 있었다.

조정의 모든 대소신료들이 고개를 조아리며 "전하"라고 외쳤으며 왕은 곤룡포袞龍袍*를 입고 편전 앞을 거니는 꿈을 꾸었다. 햇살을 받은 곤룡포에 새겨진 용이 금세라도 푸른 하늘로 날아갈 것처럼 번쩍거렸다. 그때였다. 마른하늘에서 크르릉 하는 천둥이 친 것 같았다. 뒤를 돌아보니 고개를 조아리고 있던 대소신료들은 아무도 보이지 않았다. 게다가 수양은 제 발밑이 핏물로 질척거리는 것을 느꼈다. 붉은 곤룡포에서 핏방울이 떨어져 내리고 있었다. 뚝, 뚝, 뚝 한 방울씩 떨어져 내릴 때마다 쿵, 쿵, 심장이 격하게 뛰었다.

"대감, 대감!"

---

*곤룡포 : 임금이 입던 정복.

다급하게 수양을 깨우는 윤씨의 목소리에 수양은 눈을 떴다.

"대군께 급한 전갈이오! 어서 문을 여시오!"

요란하게 대문을 두드리는 소리가 수양에게도 들려오자, 벌떡 몸을 일으켰다. 방금 전 꾼 꿈이 너무도 선명했다. 불길했다. 무슨 일이 생긴 것인가.

수양은 옷을 대충 챙겨 입은 채 서둘러 밖으로 나갔다. 송자번이 숨을 헐떡이며 마당으로 들어서는 것을 보자 수양은 자기도 모르게 긴장했다. 평소 표정을 잘 드러내지 않던 신 판관의 부관 얼굴이 심상치 않게 느껴졌던 것이다. 아무래도 불길한 꿈이었다.

"무슨 일인가?"

"간밤에 있었던 불미스런 일을 전하라 하셨습니다."

수양은 온녕이 자택에서 피습을 당해 목숨을 잃었다는 청천벽력 같은 소식에 마치 땅이 움푹 들어가는 것 같은 기분을 느꼈다. 온녕이 사저에서 피살되다니. 어찌 그런 흉악한 일이 있을 수 있는가.

"대체 어떤 놈의 소행인가?"

"아직 거기까지는 모르옵니다. 다만 온녕군의 옷에 피로 쓴 글씨가 남아 있었습니다."

송자번은 잠시 머뭇거렸다.

"대체 뭐라 쓰여 있었던 게냐!"

수양이 버럭 고함을 쳤다.

"말씀드리기 송구하오나 대호大虎라고 적혀 있었습니다."

수양은 온몸의 피가 거꾸로 솟는 것 같았다. 다시는 들을 일 없을 것이라 생각했던 이름이었다. 그놈의 몸뚱이마저 들짐승의 먹이로 내던지지 않았던가. 그런데 대호라니…….

문득 꿈이 다시 선명하게 눈앞에 떠올랐다. 곤룡포에서 피가 뚝뚝 떨어져 내리던 꿈 생각에 등골이 서늘해지는 것을 느꼈다.

밤새 뒤척이던 세령 역시 새벽의 소란을 엿듣고 있었다. 새벽같이 전해져온 소식이 혹시나 승유가 붙잡혔다는 소식인지도 몰라 여리를 시켜 알아보게 했었다. 헌데 여리가 갖고 온 소식은 놀랍기 그지없었다. '대호'라는 자가 온녕군을 살해했다는 것이다. 갑자기 방안의 온기가 사라지는 것만 같았다. 너희들을 죽여 가족의 원수를 갚겠다고 핏발 선 목소리로 토해내던 승유의 모습이 떠올랐다. 불안했다. 그분은 진정 손에 피를 묻히려 하시는 건가…….

멈출 수도 없고 돌이킬 수도 없는 시간이었다. 그분에게 멀리 도망가서 살라고 말했던 세령이지만 그것이 쉬운 일이 아님을 세령도 잘 알고 있었다. 졸지에 부모와 형제를 다 잃고 벗의 배신을 겪었다. 사랑하는 여인이 원수의 딸이라는 것도 알았으니 과연 어느 세상 아래에서 모두 잊고 살 수 있을까. 하지만 세령은 그래도 살아야 한다고 생각했다. 살아야 복수를 하든 말든 무엇이라도 할 수 있었다. 하지만 승유가 하려는 것은 제 목숨을 내던지는 일처럼 보여서, 마음이 아팠다.

금㗊이라고 붉게 적힌 노란 종이가 매달린 줄이 대문 앞을 가로 지르고 있었다.

그 앞으로 수많은 사람들이 웅성거렸다. 좋은 소식보다 나쁜 소식이 더 빨리 퍼지는 법이었다. 게다가 수양이 왕위를 노린다는 소문쯤은 무지렁이 백성들한테까지도 쉬쉬 하며 퍼져 있던 참이었다. 억울하게 죽은 김종서 대감을 안타깝게 생각하는 이들도 있었고, 숙부가 조카의 자리를 탐한다고 욕하는 무리도 있었지만 모두들 수양의 귀에 들어가지 않게 숨죽일 뿐이었다. 그런데 수양대군의 최측근이랄 수 있는 온녕군이 살해되었다는 소식은 은근히 그 여파가 대단했다. 사실 누가 왕이 되든 밑바닥 인생들에게야 동쪽 바람 서쪽 바람처럼 별 차이가 없었다. 하지만 삶이 팍팍하고 먹고살기 바빠 재미있는 얘깃거리가 동할 때 높으신 양반들의 욕심이 얽힌 추잡한 얘기들이야말로 얼마나 흥미진진한가. 그러니 피도 눈물도 없다는 수양대군에 대한 두려움도 잊은 채 사람들은 대문 앞에서 쑥덕거리고 있는 것이다. 아무 상관없는 백성들이야 그저 넙죽 엎드린 채 높으신 양반들 뒷얘기를 씹어대며 세상 시름 잊고 사는 것이다.

"억울하게 죽은 원혼이 한풀이 하나 봐. 내 머리가 다 쭈뼛쭈뼛 서네그려."

"살아서도 죽어서도 김종서는 이름값 한 번 대단하다!"

송자번을 따라 들어오던 수양의 발걸음이 우뚝 멈춰섰다. 김종서, 김종서. 웅성대는 사람들 속에서 여기저기 들려오는 '김종서'라는 이름이 수양의 얼굴을 일그러뜨렸다.

그날 밤으로 그와의 질긴 악연이 끝나는 줄 알았다. 그런데 몸뚱이는 흩어지고 없어도 그의 이름은 장안을 떠돌고 있다는 게 수양은 불쾌하고 못마땅했다. 하지만 그것도 잠시 온녕의 주검을 본 순간 핏기가 사라지고 등골이 서늘해짐을 느꼈다. 처참한 모습으로 죽어 있는 온녕의 옷자락에 선명하게 적혀 있는 대호大虎라는 글씨가 수양의 가슴에 불을 질렀다.

"죽은 김종서의 이름을 빌려 민심을 뒤흔들고 대군을 위협하려는 술수입니다."

신숙주가 굳은 얼굴로 고했지만 수양의 얼굴은 경직된 채 일그러졌다. 경고일지도 모른다는 한명회의 말이 이어지자 수양이 신면에게 물었다.

"아무런 단서도 없단 말인가?"

"검을 제대로 다루는 자의 소행이라는 것밖에는 밝히지 못했습니다."

"아무래도 세령 아가씨를 납치한 자의 소행인 듯합니다."

한명회가 괴한의 정체가 동일범일 거라는 의견을 내놓자, 좌중이 긴장했다. 그렇다면 다음은 또 누구 차례가 될지 모를 일이었다. 금성대군과 정종을 붙잡고 있는데 누가 그런 무모한 짓을 벌인단 말인가.

하지만 그 칼끝이 결국 수양대군을 향하고 있음을 수양과 그의 측근들은 잘 알고 있었다.

신숙주가 아들에게 대군의 호위에 한 치의 어긋남이 없어야 한다고 당부했다.

"무엇보다 서둘러 양위를 받으시어 대궐로 드셔야 합니다."

단호하게 말하는 신숙주를 수양은 물끄러미 바라보았다.

"떳떳이 제 모습을 드러내지 못하는 어두운 무리들의 몸부림입니다. 대군께서 아직 보위에 오르지 않은 것이 저들에게는 빈틈으로 보일 것입니다. 옥좌에 앉으시어 이 나라의 지존이 되신다면 어느 삿된 무리들이 감히 넘볼 수 있겠습니까?"

"좌승지의 말씀이 참으로 지당합니다."

"더는 사양치 마시고 옥새를 받으시지요."

신숙주의 말에 한명회와 권람 모두 힘을 실었다. 수양 역시 온녕이 피습당했다는 전갈을 받았을 때부터 이제 더는 늦출 수 없다는 생각을 한 터였다. 때가 온 것이었다.

수양대군이 보위를 물려받기로 했다는 소식은 궐 안을 일파만파 흔들어놓았다. 집현전 학자들이 편전 앞에 모여 부복한 채 단종에게 양위를 거둬달라고 목청껏 아뢰었다.

집현전 직제학이자 종학사성인 이개 역시 피를 토하는 심정으로 분부를 거두어달라고 목청을 높였다. 이렇게 수양의 손아귀에 모든 것을 갖다 바칠 수는 없었다. 제 욕망을 위해 피를 흩뿌린 간악무도한 자에게 양위를 한다는 것은 천만부당한 일이다. 이개는 애끓는 목소리로 편전을 향해 목소리를 높였다.

그때 수양대군을 앞세우고 신숙주, 권람, 한명회 등이 걸어오는 것이 보였다.

이개의 얼굴이 분노로 일그러졌다.

"대체 너희들은 누구의 신하란 말이냐!"

이개는 자리에서 벌떡 일어나 추상같이 꾸짖었다. 하지만 이개의 나무람은 수양의 무리에게 아무런 영향력을 발휘하지 못했다. 덤덤하고 무심한 그들의 표정에 이개는 충격을 받았다. 거리낌없는 수양대군의 얼굴을 이개는 매섭게 노려보았다.

"금성대군과 부마를 역도로 몰아 전하를 위협하고도 하늘이 두려운 줄 모르는가!"

이개의 분노어린 말에 말씀을 삼가라는 권람의 말이 날아들었다.

이개는 가슴이 무너져 내렸다. 문득 뒤에 서 있는 신숙주의 덤덤한 얼굴이 보였다.

"범옹*! 자네 입으로 대답해보게. 지난날 네 아들 면이를 나에게 맡기며 했던 말을 기억하느냐. 학식보다 충심을 먼저 가르치라 하지 않았더냐!"

애끓는 목소리로 이개가 말했지만, 신숙주의 표정은 변함이 없었다. 그저 이미 하늘이 바뀌었음을 눈빛으로 이개에게 전하는 것 같았다. 이개의 눈시울이 붉거졌다.

"이러고도 지하에 계신 세종대왕과 문종대왕을 뵐 낯이 있단 말이냐!"

이개의 통렬한 외침이었지만 천하를 손에 쥐는 일을 코앞에 둔 수양의 무리에게는 그저 흘러가는 바람처럼 스쳐지나갈 뿐이었다.

---

*범옹 : 신숙주의 호

편전 안, 옥좌에 앉아 있는 단종은 이 모든 것이 오늘로 마지막이라 생각하니 오히려 담담했다. 차라리 진즉 포기했더라면 무고한 희생을 줄일 수 있지 않았을까 자책하는 어린 왕이었다.

"금성과 정종은 그 죄를 엄히 물어 사약을 내림이 마땅하나 전하의 뜻을 따르겠나이다. 금성은 삭녕으로 유배를 보내고 정종은 더는 죄를 묻지 않고 경혜공주와 같이 지낼 수 있게 할 것입니다."

마치, 크게 인심을 베푼다는 듯 수양이 말했다.

"유배를 보낸 후에도 금성숙부의 목숨을 보장한다 약조해주세요."

언제 마음이 바뀔지 모르는 숙부였다. 단종은 확답을 받아야했다. 금성대군이 얌전히만 있다면 그리 하겠다는 수양의 대답을 듣자, 단종은 잠시 수양을 물끄러미 바라보았다. 참으로 야속하고 무정한 숙부였다. 그러면서도 숙부가 불쌍하게 느껴졌다.

장자로 태어나지 못해 왕위에 오르지 못한 숙부, 그것이 그렇게 한이었을까. 그 많은 피를 손에 묻히면서까지 이 어린 조카의 자리를 탐낼 정도로 한스러웠던가.

"어보御寶*를 가져오세요."

단종이 나지막한 목소리로 명을 내렸다.

전균은 어쩔 줄 몰라 하며 망설였다. 단종이 어서 가져오라 채근하자, 할 수 없이 전균이 물러났다. 단종이 천천히 옥좌에서 내려왔다. 그 모습을 지켜보는 수양의 눈에는 오직 비어 있는 옥좌만이 눈에 들

---

*어보御寶 : 옥새玉璽와 옥보玉寶, 국새國璽. 옥새는 임금의 도장, 옥보는 임금의 존호를 새긴 도장, 국새는 나라를 대표하는 도장을 뜻한다.

어왔다. 그곳에 앉아 있는 제 모습이 눈에 보이는 것만 같았다. 그러면서도 온녕이 죽던 날 밤 꾸었던 꿈이 떠올라 자기도 모르게 소름이 끼쳤다. 하지만 결국 곤룡포를 입는 꿈이 아니었던가! 그 순간 수양의 입 꼬리가 슬며시 위로 치켜 올라갔다.

편전 앞은 어보를 받기 위해 무릎을 꿇고 기다리는 수양의 무리들과, 양위를 거둬달라는 이개 측 무리들로 나뉘어 팽팽한 긴장감이 흐르고 있었다.

단종은 물끄러미 그 두 무리를 바라보았다. 이제 겨우 십오 세였다.* 하지만 그의 마음속은 곱절은 더 살아온 것처럼 느껴졌다. 그때 전균이 어보를 받쳐들고 천히 걸어 들어왔다.**

그 모습을 보니 스산한 마음이 들어 편전과 주변 대궐의 모습을 찬찬히 둘러보았다.

눈물범벅이 된 전균에게서 마침내 묵직한 어보를 받아들었다. 새삼 단종은 어보가 이렇게 무거운 것이었나 싶은 생각에, 마음이 착잡했다. 내가 이리 무거운 짐을 짊어지고 있었던가!

단종은 마침내 어보를 들고 수양에게 다가갔다.

"숙부, 부디 성군이 되셔야 합니다."

---

* 역사속 양위 시기는 단종 3년 때이다. 12세 때 왕위에 올라 15세 때 보위를 물려주었다. 한 번도 등장하지는 않지만 이때 단종은 왕비도 있었다. 단종비 송씨는 이후 의덕대비에 봉해진다.

** 역사 속에서는 전균이 아니라, 성삼문이 어보를 가져온 것으로 되어 있다.

통곡하는 이개와 학자들의 애끓는 목소리가 하늘을 울렸다.

"전하! 아니 되옵니다!"

어보를 든 채 그들을 바라보는 단종의 입술이 부르르 떨렸다. 그들에게 미안했다. 이렇게 힘없는 왕이라서 미안했다. 할바마마와 아바마마께 충절을 다 바치며 태평성대를 이루는 데 앞장섰던 이들이 아닌가.

어린 왕의 가슴은 찢어질 듯 아팠다. 하지만 눈물을 보이며 수양에게 어보를 넘기는 치욕은 보이지 않을 것이다. 이미 충분히 모욕을 당했다고 느꼈다. 최소한 왕으로서의 마지막 자존심은 지키고 싶었다. 울지 않을 것이다.

수양이 두 손으로 공손하게 어보를 받고 건네 받았다.

수양은 제 손에 들려진 어보의 무게감이 느껴지자 평생을 가슴속 응어리로 남아 있던 그 무언가가 눈 녹듯 사라지는 것 같았다. 드디어 새 세상이 열린 듯 머릿속이 명징하게 맑아졌다.

그때였다. 어디선가 쿠르릉 하는 천둥소리가 들렸다. 수양은 문득 얼마 전 꾸었던 꿈 생각에 하마터면 어보를 놓칠 뻔했다. 자기도 모르게 고개를 들어 하늘을 쳐다보았다.

구름 한 점 없는 쾌청한 하늘이었다.

잘못 들은 것인가 생각하며 어보를 다시 내려다보았다. 눈앞에 있는 어보만이 실재實在였다.

학자와 신료들의 통곡소리가 점점 더 높아져 갔지만 어보를 바라보는 수양의 눈빛은 끔찍하게 번들거렸다.

"앞으로 너희들은 일국의 세자와 공주가 될 것이다. 아버님께서 즉위하시면 너희들의 책봉식도 있을 것이야."

어머니 윤씨의 말이 세령의 머리를 세게 후려치고 지나갔다. 이후로는 아무소리도 들리지 않았다.

모든 것이 기가 막히고 믿어지지 않았다. 심신을 단정히 하라는 윤씨의 말도 들리지 않았다. 그저 넋을 놓은 채 일어나 그대로 안방을 나와 버렸다.

전하를 쫓아내고 왕위에 오르는데 어찌 가족들은 아무도 수치스러움을 모른단 말인가. 왜 아무도 말리지 않는가.

세령은 절망적이었다. 휘청거리며 내당을 나서는데 동생 숭이 뒤따라 나왔다.

"아직, 상처가 덜 아문 것입니까? 안색이 왜 그러십니까?"

걱정스레 바라보는 숭을 세령은 물끄러미 바라보았다.

"숭아 넌 세자가 되는 게 좋니?"

그 말에 숭의 표정이 사뭇 어두워졌다. 언감생심 세자가 되길 바랐던 적은 없었다. 하지만…….

"난 누이처럼 용감하지 못합니다. 그저 아버님의 뜻에 따를 뿐입니다."

숭은 아버지가 겁이 났다. 세령은 제 아비의 잔혹한 면을 뒤늦게야 깨달았지만 숭은 달랐다.

아버지는 큰 누이가 천방지축으로 돌아다녀도 애지중지하며 내버려둔 반면, 숭에게는 엄격했다. 돌이켜 생각해보니 아버지는 오래전부터 이 날을 대비해온 것 같았다.

이제 세자로 책봉이 되고 차후에 왕이 된다면 숭은 아버지의 죄를 씻고 싶다는 생각이 들었다. 자애롭고 현명한, 그리고 모든 이를 어루만져줄 수 있는 왕이 되고 싶었다.

"허나, 만일 제게 기회가 온다면 아버님처럼 많은 사람을 죽이지는 않을 것입니다."

다정하고 생각이 깊은 동생이었다. 그래서 대견하면서도 안쓰러웠다. 세령은 제 방으로 들어왔지만 자리에 앉을 수도 없었다. 이제 돌이킬 수 없을지도 모른다는 절망감이 세령을 휘감았다. 경혜가 걱정이 되어 속이 탔다.

얼마나 원통하실까, 얼마나, 얼마나……

복면을 꺼내드는 손이 부르르 떨렸다. 해가 떨어지자 수양대군이 보위를 물려받았다는 소식은 마포나루의 유곽에도 파다하게 퍼져나갔다. 온통 수양에 대한 이야기로 들끓었다. 간혹 통곡을 하는 서생도 있었고 아무래도 상관없다는 듯 술을 퍼마시며 쌍욕을 퍼붓는 이도 있었다.

승유는 수양에게 맞서 싸우라 했던 아버지의 말이 떠올라 죄스러움에 눈시울이 붉어졌다. 하늘은 어찌 이렇게 잔인한가. 제 형제들을 죽이고, 무고한 대신들의 목을 친 자에게 어찌 천하를 호령하는 것을 허락한단 말인가.

승유의 가슴속에는 분노가 치밀었다. 모조리 죽여버리겠노라 이를 갈았다. 검을 챙겨 들고 빙옥관을 빠져나가는 승유를 석주가 가로막았다.

"누구든 막으면 죽인다."

가로막는 석주의 목에 검을 들이밀며 승유가 말했다. 하지만 석주는 피식 웃는가 싶더니 재빨리 칼끝에서 빠져나오며 승유의 손목을 손날로 내리쳤다. 그 바람에 바닥에 툭 떨어진 검을 다시 집어 올리려는 찰나, 석주가 냉큼 발로 검을 걷어찼다. 저만치 나가떨어지는 검을 보자 승유는 분한 마음에 석주를 매섭게 노려보았다.

"눈빛 좋네. 좋아. 그 좋은 눈빛을 하고 개죽음당할 순 없잖아. 제 동생도 거리낌없이 죽여버리고 조카 자리까지 빼앗은 놈이다. 그런 잔인한 놈을 너처럼 흥분해서 칼 한 자루 달랑 쥔 놈이 감당할 수 있을까?"

석주가 조곤조곤 승유를 나무랐다. 하지만 승유는 개죽음을 당한다 해도 상관없었다. 수양의 하늘을 보고 살 바엔 그 편이 나았다.

성난 짐승처럼 두 눈을 부릅뜬 채 노려보는 승유를 석주가 멱살을 잡고 술 창고로 끌고 갔다. 오늘같이 울분이 터지는 날에는 그저 술이나 퍼마시고 잠이나 퍼 자는 게 상책이었다. 괜한 울분만 믿고 선불리 덤비다가는 눈앞에서 알짱거리는 파리 꼴이 될 터였다.

"한 나라의 왕을 죽이겠다는 놈이라……. 참, 내가 무서운 놈을 살려 놨구먼."

석주가 씩 웃으며 내뱉었다. 이미 몇 순배의 술이 돌아간 뒤였다. 취기 탓인지 아니면 울어서 그런 것인지 승유의 눈이 벌겋게 핏기가 서려 있었다.

"복수가 네 인생의 전부냐? 그러기엔 인생이 허무할 텐데. 웃을 일도 기쁠 일도 없는 팍팍한 인생을 무슨 재미로 사나? 그럴 바엔 차라리 섬에서 죽지 그랬냐?"

형님처럼 담담하게 승유를 다독이는 석주였다. 하지만 승유의 마음을 위로해주진 못했다.

"수양을 죽여야 내가 죽을 수 있소!"

"차라리 그 여자 데리고 도망이나 가라."

난데없는 석주의 말에 승유의 눈이 날카롭게 변했다.

"그자가 왕이면 그의 딸은 공주가 될 거 아니냐? 공주라. 너무 높고 먼 자리야. 우리 같은 놈들한테는 가 닿지도 않을 자리라고. 그러니 그 전에 홱 낚아채! 저번처럼!"

승유의 눈빛이 흔들렸다. 공주가 된다? 문득 세령을 공주로 알고 만났던 첫날의 만남이 떠올랐다. 발 너머로 보이던 그녀의 얼굴이 눈앞에 아른거렸다.

"어디든 가서 다 잊고 그 여자랑 살 섞고 자식 키우고 살아. 애새끼들 먹이고 입힐 생각에 똥줄 타는 애비 노릇 하다보면 복수 같은 쓸데없이 비장한 감정 따윈 남의 일 같을 거다. 적당히 좀 살자, 우리."

하품을 섞어가며 중얼거리던 석주가 어느새 코를 골며 잠에 떨어졌다.

승유는 석주를 물끄러미 바라보았다. 다 잊고 산다는 것은 꿈속에서나 가능할 일이었다. 온몸의 뼛속 깊숙이 아로새겨진 참담한 기억을 어떻게 잊고 산단 말인가. 어떻게 그녀의 얼굴을 보며 그 기억을 지울 수 있단 말인가.

편안한 얼굴로 드르렁 드르렁 곯아떨어진 석주를 보니 문득 그가 부러웠다. 세상만사 상관없이 사랑하는 여인과 함께 있는 그가 너무도 부러워 승유 자신도 모르게 눈시울이 뜨거워졌다.

그럴 수 있다면, 다 잊는 게 가능하다면 세령을 데리고 도망갈 수 있을까?

승유는 머릿속을 헤집는 어리석은 생각을 떨치려 세차게 머리를 흔들었다.

'복수를 해야 한다. 복수를 하기 전에는 그 어느것도 욕심내지 않으리라.'

승유는 취기가 채 가시지 않은 걸음으로 휘청거리며 객장으로 올라갔다. 이층 통로 사다리 아래에 승유의 검이 아직 그대로 있었다. 검을 주워들고 어슴푸레 밝아오는 새벽빛에 칼날을 비춰보았다. 그리고는 빙옥관 뒤편으로 나가 검을 휘두르며 마음을 다잡으려 했다. 승유의 칼날에 속절없이 베어져 나가는 풀이며, 꽃들이 애처로웠다.

'다 베어 없애리라. 모두 다 죽여 없애리라.'

새벽 공기를 가르는 날카로운 칼 소리가 섬뜩하게 빙옥관을 감쌌다.

오늘 같은 날이 올 줄은 몰랐다. 지아비가 꾸는 꿈이 원대하고 지대하다는 것을 윤씨는 오래전부터 알고 있었다. 그러나 함부로 드러낼 수 없는 지아비의 바람이었다. 노심초사 무사하기만을 바라던 때도 이제 모두 옛일이 되었다 생각하니 윤씨는 눈물이 났다.

지아비가 관복을 입는 것도 오늘이 마지막이었다. 이제 머지않아 곤룡포를 입게 될 것이었다. 수양의 관복을 여며주는 윤씨의 손길이 감격에 겨워 슬며시 떨렸다. 눈물이 고인 윤씨의 얼굴을 보자 수양 역시 마음이 뭉클해졌다. 안사람이 아니었다면 여기까지 오지 못했을 터였다.

큰 꿈을 이루기 위해 밖에 나가 있는 지아비를 대신해 집안 단속을 훌륭하게 해낸 윤씨였다. 물론 세령이가 어긋나기는 했지만 자식이 어디 부모 뜻대로 움직여준다던가.

"대감, 드디어 옥좌에 오르시는 날 아닙니까? 이제 이 관복을 벗고 당당히 곤룡포에 익선관을 쓰실 생각을 하니……."

눈물을 글썽이며 수양을 바라보던 윤씨가 문득 허리를 굽히고 예를 갖추었다.

"전하, 부디 길이 이름을 빛낼 군주가 되어 주시오소서."

수양의 얼굴에 부드러운 미소가 퍼졌다.

"부인께서도 부디 자애로운 국모가 되어주시오."

수양은 입궐이 처음도 아닌데, 마치 초행길인 것처럼 마음이 새로워졌다. 수양을 호위하기 위해 신면과 송자번을 위시한 한성부 군사들 수십 명이 마당에 도열해 있었다.

수양은 융숭하게 예를 갖추는 그들을 내려다보고 있노라니 마음이 뿌듯해졌다. 벌써부터 임금을 대하는 듯 태도가 굽절은 더 깊어 보였다. 그들을 이끌고 마당으로 나갔다. 식솔들과 노비들까지 모두 나와 있었다. 가노들의 표정에도 감탄 어린 우러름이 엿보여 수양은 한결 기분이 좋아졌다.

그 앞쪽으로 세령, 숭, 세정이 나란히 서 있는 것을 보자 흡족하게 웃음을 머금었다.

세정은 기분이 한껏 들떠 입가에 미소가 떠나질 않았다. 경혜공주를 시기하면서도 그 자리를 얼마나 부러워했던가. 과거의 설움을 단박에 날려버렸다는 즐거움이 세정을 들뜨게 했다. 숭은 애써 담담해지려 노력하며 아버지의 얼굴을 바라보았다. 하지만 세령은 시선을 내리깐 채 수양의 얼굴을 볼 생각조차 하지 않았다.

수양은 어두운 기색으로 서 있는 세령이 신경 쓰였지만 곧 떨쳐버렸다. 오늘은 기쁜 날이지 않은가.

"애비는 너희를 위해 여기까지 달려왔다. 곧 너희들의 책봉도 있을 것이니 주변을 잘 정리하고 입궐하도록 하여라."

자애로운 수양의 말에 숭과 세정이 그리하겠노라 대답했지만, 세령은 묵묵부답이었다.

윤씨는 세령을 물끄러미 바라보았다. 심상치 않은 세령의 기색에 윤씨는 긴장했다.

"일국의 세자가 되는 것이다. 모자람 없는 왕재임을 만천하에 드러내야 할 것이야."

수양은 숭의 어깨를 다독였다.

"소자, 문무를 기르는데 더욱 정진하겠사옵니다."

"그래야지."

더욱 열심히 정진하겠다는 숭의 말이 참으로 기껍게 들렸다.

수양은 세정의 어깨를 다독여주고, 드디어 세령 앞에 섰다. 얼굴을 들어 시선을 마주치지도 않고 아무런 말도 없는 딸의 반응에 수양은 한숨을 내쉬었다. 곧 나아지리라는 기대를 품고 세령의 어깨를 가볍게 어루만지고 발걸음을 옮겼다. 그때였다.

"이제 성에 차십니까?"

독기가 서린 세령의 목소리가 수양의 뒤통수를 쳤다.

"어린 조카의 옥좌를 억지로 빼앗아 꿰차시니 성이 차시냐 이 말입니다!"

뼈있는 세령의 말에 좌중의 분위기가 싸늘하게 식어버렸다. 윤씨가 호통을 치며 말렸지만 이미 세령의 입에서는 거침없는 말들이 흘러나오고 있었다.

"호시탐탐 옥좌를 노린다던 공주마마의 말씀이 맞았습니다. 결국 아버님께서는 옥좌를 탐내 손아래 동생들을 죽이거나 유배 보내고, 종국엔 어린 조카까지 쫓아내셨습니다. 더는 자식들을 위한다는 것을 핑계로 삼지 마십시오. 결국 아버님의 욕망과 탐심이 무고한 자들의 피를 부른 것입니다!"

서슬 퍼런 말이었다.

'진정 저 아이가 내 여식이란 말인가. 제 아비가 임금이 된다는데 독을 품어대는 저 아이가 진정 내 여식이 맞단 말인가.'

수양은 적잖게 충격을 받았다. 하지만 보는 눈이 많았으므로 애써 태연하게 세령을 바라보았다.

"이 아비를 그토록 오해하고 있다면 어쩌겠느냐. 세월이 부녀간의 정을 되돌려주겠지."

수양은 한숨처럼 내뱉고는 돌아섰다.

그런데 세령의 날카로운 한마디가 수양의 목덜미를 다시 낚아챘다.

"대호가 나타났다 들었습니다! 돌아가신 김종서 대감이 살아계셨다면 아버님께서 감히 옥좌를 노리실 수 있었겠습니까?"

수양의 인내가 바닥을 쳤다. 감히 제 아비 앞에서 김종서를 언급하다니 제 정신이란 말인가!

"그 입 다물지 못하느냐! 더는 아비를 자극하지 말고 조용히 책봉례 준비나 하거라!"

무섭게 언성을 높이는 수양의 얼굴을 세령은 지지 않고 쏘아보았다. 그리고는 공주 책봉 따위는 받지 않을 것이라 당당하게 내뱉었다.

"치욕스런 공주 따위, 절대 되지 않을 것입니다!"

세령의 말에 수양과 윤씨의 안색이 창백해졌다. 윤씨는 믿을 수가 없었다.

제 딸의 입에서 아비의 일을 부정하는 말이 나오리라고는 상상조차 할 수 없었다. 저런 무서운 말을 하리라곤 생각조차 못했던 것이다. 세령의 기세에 질려 아무 말도 못한 채 바라보기만 할 뿐이었다.

보다 못한 신면이 다가와 세령의 팔을 끌고 나가는데도, 세령은 이 나라의 공주는 오로지 경혜공주 마마 한 분뿐이라고 절규하듯 외쳤다. 신면의 우악스런 손에 끌려가면서도 세령은 가족들의 얼굴이 믿기지가 않았다. 세령의 행동에 기막혀 하며 이해할 수 없다는 표정들이 충격적이고, 끔찍했다.

게다가 세령의 일에 자꾸만 끼어드는 신면을 참을 수가 없었다. 마치 제 사람인 듯 참견하는 태도가 너무도 불쾌했다. 세령은 신면의 손을 매몰차게 내치고는 그대로 그의 뺨을 후려치려 했다. 하지만, 신면이 그녀의 손을 확 붙들었다.

"고집 좀 그만 부리시오!"

"다시는, 내 몸에 손대지 말라 하지 않았습니까?"

낮은 목소리로 분노의 감정을 표출하는 세령의 얼굴을 쏘아보며, 신면은 잡은 손을 놓아주었다.

"책봉을 거부한들 공주가 되는 것을 피할 수 있습니까? 대군께서 옥좌에 오르시는 순간, 아가씨는 어디 계시든 공주마마라 불리고 공주의 대접을 받을 것입니다. 치기 어린 반항 따위 집어치우고 궐로 들어가십시오. 아무리 달아나려 한들 아가씨는 공주가 되고, 나는 부마가 될 것입니다."

신면은 자꾸만 수양과 엇나가려는 세령을 다그쳤다. 세령에게 자신에게서 벗어나려는 것은 절대 불가능한 일임을 확인시켜주려는 말이었다. 그러나 세령은 신면을 점점 더 경멸 어린 시선으로 차갑게 대했다.

"누구 맘대로 부마가 된다 하십니까? 나와 혼인하겠다는 헛꿈을 아직도 꾸는 것입니까? 죽은 몸뚱이라도 끌어안고 살겠다면 그리 하십시오!"

세령의 잔인한 말에 신면은 그만 고개를 떨어뜨리고 돌아섰다. 심장이 터질 것 같았다. 세령의 말들이 가시처럼 온몸에 박혀버린 것 같았다. 신면은 뒤돌아 걸어가면서도 그녀의 칼날 같은 시선이 매섭게 제 등짝에 꽂히는 것을 느꼈다.

대궐 입구는 금군들이 삼엄하게 지키고 있었다. 혹시라도 불궤한 이들이 들어올까 싶어 들고나는 이들을 물 샐 틈 없이 감시하고 있었다. 정종과 경혜 역시 대궐 안으로 들어가지도 못한 채 대궐 입구에서 초조하게 서 있었다. 경혜는 몹시 수척해져 있었다. 연신 눈물을 훔치며 하염없이 궐문만 바라보았다. 궐이 이렇게 낯설게 느껴진 것은, 잔인하게 느껴진 것은 처음이었다. 정종이 경혜를 안쓰럽게 바라보며 차분하게 궐문을 지켜보았다.

"전하시다!"

금군들이 일제히 무릎을 꿇으며 예를 갖추는 것을 경혜는 흠칫하며 보았다. 단종이 나온 줄 알았던 것이다. 하지만 그들이 무릎을 꿇고 예를 갖춘 대상은 단종이 아니라 수양대군이었다. 한성부 군사들이 호위하는 수양의 교자가 나타난 것이다.

경혜는 심장이 멈추는 것 같은 충격을 받았다. 모든 것이 너무 자연스럽게 지나갔다. 부자연스러운 것은 경혜 저 혼자인 것만 같았다. 수양이 교자에서 내리는 모습을 쏘아보았다.

경혜는 웃으며 다가오는 수양의 얼굴을 당장에라도 찢어버리고 싶었다.

"상왕*을 모시러 나왔는가?"

천하를 손에 잡은 자의 여유로움이 수양의 말투에서 묻어나왔다. 경혜는 입이 떨어지지 않았다. 마주 서 있는 것조차 숨이 막혔다.

"그러하옵니다."

정종이 대신 대답했다.

"창덕궁으로 물러나 계시면 심히 적적하실 터이니 두 분께서 상왕을 자주 찾아주시게."

"감축 드리옵니다."

마침내 경혜공주가 입을 열었다.

"수많은 희생을 치르고 얻으신 자리이니만큼 자애로운 덕으로 백성들을 다스려 그 피를 씻어내야겠지요."

경혜공주의 뼈 있는 말이었지만, 수양은 태연했다. 이미 제 딸에게 서슬퍼런 소리를 잔뜩 듣고 온 터였다. 그에 비하면 공주의 말은 덕담

※상왕上王 : 자리를 내주고 물러난 왕. 여기서는 단종을 말한다.

에 지나지 않았다.

"고맙구나. 내 귀담아 들으마."

수양이 아무렇지도 않게 답하고 궐문으로 들어가 버리자, 경혜의 어깨가 들썩였다. 수양의 태연한 얼굴에 그만 꾹꾹 눌러 참았던 분노가 터져버렸던 것이다. 내내 꼿꼿하게 서 있던 경혜의 몸이 휘청하는 순간, 정종이 얼른 붙들었다.

"심기를 단단히 하십시오. 전하께서 나오실 때 밝은 낯빛을 하셔야 할 것입니다."

정종은 차분한 말투로 경혜를 다독였다. 경혜는 지아비를 바라보며 이를 앙다물고 고개를 끄덕였다. 힘을 내야 한다. 아무 힘도 없는 누이지만, 부마와 함께 든든하게 버티고 있다고 전하께 보여드려야 한다. 하지만 자꾸만 눈물이 배어나오는 것을 경혜도 어찌할 수 없었다.

강녕전은 부복해 있는 내관들과 상궁 나인들의 울음소리로 무겁게 가라앉아 있었다. 새로운 왕을 모셔야하는 그들로서는 드러내놓고 통곡할 수도 없는 노릇이었다. 입속으로 삼키는, 가슴으로 통곡하는 그들의 흐느낌이 단종의 마음을 애달프게 했다.

단종은 회한에 차서 동온돌을 물끄러미 둘러보았다. 문득 돌아가신 아바마마가 보료에 좌정坐定해 있는 게 신기루처럼 떠오르다 사라졌다. 단종은 마치 그곳에 문종이 앉아 있기라도 하는 것처럼 천천히 엎드려 절을 했다.

"아바마마 송구하옵니다. 못난 소자를 용서하시옵소서."

단종은 눈물을 삼키고 동온돌을 나섰다. 한결 차분해진 눈빛으로 부복한 채 흐느끼는 내관들과 상궁들에게 괜찮다는 듯 웃어주었다. 문 내관과 대여섯 명의 단출한 행렬이 단종을 뒤따랐다.

 마침내 대궐 입구에 이르자 그리운 누이의 얼굴이 보였다. 한달음에 달려오는 누이와 부마를 보자 참았던 눈물이 솟구쳐 올랐다. 하지만 단종은 애써 웃어보였다. 누이의 얼굴이 부쩍 초췌해진 것 같아 마음이 아팠다. 단종은 누이의 손을 맞잡고 한참을 말없이 서로를 바라보며 서 있었다.

 '됐다. 이렇게 누이 손을 잡고 있는 것만으로……. 그걸로 됐구나.'

 연생전 안에서는 수양을 단장하는 내관과 상궁들이 분주하게 움직였다. 조심스럽게 용포를 입히고, 옥대를 매어주고 마지막으로 익선관을 씌워주는 손길들이 이어졌다. 수양은 두 눈을 감은 채 제 몸에 입혀지는 옷의 감촉을 느끼고 있었다. 임금의 옷…….

 이윽고 내관과 상궁들이 모두 물러나고, 전균만 남았다.

 "다 되었사옵니다. 전하."

 전균의 말에 수양은 천천히 눈을 떴다. 제 몸에 갖춰진 임금의 의복을 내려다보았지만 아직 실감이 나지 않았다. 하지만 이내 웃음을 머금고 전균이 열어놓은 문을 향해 성큼성큼 걸어갔다.

 편전에 들어서자 수양은 문득 멈춰 섰다. 수양의 시선은 옥좌에 가 닿았다. 텅 빈 편전 안, 오직 수양과 옥좌만이 있는 것 같았다.

 얼마나 이날을 기다려왔던가, 저 옥좌가 무엇이기에 이토록 갈망하게 만들었는가. 도대체 무엇이 있기에 수많은 피를 흩뿌리면서까지 여기까지 오게 되었는가.

수양은 한 걸음, 또 한 걸음 눈앞의 옥좌를 향해 다가갔다. 저 옥좌에 앉으면 알 수 있을 것 같았다. 딸에게 독기어린 비난을 받으면서까지 얻고자 했던 옥좌가 무엇을 줄 것인지 이제 곧 알게 될 것이었다.

수양은 옥좌를 물끄러미 바라보다 천천히 그 자리에 앉았다. 이윽고 편전의 문이 열리고 양쪽으로 도열해 들어오는 대소신료들의 모습이 보였다. 한명회, 권람, 신숙주 등 수양의 무리들이 앞쪽으로 자리를 잡고 서 있었다. 좌우로 늘어선 대소신료들이 일제히 임금에 대한 예를 갖추는 모습을 보니 수양의 가슴이 뜨거워졌다. 수양은 잠시 대소신료들을 바라보다 자신만만한 목소리로 말했다.

"나는 덕이 박한 사람으로서 상왕께서 부여해 주신 중책을 받고, 조정의 큰 사업을 계승하였다. 이에 마땅히 관대한 법을 베풀어 큰 경사를 만민과 더불어 나누고, 백성에게 막대한 인애를 널리 펴고자 하는 바이다."

강녕전 동온돌에 새 주인이 손님들과 조촐한 술상을 함께하고 있었다. 수양은 술을 한 잔 마시고는 동온돌 안을 한번 둘러보았다.

"그대들이 없었다면 어찌 오늘날의 내가 있었겠소?"

한명회가 곤룡포를 입은 수양의 모습을 흐뭇하게 바라보았다.

"지당하신 말씀이십니다. 허나 뛰어난 장수가 없다면 어찌 그 아래 뛰어난 지략가가 있을 수 있겠습니까?"

마치 수양의 혀처럼 입을 놀리는 한명회였다.

"아직은 방심할 때가 아닙니다. 궐 내에 전하께 반기를 들 만한 자들이 남아 있질 않습니까?"

신숙주가 차분하게 말을 잇자, 수양이 껄껄대며 웃었다.

"범옹은 늘 나를 깨어 있게 합니다."

"이제부터가 시작입니다. 전하께서 보위에 오를 만한 왕재라는 것을 만백성에게 알려야 합니다. 또한 세종대왕께서 일궈낸 태평성대를 재현할 적자임을 증명해 보이셔야합니다."

언제나 긴장을 늦추지 않는 신숙주였다. 그로서는 드디어 자신이 갈아탄 줄이 튼튼한 동아줄이라는 것이 증명된 참이었다. 그것이 순간의 방심으로 인해 끊어지는 것은 생각도 하기 싫었다.

"알았소. 허나 오늘만은 내게 틈을 주시오. 가파르게 올라온 만큼 잠시 쉬어가야하질 않겠소."

수양이 웃으며 술을 마셨다. 문득 온녕 생각이 났다. 걸걸한 목소리로 언제나 기를 북돋우던 온녕의 빈자리가 느껴져 새삼 가슴이 무거워졌다.

"나는 참으로 많은 사람을 죽게 하고 이 자리에 올랐습니다. 스스로 수백 번 수천 번을 되물었어요. 어찌 그 자리에 오르고 싶으냐, 그 자리의 무엇이 너의 피를 그리 들끓게 하느냐?"

수양의 입에서 나온 뜻밖의 말에 좌중이 모두 조용해졌다.

신숙주가 조용히 답을 얻으셨느냐고 물었다. 수양은 희미한 웃음을 지은 채 생각에 잠겼다. 옥좌에 앉으면 그것이 무엇인지 알 수 있을 것 같았다. 마침내 그곳에 앉았지만 알 수 없었다. 드디어 원하던 임금이 되었다는 것만 실감할 뿐 도대체 무엇이 그리 만들었는지는 끝내 알 수 없었다.

"참 답답들 하십니다. 답이 없는 질문에 어찌 답을 얻으려 하십니까?"

갑자기 숙연해진 분위기를 일거에 깨뜨리는 한명회의 명쾌한 답이었다.

답이 없다. 갖고자 하는 욕망에 무슨 해답이 필요한가. 마침내 갖게 되면 결국 그것은 아무것도 아니게 되고 또 다른 욕망이 찾아오는 법이다.

결국 절대로 채워질 수 없는 큰 욕망만 남게 되는 것, 그것에 어떻게 답을 구할 수 있겠는가. 수양은 씁쓸한 미소를 지으며 가만히 고개를 끄덕였다.

"뭣이라? 조석주한테 갔다고?"

와장창 술상이 날아가 엎어지는 소리와 함께 공칠구의 악에 받친 괴성이 흘러나왔다.

공칠구 수하에 있던 왈패들 예닐곱 명이 빙옥관에 제발로 찾아가 다시 받아달라 무릎을 꿇었다는 소식을 들은 참이었다. 공칠구로서는 기가 찰 노릇이었다. 살랑거리며 아부를 떨어대던 놈들이 고작 칼싸움 몇 번에 넘어간 것인가 화가 솟구쳤다. 수하들을 함부로 내굴린

제 탓은 하지도 못한 채 떠나간 놈들 탓만 하고 있었다. 방안을 미친 놈처럼 서성이며 조석주에게 한방 먹일 궁리를 하던 와중에 공칠구의 두 눈이 갑자기 번뜩였다. 그야말로 일거양득의 소득을 올릴 수 있는 계략이 떠올랐던 것이다. 분명 한성부 판관이라던 놈이 그랬다. 수양의 반대파를 찾는다고. 그렇게만 해준다면 한성부까지도 꿀꺽하게 해주겠다고. 입맛을 다시는 공칠구의 입매가 얍삽하게 치켜 올라갔다.

'대호'의 정체는 아직도 오리무중이었다. 게다가 세령을 납치했던 자의 정체 또한 밝혀지지 않은 상태인지라 한성부는 초긴장상태였다. 특히나 신면은 자기가 관리하는 한성에서 벌어지고 있는 잔인한 사건들을 해결하지 못해 중압감을 받고 있었다. 이제 수양이 주상主上의 자리에 오른 지금 불미스러운 일이 더이상 발생하는 것은 용납할 수 없었다.

온녕군 저택을 탐문하고 돌아온 송자번이 얼마 전 김종서의 식솔들을 찾는 자가 있었다는 보고를 했다. 행색이 남루한 광인狂人처럼 보였다는 말에 신면은 불길한 느낌을 받았다.

그 광인이 누구이든 간에 김종서 대감과 연관이 있다는 뜻이 아닌가. 그 와중에 '대호'라는 자가 그 집에 침입해서 온녕군을 죽였다?

신면은 광인과 대호가 동일인일지도 모른다고 추측했다. 그러다 '대호'라는 별칭을 쓰며 온녕군을 죽인 자가 또다시 누군가의 목숨을 노리고 올지도 모른다는 생각이 번뜩 들었다.

'그렇다면······. 다음은 누구인가.'

신면은 불길한 마음에 자리에서 벌떡 일어섰다.

한성부 군사들의 호위를 받으며 교자를 탄 신숙주가 퇴궐하고 있었다. 멀리 사저가 보이자 그제야 긴장이 풀리는지 굳어 있던 신숙주의 얼굴이 펴졌다. 내심 '대호'라는 별칭을 쓰는 자객에 두려움을 느꼈었다. 학자의 절개를 버리고 권력을 탐한 것을 후회하지는 않았다. 기회를 잡은 것뿐이다. 변절자라 말하는 이들은 그저 시대를 읽지 못하는 눈먼 장님일 뿐이라 생각했다. 이제 그 첫발을 내디딘 차에 불미스럽게 멈추고 싶지 않았다. 신숙주는 자신의 능력을 마음껏 펼쳐 보이고 싶었다. 학자로 남아 있으라고 말한 김종서의 콧대를 꺾어주고 싶었다. 언제까지 책에 파묻혀 어디에 쓰일지 알 리 없는 학문에만 매달릴 것인가. 신숙주는 오래전부터 정치를 하고 싶었다. 이제 수양과 함께 그 꿈을 펼칠 때가 온 것이다. 그 생각을 하자 내내 무표정하던 신숙주의 얼굴에 보일 듯 말 듯 웃음이 떠올랐다.

그때 갑자기 날랜 소리와 함께 시커먼 그림자가 신숙주의 머리를 넘어 교자 앞을 가로막았다. 자객이었다. 머리부터 발끝까지 온통 검은색으로 감춘 자객을 신숙주는 긴장을 감춘 채 노려보았다. 순식간에 신숙주의 앞을 한성부 군사들이 막아섰다.

"감히, 누구 앞을 가로막느냐!"

애써 당당하게 소리쳤다. 하지만 자객은 대꾸도 없이 날카로운 눈으로 신숙주를 쏘아볼 뿐이었다.

목을 베라는 신숙주의 명에 군사들이 일제히 자객에게 달려들었다. 자객을 둘러싸고 검을 휘둘렀지만 그는 너무도 유려한 칼솜씨로 군사들의 공격을 모두 막아냈다. 하나 둘씩 자객의 검에 쓰러지는 군사들을 보며 신숙주는 교자에서 내려섰다.

온녕의 저승길에 동행하기는 아직 일렀다. 아직 해야 할 일이 차고 넘쳤다. 신숙주는 냉혹하게 검을 휘두르는 자객을 보며 몸을 돌려 도망치려 했다. 마지막 군사가 비명과 함께 쓰러지는 소리가 등 뒤에서 들렸다. 그 순간 신숙주의 목에 서늘한 칼날이 닿았다. 등골이 서늘해질 만큼 아찔했다. 식은땀이 흐르는 것 같았다.

이대로 끝이 나야 한다는 것이 원통했지만 누군지도 모르는 놈한테 죽는 것이 더욱 분했다.

"네 놈의 정체를 밝혀라!"

자객의 눈을 똑바로 쳐다보며 소리쳤지만, 아무 대답도 들을 수 없었다. 그저 자객의 두 눈에 끓어오르는 분노와 살기를 확인하고 섬뜩해졌을 뿐이었다.

순간 자객의 눈이 번쩍 하는 순간 검이 치켜 올라가더니 허공을 가르며 신숙주를 향해 곧장 내려오고 있었다. 신숙주는 눈을 질끈 감았다.

챙! 날카로운 쇠붙이 소리에 신숙주는 눈을 떴다. 자객의 검을 막아내며 맞붙고 서 있는 아들이 보였다. 그 뒤로 송자번과 군사들도 보였다.

"면아!"

신숙주는 안도의 숨을 내쉬며 아들을 바라보았다.

신숙주의 목숨을 앗아갈 기회를 놓친 것에 승유는 화가 났다. 승유의 참형을 주청하고, 수양에게 들러붙은 앞잡이를 단칼에 베어버리지 못한 것이 참을 수 없었다. 방해하는 자를 찢어놓으려 휙 노려보다가 그만 멈칫했다. 이글거리는 눈으로 쏘아보는 신면의 얼굴과 마주쳤던 것이다.

승유는 혹시나 신면이 자신을 알아보지 않을까 신경이 쓰였다. 하지만 이내 상관하지 않았다. 모두 없애버릴 참이었다. 그러니 얼굴을 알아본다고 해도 무슨 상관이랴.

"아가씨를 납치한 것도 네 놈이냐?"

승유는 대답하지 않았다. 그저 신면을 향한 검을 곧추세우고 천천히 자세를 다잡았다. 신면도 검을 곧추세우며 합(合)을 겨눌 준비를 갖췄다.

이윽고 승유의 검이 매섭게 날아왔다. 그 검을 막아내며 비켜서서 재빠르게 옆으로 검을 놀렸지만 곧 막혀버렸다. 한 치의 밀림도 없이 팽팽한 두 사람의 접전이 어둠속에서 펼쳐졌다.

신면은 합이 늘어갈수록 불길한 생각이 들어 견딜 수 없었다. 처음 검을 세우며 자세를 잡는 자객의 모습을 봤을 때부터 느낌이 좋지 않았다. 어디선가 본 듯한 자세였다. 하지만 곧장 불꽃 튀기는 공방전을 시작한 터라 금세 잊고 말았다. 그런데 무섭게 검으로 돌진해오는 자객의 모습이 너무도 낯익어서 신면은 섬뜩함마저 들었다.

승유……. 이것은 분명 승유의 검이다.

"네 정체가 무엇이냐? 너 혹시…….”

흔들리는 눈빛의 신면을 날카롭게 파고들어가는 승유의 공격이 매섭게 이어졌다. 살기 어린 승유의 파상공격波狀攻擊에 힘겹게 방어하던 신면의 검이 엉겁결에 승유의 얼굴을 스쳤다. 순간, 승유의 복면이 칼날에 찢겨지는 것을 보며 신면의 얼굴이 긴장으로 굳어졌다.

 복면 아래 감춰진 얼굴이 승유가 맞는지 확인하게 되는 것이 두려웠다. 하지만 복면은 벗겨지지 않았다. 신면은 두려웠지만 얼굴을 봐야 할 것 같았다. 자신이 착각했다고 확인하고 싶었다. 신면이 집요하게 검을 휘두르며 공격을 하던 차에, 승유의 검이 신면의 팔을 베어버렸다. 신면의 팔에서 붉은 핏방울이 튀었다.

 주인을 잃은 검이 허공을 날아 순식간에 땅에 콱 처박혔다. 아차, 하는 순간이었다.

 어느새 신면의 목에 승유의 검이 드리워졌다. 신면은 자객의 얼굴을 쏘아보았다. 칼날에 찢긴 뺨에서 피가 흐르는 것을 보았다. 그리고 자객의 증오에 찬 눈빛이 잠시 불안하게 흔들리는 것을 보았다.

 승유는 신면의 목숨을 손안에 쥔 채 망설였다. 벗을 죽이고 온전하게 살 수 있을까. 아무리 나를 배신하고, 아버님을 죽인 자와 한 배를 탄 놈이지만……. 이놈을 죽이고도 정신을 놓지 않을 수 있을까.

 승유는 흔들리는 마음을 애써 잔인하게 붙잡았다. 그리고는 사정없이 베어버리려는 순간, 쏜살같이 나타난 송자번이 승유의 뒤를 향해 검을 휘두르며 달려왔다.

 승유가 기척을 느끼고 잽싸게 뒤돌아 송자번의 검을 겨우 막아냈다. 그때, 한성부 군사들이 횃불을 들고 달려왔다. 십 수 개의 횃불에 훤해지자 승유는 본능적으로 얼굴을 돌리며 어둠속으로 주춤주춤 물러섰다. 점점 다가오는 빛을 피해 물러서는 승유를 향해 신면은 "저 놈을 비추라!"고 고함을 쳤다.

승유를 집어삼킬 듯 다가오는 불빛을 피하며 신숙주 부자를 번갈아 노려보았다.

승유는 때를 놓친 것을 깨달았다. 피해야 한다는 본능이 요란하게 경고음을 울리자, 그대로 뒤돌아 어둠을 향해 내달렸다. 햇불을 든 군사들이 승유를 쫓아 우르르 달려가는 것을 신면은 매섭게 노려보았다. 그럴 리 없다 생각하면서도 자객의 정체가 승유일지도 모른다는 생각이 신면의 머리에서 떠나지 않았다.

"다행이구나. 혹시나 싶었다."

제자를 또 잃는다면 어쩌나 싶었다며 한숨을 내쉬는 스승 이개를 정종은 안쓰럽게 바라보았다.

정종은 스승이 가져온 소식이 놀랍기 그지없었다. 일전에 온녕군을 살해한 '대호'라는 자객이 이번에는 신숙주를 습격하려 했다는 것이다. 마침 신면이 제 시각에 당도해서 자객과 대적해서 목숨을 구했다고 했다. 하지만 신면은 팔에 심한 부상을 입었다.

스승은 그 자객이 정종이라고 지레 짐작했던 것이다. 정종은 문득 아무것도 갖춘 게 없는 부마라는 자책감만 들었다. 그러다 그의 머릿속이 번개를 맞은 듯 번쩍했다. 그 자객이 누구인지 알 것 같았다.

보이지 않는 적보다 더 무서운 게 어디 있느냐고, 승유의 정체를 아무도 모를 테니 차라리 잘 됐다고 말했던 것은 바로 정종 그 자신이었다.

"누군지 알 듯도 싶습니다."

"뭐라? 대체 누구냐?"

정종의 말에 이개의 눈이 휘둥그레졌다. 정종은 스승에게 승유가 살아 있다고 말하려던 순간, 장지문에 탁! 하고 돌멩이 부딪히는 소리가 들렸다. 순간 잠시 긴장한 채 말 소리를 죽였다.

"잠시만 계십시오, 스승님."

마당으로 내려온 정종이 주위를 둘러보았다. 어둠 속 멀리 후원에서 새소리만 들려올 뿐 아무 소리도 들리지 않았다. 아무런 인기척도 들리지 않자 정종이 다시 사랑채로 들어가려고 몸을 돌렸다. 그 순간 입을 틀어막는 남자의 손에 정종은 눈이 휘둥그레졌다.

"나다."

승유였다. 정종이 놀란 가슴을 쓸어내리며 고개를 끄덕이자 그제야 손을 풀어주었다. 정종은 승유의 뺨에 나 있는 칼자국을 보자, '대호'가 승유라는 것에 확신이 들었다.

어디서 다친 거냐고 물었지만 승유는 대답을 피했다. 정종에게 한때 벗이었던 놈과 그의 아비의 목에 칼을 들이댔었노라고 말할 수는 없었다.

"네가 진정 온녕군과 면이를 그리 한 게냐?"

정종의 단호한 말투에 승유는 놀란 듯 바라보았다.

정종은 지난번에 한 말은 화가 나서 실수한 것이니 복수 따위는 그만 두라고 승유에게 말했다. 정종은 승유가 위험해지는 게 싫었다.

공주의 남자 • 283

목숨을 잃을 뻔했던 위기를 몇 번이나 넘긴 놈 아닌가. 그러니 제발 그만 두라고 승유를 타일렀다.

"승유라니……!"

갑작스런 목소리에 정종과 승유가 놀라 돌아보았다.

의아한 얼굴로 두 사람을 바라보고 있던 이개의 시선이 곧장 승유에게로 향했다.

이개는 믿기지 않는다는 듯 두 눈이 휘둥그레졌다. 그리고는 천천히 다가왔다. 승유는 차마 고개를 들지 못한 채 스승이 오는 것을 지켜보았다. 이개는 얼이 빠진 채 승유의 얼굴을 말없이 지켜보다가 뺨에 나 있는 상처에 조심스레 손을 댔다. 그제야 안심이 되는 듯 얼굴이 일그러졌다.

"피가 흐르는 것을 보니 살아 있는 게로구나. 승유 네가, 진정 살아 있었던 게로구나."

승유의 얼굴을 매만지는 스승의 손끝이 떨려왔다. 그 떨림이 그대로 전해져와 승유는 가슴 밑바닥에서 설움이 솟구쳐 올랐다.

"울지 마라 울지 마라 승유야. 이 스승의 가슴이 찢어질 것 같으니 울지 말거라. 이놈, 이놈아!"

이개는 승유를 와락 안고는 눈물을 흘렸다. 스승에 품에 안긴 채 승유는 설움을 토해냈다. 지난번 정종과 처음 만났을 때의 울음과는 다른 무엇이었다. 문득 아버지의 품에 안긴 듯 위로받는 느낌이 들었던 것이다.

승유는 그간의 고통과 괴로움이 사무치며 쏟아져 나와 스승의 어깨를 눈물로 적셔놓았다.

정종의 사랑채에서 스승과 마주앉아 있는 승유의 얼굴이 다시 결연해져 있었다. 사람을 죽이는 짓은 더는 하지 말라는 스승의 말에 그리하겠다는 말을 할 수가 없었다.

수양을 죽일 것이다. 수양을 죽여야만 했다.

승유는 어떻게 망가지든 상관하지 않겠다고 오래전에 다짐했었다. 자신의 얼굴에서 많은 것이 사라졌다는 것은 이미 그 자신도 느끼고 있었다. 목청껏 웃어본 날이 언제였는지 기억도 나지 않았고 웃을 일도 없었다. 그런 사사로운 감정 따위는 복수 앞에서는 불필요한 사치였다.

"너를 이리 만든 것이 꼭 내 탓만 같구나. 나 같은 어른들이 수양을 막았다면 너희들이 이리 고초를 겪었겠느냐. 늦었지만 이 스승이 나서볼 테니 위험한 일은 그만 두어라."

한탄어린 스승의 말에 승유는 고개를 저었다.

"스승님은 스승님의 길을 가십시오. 저는 제 길을 갈 것입니다."

벌떡 일어나 예를 갖추고 나가버리는 승유를 이개는 안타깝게 바라보았다. 승유는 맑고 밝던 제자였다. 천성이 밝고 재주가 많아서 유독 아꼈던 제자였다. 그런 제자가 어두운 얼굴로 사람을 죽일 생각만 하고 있는 현실이 너무도 참담했다.

승유는 답답함을 풀지 못한 채 마당으로 내려서 그대로 휙 나가려 했다.

"면이······. 그렇게 해놓고 마음에 걸려서 여기 온 거 아니었냐?"

정종의 말에 승유가 멈칫 했다. 사실이 그랬다. 그래서 종이는 몰랐으면 했다. 제 손에 피를 묻히고 다닌다는 것을 몰랐으면 했다.

승유는 차마 벗의 얼굴을 돌아보지 못하고 그대로 걸어 나갔다. 어둠을 찾아 걸으며 승유는 자신이 어둠과 한 몸이 된 것 같았다. 환한 하늘 아래는 이제 자신이 설 곳은 없다고 느꼈다. 문득 멈춰 서서 제 검을 내려다보았다.

신면과의 격렬했던 싸움을 검날로 여실히 드러냈다. 여기저기 검날이 패인 채 상해 있었던 것이다. 그 찰나의 망설임이 아니었다면 이 검으로 신면의 목숨을 거두었을지도 모른다.

수양은 믿기지가 않았다. '대호'가 온녕에 이어 이번에는 범옹까지 죽이려 덤볐다. 만일 신 판관이 제때 나서주지 않았다면 범옹의 주검을 봐야했을지도 모를 일이었다.

수양은 분노를 품은 채 부복해 있는 신면을 쏘아보았다. 오른팔을 천으로 동여맨 모습을 보니 기가 막혔다.

"그 자의 정체에 대해서는 아무것도 알아낸 것이 없는가?"

신면은 자객을 접한 뒤 더욱 커져가는 의심을 차마 고할 수 없었다.

"아직 단서를 찾지 못했습니다."

수양은 궐 밖의 식솔들을 하루 속히 입궐시키라고 명했다. 혹시라도 대호를 빙자하는 놈이 식솔을 건드렸다가는 소문이 어떻게 퍼져나갈지는 짐작하기 어렵지 않았다.

"자넨 하루 속히 대호를 빙자하는 자의 정체를 밝혀야 할 것이야."

수양은 신면에게 그만 돌아가라고 말했다. 신면이 나가고 나서야, 그의 불안함이 얼굴에 드러났다.

수양은 입궐한 이후부터 임운을 그림자처럼 따라다니게 했었다. 온녕이 비명횡사한 후 내린 방책이었다. 혼자 머물러야 하는 강녕전 동온돌 안에서는 언제나 병풍 뒤에 임운이 무장을 한 채 대기했다. 신면과 함께 있던 지금도 병풍 뒤에 임운이 숨어 있었다.

그 사실은 수양과 임운 두 사람만 아는 일이었다. 한순간도 방심하면 안 되었다. 자신을 그리 만든 놈이 괘씸하게 여겨져 수양의 얼굴이 잔인하게 일그러졌다.

"대체 어느 놈인 것이냐. 어느 놈이 감히!"

수양대군 집안사람들 모두 세간을 정리하느라 분주하게 오갔다. 갑작스럽게 책봉례가 당겨지는 바람에 쉴 틈이 없었다. 하지만 세령은 굳은 얼굴로 제 방에 혼자 웅크리고 앉아 있었다. 윤씨가 방에서 나오라고 야단을 쳤지만 아랑곳하지 않았다.

세령은 책봉을 받을 생각이 털끝만큼도 없었다.

"그리 고집한다면 끌고라도 갈 것이다. 전하께서 잘못 둔 딸 하나 때문에 구설수에 오르게 하실 수는 없다."

세령이 눈이 휘둥그레진 채 어머니를 쳐다보았다.

"방금, 전하라 하셨습니까?"

윤씨는 이 나라 조선의 지존이니 전하라 부름이 마땅한 것이 아니냐고 되물었다.

세령은 고개를 돌렸다. 믿을 수 없어 절대 궐에 들어가지 않을 것이라 다시 한 번 못 박았다.

"넌 들어가게 될 것이야."

윤씨의 말에 세령이 그럴 일 없다는 듯 쳐다보았다.

"왜? 김승유를 살려 달라 청할 때처럼 네 목에 칼이라도 대겠느냐?"

윤씨는 얼마든지 해보라고 말했다. 제 아무리 천방지축 부모 알기를 우습게 알기로서니 제 어미가 목에 칼을 대는 꼴을 볼 수는 없을 것이었다.

수양이 입궐하던 마지막 날 딸의 행동을 보고 경악했던 윤씨였다. 몹쓸 연정에 사로잡혀 애를 끓이는 딸이 안타까워 보듬어준다고 했던 것이 오히려 엇나가게 한 것 같아 자책이 들었었다. 허나 더는 봐주지 않을 것이다. 대감께서 천하를 쥐고 임금이 되셨는데 생각 없는 여식의 잘못으로 전하에게 누가 되는 일은 없게 할 것이다.

"사돈어른도 온녕군을 죽인 자에게 당할 뻔했느니라. 신 판관조차 제 아비를 지키느라 몸을 상한 모양이니 만나면 따뜻이 대해주어라. 너를 납치한 그자를 찾느라 마포나루를 샅샅이 뒤지고 다닌 지 얼마나 되었다고, 자객과 다투어 몸까지 다쳤으니."

윤씨는 문을 소리나게 탁 닫아버렸다.

'대호'가 또다시 움직였다는 말인가. 좌승지 대감을 시해弑書하려고 했단 소리인가. 세령은 승유의 얼굴이 눈앞에 아른거렸다. 진정 그분이 '대호'인 걸까. 그분이 진정 검으로 목숨을 빼앗고 벗이었던 이에게 검을 휘두르신 것일까. 불안했다. 세령은 그가 잘못될까봐 두려워 몸이 떨렸다.

윤씨 부인은 마당에 놓인 짐을 물끄러미 바라보았다. 가져갈 것이 그리 많지는 않았다. 옛 추억으로 삼을 만한 것들 위주로 짐을 꾸렸었다. 한편 세정은 제 몸 하나만 달랑이었다. 모든 것을 새로 맞출 작정이었다. 화려한 비단옷과 꽃신과 장신구들이 넘쳐날 것이라 생각하니 세정의 얼굴이 벌써부터 환하게 빛났다.

그때 여리가 손에 종이를 한 장 쥔 채 다급하게 달려왔다. 당혹감으로 벌게진 여리의 얼굴을 보니 윤씨는 저절로 이마가 찌푸려졌다. 세령이 사라졌다는 말과 함께 여리가 편지를 건넸다.

잠시 다녀올 곳이 있습니다.

아무리 말해도 듣지 않는 세령을 어찌해야 좋을지 몰라 윤씨는 머리가 지끈거렸다. 오늘 당장 책봉례가 있을 텐데 수상한 소문이라도 나지 않을지 걱정이었다. 하지만 지체할 수 없는 일이었다. 윤씨는 숭과 세정을 데리고 대문을 나섰다.

신면은 팔을 동여맨 천을 풀었다. 상처가 아물어가는 것이 보였지만 마음에 생긴 상처는 아물지 않았다. 분명 그 자객은 승유일 것이다. 그리 생각하자 승유의 검이 목을 겨누던 순간이 떠올랐다. 자번이 조금만 늦었더라도 그의 검에 목숨을 잃었을 것이다.

허탈했다. 오래전 승유를 산속에 버려두고 오던 때가 떠올랐다. 그때 이후로 언제나 한쪽 어깨가 묵직하게 느껴졌었다. 그 느낌이 때로 불쾌하고 떨쳐내고 싶었지만, 그것이 벗에 대한 자신의 빚이라고 생각했다. 평생 잊지 말아야 한다고…….

그런데, 승유는 단칼에 제 목숨을 앗으려 했다. 신면은 이제 더는 갚아야할 빚은 없다고 생각했다. 어깨를 누르던 무게감이 어느새 사라졌다는 것을 느낀 것도 그때였다.

"나리, 자번이옵니다."

신면이 옷깃을 내리고는 상념을 떨쳤다. 송자번이 들어와 공칠구가 찾아왔다고 전했다.

뒤이어 들어온 공칠구는 입에서 신면의 의구심을 해소시키는 말을 했다.

"일전에 마포나루에 수상한 놈이 있으면 고하라 하셨지 않습니까? 빙옥관이라는 유곽에 강화로 가는 호송선에서 살아 돌아온 자가 있습니다!"

신면은 등줄기를 서늘하게 타고 올라오는 한기를 느꼈다. 드디어 올 것이 왔다. 의심을 확인시켜주는 첫번째 단서였다. 세령을 납치했던 것도 분명 승유, 그 놈일 것이다.

마포나루 거리를 난처한 얼굴로 서성이는 양반집 규수閨秀*의 모습은 오가는 행인들의 시선을 끌기에 안성맞춤이었다. 전혀 어울리지 않는 복색으로 유곽 주변을 서성이는 규수의 모습이 너무도 이상했던 것이다. 도대체 어디로 가서 찾아야 할지 몰라 망설이는 규수의 장옷이 내려가고 규수의 얼굴의 드러났다. 세령이였다.

세령은 지나가는 중년 아낙을 붙잡고 물었다. 중년 아낙은 세령을 위아래로 훑어보았다.

"대체 여긴 왜 왔수? 색주가가 즐비한 망측한 곳이구먼."

중년 아낙은 해괴한 꼴 보기 전에 얼른 돌아가란 말도 덧붙였다. 세령이 사람을 찾는다고 말을 하는데, 마포나루 대로를 달려오는 말들이 보였다. 먼지를 부옇게 일으키며 한 무리의 군사들이 달려오고 있었다. 깜짝 놀라 황급히 비켜선 세령의 눈에 언뜻 신면의 얼굴이 보였다. 맹렬한 속도로 말을 몰고 가는 신면의 얼굴이 무섭게 굳어 있었다. 이어서 송자번과 군사들, 공칠구가 어딘가를 향해 쏜살같이 달려갔다.

세령은 가슴이 철렁 내려앉았다. 저들은 그분을 잡으러 가는 것이 분명했다.

---

*규수閨秀 : 남의 집 처녀를 점잖게 이르는 말

꿈자리가 뒤숭숭한 밤이었다. 길게 기지개를 켜자 온몸에서 우두둑 우두둑 뼈가 부러지는 소리가 들렸다. 석주는 밤새 들어찬 온갖 잡놈들 냄새가 바람에 실려 나가길 바라며 이층 객장 창문을 열어젖혔다. 하늘은 금세 비라도 올 것처럼 꾸물꾸물했다.

비가 오면 장사는 반 토막이 난다. 석주는 혀를 차며 다른 창문을 열어젖히다가 손을 멈추었다. 창밖으로 송자번의 지시에 따라 소리 없이 빙옥관을 둘러싸고 있는 한성부 군사들이 보였던 것이다. 그 앞에는 신면이 매서운 얼굴로 빙옥관을 노려보고 있었다.

하마터면 그 시선과 부딪칠 뻔했다. 석주는 얼른 다른 쪽으로 옮겨 창문을 조심스럽게 열고 밖을 내다보았다. 역시나 한성부 군사들이 빙옥관 입구를 봉쇄하며 자리를 잡는 것이 보였다.

'도대체 어떻게 된 것인가, 벌써 들킨 것인가?'

석주는 객장 의자에 널브러져 자고 있는 노걸의 따귀를 마구 때리며 깨웠다. 한참 코를 골며 단잠에 빠져 있던 노걸에게는 아닌 밤중에 홍두깨였다. 짜증을 내며 일어나는 노걸을 향해 조용히 하라며 손가락으로 밖을 가리켰다. 눈을 비비며 창밖을 살펴본 노걸의 눈이 번쩍 뜨였다. 잠이 훌쩍 달아나는 게 온 몸으로 느껴졌다.

그 사이 석주는 승유의 방문을 열었다가 화가 머리끝까지 치밀었다. 텅 비어 있었던 것이다. 노걸은 작은 창으로 조심스레 밖의 동태를 살피며 안절부절 하지 못 했다. 덜컥 겁이 났다. 이번에 잡히면 곧바로 참형에 처해지는 건 아닌지 오금이 다 저렸다.

"넌 쪽문으로 나가서 작은 형을 찾아. 찾아서 무조건 여기로 못 오게 막아."

 석주의 말에 노걸은 깜짝 놀랐다. 우릴 잡으러 온 것이 아닌가?

 석주는 눈만 끔뻑이고 있는 노걸의 등을 떠밀었다. 쭈뼛거리던 노걸이 결심한 듯 급히 비밀통로를 통해 밖으로 나갔다. 석주는 한성부 판관의 얼굴을 똑똑히 기억하고 있었다.

 그런 자가 시정잡배들이나 잡으려고 군사들을 이끌고 이런 유곽까지 쳐들어오지는 않는다는 것쯤은 석주는 잘 알았다. 분명 승유를 잡으러 온 것이다. 납치 건으로 잡으러 왔든, 높으신 양반 모가지 딴 길로 잡으러 왔든 여하튼 그거 하나는 분명했다.

 석주는 다시 바깥 동정을 살피려고 창문을 열어보았다. 순간 깜짝 놀라 억! 소리를 낼 뻔했다. 신면 옆으로 느물거리며 같이 걸어오는 공칠구가 보였다. 저, 저놈이!!

 "어이! 주인어른, 키우던 개가 물러 왔수다! 얼른 나오슈!"

 공칠구의 한껏 비아냥거리는 말투가 빙옥관을 향해 쩌렁쩌렁 울렸다. 석주는 어처구니가 없었다. 석주는 자기를 잡으러 온 것이라는 것을 깨달은 것이다.

 그때 일층 객장 쪽에서 소리가 들려왔다. 빙옥관의 입구 문이 열리는 소리가 들리더니, 곧이어 송자번이 들어왔다. 뒤이어 신면과 군사들이 들이닥쳤다. 모두들 텅 비어 있는 일층 객장 안을 둘러보며 조심스럽게 발걸음을 옮겼다. 술 냄새, 안주냄새, 오물냄새들이 마구 뒤섞인 퀴퀴한 냄새가 객장에 가득 차 있었다. 신면은 두 눈과 귀에 온 신경을 집중한 채 객장을 살폈다. 그때 밖에서 "저 쪽이다, 놈이 도망친다!"라는 소리가 들려왔다.

 신면은 본능적으로 몸을 돌려 밖으로 뛰쳐나갔다. 석주는 빙옥관 이층 난간에서 훌쩍 몸을 날렸다. 이번에 또다시 빙옥관을 난장판을 만든다면 초희의 얼굴을 볼 낯이 없다. 석주는 구르듯이 바닥에 착지한 뒤 그대로 유곽 거리를 내달리기 시작했다. 한 발 늦게 밖으로 나온 신면의 눈에 달려가는 석주의 뒷모습이 보였다. 하지만 달려가는 놈이 정말 승유인지 확신이 서지 않았다.

 공칠구가 양 팔을 마구 휘저으며 달려와 '바로 저 놈!'이라며 소리쳤다.

 그 말에 신면을 위시한 군사들이 석주의 뒤를 쫓아 달려갔다.

 노걸은 정신없이 마포나루를 뛰어다녔지만 작은 형님은 코빼기도 볼 수 없었다. 숨이 턱까지 차올라 헐떡거리면서도 뜀박질을 멈추지 않았다. 잠시 숨을 돌리고는 다시 반대편으로 정신없이 뛰었다. 노걸이 뛰어가고 난 골목길에 잠시 후 승유가 나타났다. 새로 맞춘 검을 가지고 돌아오는 길이었다. 쇠도 베어버릴 만한 단단하게 잘 벼른 검이었다.

 승유는 이제 다시는 망설이지 않겠다고 마음으로 다지며 빙옥관으로 향하고 있었다. 모퉁이를 돌아 나오려는데 갑자기 승유의 앞을 바람처럼 쌩 하니 달려가는 석주를 보고 멈칫 서서 바라보았다. 눈깜짝할 만한 속도로 달려가는 석주는 분명 누군가에게 쫓겨 도망치는 게 분명했다. 대낮부터 대체 무슨 일인가 싶어 석주가 뛰어온 방향을 쳐다보았다. 그러자 한 무리의 군사들이 석주를 쫓아 승유의 앞을 지나쳤다. 분명 한성부 군사들이었다.

　승유는 또 자신 때문에 엉뚱한 사람이 고초를 당할지도 모른다는 생각이 머리를 스쳤다. 그래서 뒤쫓아가려고 한 발짝 내디디려는데 잰 걸음으로 지나가는 신면과 송자번의 얼굴이 눈앞에서 빠르게 스쳐 지나갔다. 승유는 순간적으로 놀라 우뚝 멈춰 섰다.

　그날 이후 처음 보는 신면이었다. 칼에 베었던 팔에 검이 들린 것을 보니 상처가 아문 모양이었다.

　석주의 뒤를 쫓던 신면 역시 뭔가 이상한 기척을 느꼈다. 자기도 모르게 그 자리에 멈춰 섰다.

　승유는 신면의 뒷모습을 매섭게 노려보고 있었다.

　그때였다. 골목에서 갑자기 튀어나온 누군가의 손이 승유를 확 끌어당겼다. 그 순간 신면도 고개를 돌려 뒤를 바라보았다. 신면의 눈에는 그저 분주하게 오가는 행인들의 모습만 들어왔다. 하지만 이상한 느낌은 가시지 않았다. 분명 신면을 긴장시키는 보이지 않는 시선을 느끼고 있었던 것이다.

　승유는 자신을 끌어당긴 손을 반사적으로 확 붙잡고는 거칠게 벽에 밀어붙였다. 목이라도 꺾어버릴 것 같은 기세의 승유는 뜻밖의 만남에 가슴이 철렁했다. 세령이었다.

　도대체 여기가 어디라고 함부로 돌아다니는가. 문득 운종가 기방 앞에서 우연히 마주쳤던 때가 속절없이 떠올랐다. 놀란 눈으로 세령을 보던 승유는 당황한 나머지 시선 거두며 세령을 붙든 손을 뿌리쳤다.

　"그러다 붙잡히면 어쩌려 그러십니까?"

세령이 절박한 눈빛으로 승유를 바라보았다.

"여긴 또 어찌 나타난 것이냐."

승유는 세령의 눈을 마주할 용기가 없었다. 차마 바라볼 수가 없어 그녀의 시선을 피하려고 일부러 옆으로 비켜섰다. 하지만 세령의 시선은 집요하게 승유의 눈동자를 향하고 있었다.

"할 말이 있어 왔습니다."

"돌아가!"

차가운 승유의 말에 세령은 더 참지 못하고 승유의 앞에 똑바로 섰다. 세령은 당황하며 시선을 피하는 승유가 원망스러웠다. 마포나루로 나오기까지 세령은 망설였다. 이대로 입궐하지 않고 나섰다가 일을 더 크게 만들 수도 있다는 것 때문에 고민하고 또 고민했었다. 하지만 가만히 있을 수는 없었다. 어떻게 해서라도 승유가 피를 뒤집어쓰는 것을 막고 싶었다.

벗의 배신 때문에 절망하셨던 분이 똑같이 그 아비의 목숨을 베는 일이 생기는 것을 막고 싶었다. 세령은 무슨 수를 써서라도 승유의 손에 묻은 피를 닦아내 주고 싶었다.

그래서 위험을 무릅쓰고 달려 나온 것이다. 기필코 스승님을 만나 뵈어야 한다 생각하고 나온 것이다. 천만다행으로 이렇게 다시 만났는데 냉정하게 외면하는 승유를 보니 세령은 마음이 아팠다.

"살아는 있었는지 궁금하지 않으셨습니까?"

승유의 시선이 드디어 움직임을 멈췄다.

왜 궁금하지 않았겠는가. 다행이 목숨을 구했다는 말에 가슴을 쓸어내리지 않았던가.

　승유는 천천히 세령의 눈을 마주보았다. 그 맑은 눈동자에 그리움이, 슬픔이, 원망이 담겨 있어 승유는 가슴이 일렁거렸다. 이렇게 가까이 눈앞에 다가와 있는 세령의 얼굴에 저도 모르게 손이 다가가려 했다.

　그녀의 숨결이 코끝으로 느껴졌다. 달콤했던 세령의 입술이, 향기로운 숨결이, 지난날의 기억들이 떠올라 승유는 숨이 막혔다.

(3권에서 계속)

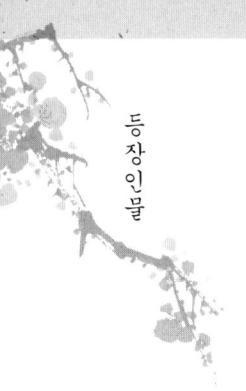

등장인물

| Romance |

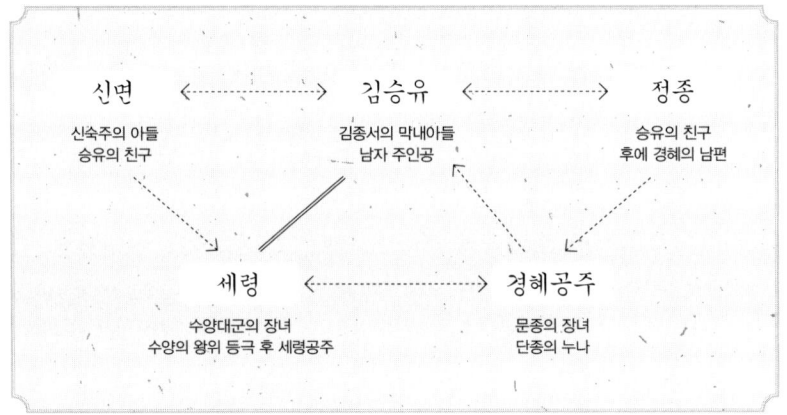

● 조선의 로미오, 김승유

허망하게 철퇴를 맞고 쓰러진 불사이군 충신 김종서의 아들이며, 온몸이 무참히 도륙돼 비명에 간 두 형의 동생이다. 그리고, 품어선 안 될 여인을 끝까지 사랑한, 세상에서 가장 어리석은 사내!

　다 가진 자는 낙천적이다. 왕을 능가하는 권력가 김종서의 막내아들이라는 배경, 미려한 외모와 강인한 신체 조건, 타고난 지적 능력, 명문가답게 몸에 밴 학문적 태도와 집중력, 자신을 사랑할 줄 아는 높은 자존감, 사내답게 놀 줄 아는 담대한 배포 등 한마디로 자타공인, 시대의 진정한 '귀공자'이다. 가진 걸 제대로 누릴 줄 아는 자는 거칠 것이 없다. 그리하여 청춘 김승유는 거칠 것이 없었다.

성균관 박사이자 종학(종친들의 교육기관·일종의 왕족학교)의 강사인 승유는 본디 태평하고 느긋하고 여유로운 성정인 데다 벗들과 어울리기까지 좋아해 밤새 기방에서 놀고 지각하는 날이 부지기수다. 신숙주의 아들 신면, 정충경의 아들 정종과는 어린 시절부터 동문수학하던 동갑내기 막역지우들이다. 그렇다고 승유가 제 할 일에 소홀한 건 아니다. 강론 준비에 철저하고 가르침에는 엄격하다. 어느날, 스승 이개의 지시로 '경혜공주'의 강론을 맡게 되면서 승유의 인생향방은 달라진다. 경혜공주가 누구인가. 상상불가의 미색, 왕비 없는 조선의 가장 드높은 여자이자 종학의 스승들을 제 손바닥 위에 올려놓고 매번 퇴짜를 놓는 까다로운 제자 아닌가. 그렇다고 기죽을 승유가 아니다. 제 아무리 공주인들 여자 아니던가.

허나 경혜공주의 행동거지는 상상 그 이상이다. 강론 도중에 말도 없이 사라지는가 하면, 어느새 남몰래 궐 밖에 나가 위험천만한 사고를 친다. 겨우 붙잡아 궁으로 끌고 오던 중 자취를 또 감춰버리기도 한다. 전형적인 조선의 여인과는 전혀 다른, 도무지 종잡을 수 없는 경혜공주의 매력에 서서히 마음이 끌리는 승유. 그 무렵 아버지는 승유가 문종의 부마로 내정되었음을 알린다. 문종의 부마라면 경혜공주의 남편이 되는 것이다! 내심 싫지 않은 승유. 아직까지 승유는 제가 알고 있는 경혜공주가 가짜라는 사실도, 실은 수양대군의 장녀인 세령이라는 사실도 알 리가 없다. 부마간택이 시작되고 초간, 재간을 가뿐히 통과한 승유. 최종 간택에 나서기 전 그는 생각한다. 저만큼 순조로운 인생은 없을 거라고. 좋아하는 여자를 아내로 맞는 일이 어디 조선 천지에 흔한 일인가. 그러니 급히 전갈을 받고 달려간 공주의 처소에서 진짜 경혜공주를 맞닥뜨렸을 때 더욱 믿기 힘들 수밖에. 승유가 만난 경혜공주는 가짜였다! 머리를 스치는 수많은 의문들. 내가 만난 그 여자는 도대체 누구인가? 지금 어디 있는가? 진짜 경혜공주는 어떤 대답도 해주지 않는다. 그저 예정된 부부의 연을 저버리지 말라고 차갑게 명령할 뿐이다.

수양의 음모로 최종간택장에서 공주를 희롱한 죄로 옥에 갇히나 문종의 성은으로 겨우 목숨을 건진 승유는 종학도 그만두고 집안에 틀어박힌다. 자신의 벗 정종과 혼사를 치르게 된 경혜공주에게 알아낸 거라고는 고작 '그 여자'의 신분이 궁녀라는 것뿐. 그 외에는 생사조차 알지 못한다. 이어지는 문종의 죽음 이후 정세가 급변한다. 단종의 왕위를 노리는 수양대군을 힘겹게 견제해나가는 아버지 김종서의 일에 깊숙이 관여하게 되는 승유. 수양대군 측 쿠데타의 움직임을 면밀히 관찰하는 것이 승유의 일이다. 정체모를 여자를 잊기 위해 일에 몰두하는 승유의 앞에 거짓말 같이 다시 나타나는 그 여자. 참았던 분노를 터뜨리는 승유를 말없이 견디는 '그 여자'를 보면서 그의 가슴에는 억눌러왔던 그리움이 다시 솟아오른다. 승유는 제 신분이 궁녀라는 사실밖에는 아무것도 알려주지 않는 그 여자를 더욱 깊게 사랑하게 된다.

계유정난! 아버지와 형제를 잃는 끔찍한 그 일을 겪고 나서도 가장 먼저 생각나는 건 그 여자였다. 혼자 살아남은, 구차하고 비겁한 제 몸뚱어리를 그녀의 곁에 눕히고 싶다. 하지만 그 여자를 다신 볼 수 없다. 아버지를 살해한 수양대군을 찔러죽이고 목숨을 끊으리라. 득의만만한 승자의 얼굴로 제 집에 돌아온 수양대군을 노리는 승유. 수양대군을 맞이하느라 머리를 조아린 식솔들 중 한 여자가 얼굴을 든다. 주위에서 수군대는 소리들. "딸이래." 경악하는 승유. 바로 그 여자다!

그 여자. 불구대천의 원수의 딸 세령! 혹시 그 여자도, 아비의 파렴치한 계획에 동참했던 걸까? 그래서 끝까지 제 정체를 알리지 않은 걸까? 가슴 아픈 배신과 의심. 모든 걸 한꺼번에 잃고 역도로 몰린 승유. 그의 무릎이 풀썩 꺾인다. 이제 그는 나락으로 떨어져 죽은 목숨이 된다. 암흑 속에 부려지는 그의 몸뚱이. 허나 암흑이 반드시 끝은 아니다. 어둠이 켜켜이 서리면 단단하고 독해진다. 생래적으로 빛나던 자, 어둠의 기운을 품고 악취 나는 거리에서 부활한다. 피, 칼, 흉터, 상처, 악몽, 무표정. 그것들 속에 정체를 감추고 잔혹한 적敵 수양과 맞서는 짐승 같은 눈빛의 하류 인생. 여자부터 죽인다. 이미 왕이 되어버린 아비는 그 다음이다. 더없이 잔인한 방법으로, 그녀의 숨통을 끊어주리라. 적어도 세령을 맞닥뜨리기 전까지는 그렇게 생각한 승유였다. 미세한 얼굴 근육조차 꿈틀거리지 않고, 차갑고 냉정하게 칼끝을 휘두를 수 있을 거라고. 꼭 그럴 수 있을 거라고 믿는다.

🏵 조선의 줄리엣, 세령

제1종친 수양대군의 장녀. 왕가의 혈통을 지닌 조선 여인이라면 마땅히 기대되는 단정함, 차분함, 얌전함 따위와는 거리가 먼 귀여운 선머슴! 조선보다는 오히려 고려 여인에 가까운 풋풋한 말괄량이. 호기심 많고 대담하기까지 한 성품 탓에 하고 싶은 건 꼭 해봐야 직성이 풀린다. 아버지 수양대군이 세령에게 엄격한 것은 지극히 당연하다. 하지만 꾸지람을 듣는 일보다 저 좋은 일을 못 해볼까 봐 겁나는 세령이다. 그리 타지 말라는 '말'에도 기를 쓰고 올라탄다. 들켜서 호되게 혼찌검이 났을 뿐만 아니라 몇 번이고 떨어져 온몸이 시퍼런 멍투성이면서도.

종학 강론을 듣기 위해 입궁한 세령은 가까이 지내는 사촌언니 경혜공주에게 문안을 올리러 간다. 혼담이 오가는 김승유의 얼굴을 직접 보기 위해 세령이가 공주 복색을 하고 공주 강론방에 앉아 있게 되고 경혜공주는 궁 밖 구경을 나간다. 이 위험한 장난을 시작하지 말았어야 했다. 서로를 보지 못하도록 쳐놓은 발 너머, 스승이 입장하는 기척에 긴장하는 세령. 발을 사이에 두고 예를 갖춘 스승의 목소리는 의외로 젊다. 스승 김승유가 발을 걷어 자신의 얼굴을 쳐다보았을 때, 놀랐다. 강론을 받던 중 발 너머로 등장한 문종(경혜공주의 아버지)의 목소리를 들었을 때도 놀랐다. 승유와 문종에게 들킬지도 모른다는 두려움에 세령은 몰래 강론 방을 도망나와 버렸다. 심란한 그녀 앞에 그래도 태워주지 않던 말이 제 등을 허락했을 때, 놀랐다. 그 말이 속도를 높였을 때도 놀랐다. 위험천만한 낙마의 상황에서 나타난 승유가 저를 구해줬을 때는, 더욱 놀랐다. 나란히 말 위에 올라탄 승유의 기척을 등 뒤에서 느꼈을 때는, 설레었다. 말 위에서 떨어지지 않도록, 제 팔을 붙들어주는 승유의 손길을 느꼈을 때는, 더욱 설레었다. 진짜 공주가 아니기에 궐로 향하기 전 승유 몰래 집으로 도망갔을 때는, 미안했다. 다시 공주 강론방에서 만났을 때 저를 혼내기보다는 염려했다고 말해주는 승유가, 너욱 미안했다.

다시 밖에서 만난 스승과 함께 빠른 속도로 말을 달릴 때는 더없이, 상쾌하고, 유쾌하고, 시원했다. 저를 향해 달려드는 바람을 온몸으로 맞으며 조선의 여자로 살아야 하는 답답함을 얼마간은 날려버렸다. 스승에게 처음으로 고마웠다. 수많은 놀람과 설렘, 미안함과 고마움이 섞이면서 세령의 마음속에서 이미 승유는 그저 스승이 아니라 자신의 마음을 알아주고 이해해주는 '사람'이 되어간다. 아니, 아니다. 또 거짓말이다. 그저 사람이 아니라 '남자'다. 세령의 인생 최초의 남자. 그 남자에게 자꾸만 거짓말을 하게 되는 일이 버거워지는 세령. 애당초 거짓말이란 담백한 세령의 성격과도 어긋난 짓거리 아닌가.

공주 행세를 그만두겠다고 말하러 간 세령은 경혜공주에게 청천벽력의 소식을 듣는다. 스승 승유와 경혜공주 사이에는 이미 혼인이 결정돼 있다! 마지막 강론을 맞이하게 된 세령. 이제 제 마음까지 속여버린다. 승유는 그저 '말 타기'를 가르쳐준 제 마음의 스승일 뿐이라고. 마지막 강론를 끝내고 돌아온 그 밤, 제 곁에 앉아 꾸벅꾸벅 조는 여리를 보던 세령의 두 눈에서 주룩 눈물이 흐른다. "사랑이 사랑인 줄 모르고 떠나보내면 어떡해?" 첫사랑, 시린 감정.

부마 간택장에서 끌려간 승유. 그 소식을 들은 세령은 승유를 향해 달려간다. 보고 싶다. 만나고 싶다. 처음 느껴보는 애절한 감정. 허나 제 앞을 막는 새로운 남자 신면. 신면은 아버지 수양대군의 오른팔이자 김승유의 친구이다. 수양대군은 이미 신면과 세령의 혼사를 추진 중이다. 몸은 신면 곁에 있지만 마음은 승유의 곁에 있다. 다시 만나면 안 된다고, 이제 만나서 뭘 어쩌겠냐고, 수없이 저를 막았는데도, 기어이 그 사람 앞에 서 있다. 세령은 아버지 수양대군을 속이고, 정혼자 신면을 속이고, 눈앞에 서 있는 그 남자 승유마저 속인 채, 애써 밝게 웃는다.

문종이 승하하고 단종이 즉위하자, 왕이 되고 싶은 수양은 더욱 노골적으로 야욕을 드러낸다. 세령은 이미 승유의 아버지와 제 아버지가 같은 하늘 아래 살기 힘든 정적이라는 사실을 알고 있다. 그럼에도 불구하고 그를 만나는 달콤함에 취해 궁녀라는 또 다른 거짓말을 보태며, 아슬아슬한 만남을 이어나간다. 세령은 제 아버지가 죽도록 미워진다. 아버지가 제 아버지가 아니라면, 왕위에 대한 욕심을 버린다면, 김종서와 정적 간이 아니라면, 얼마나 좋을까. 승유가 자신을 따스하게 바라볼수록 거짓으로 둘러싼 제 꼴이 부끄러워 도망가고 싶어지는 세령. 그 거짓으로 구원할 수 있는 것은 단 한 가지이다. 아버지가 도모하는 잔인한 계획 속에서 승유만이라도 죽음으로부터 구원하는 일이다!

계유정난! 수양대군은 딸이 사랑하는 승유의 아버지를 무참히 죽여버린다. 그렇게 살리려고 애썼던 승유의 생사 또한 알 수 없게 된 세령. 예정된 수순처럼 비밀이 벗겨진다. 아버지를 죽이러 찾아온 승유 앞에 세령의 정체가 밝혀지게 된 것. 거듭된 충격에 실성한 듯 승유가 칼을 휘둘렀을 때, 세령이 할 수 있는 일은 오직 제 온몸으로 그를 감싸는 일뿐이다. 감옥에 갇힌 승유를 찾아간 세령. 상처 입은 그는 더 이상 세령을 보지 않는다. 말하지도, 듣지도 않는다. 제 상처를 감춘 세령은 말한다. 살아남아 달라고, 제발 살아남아 자기를 죽여 달라고. 그제야 승유는 오열하는 세령을 본다.

삶을 포기한 자의 텅 빈 눈빛. 얼마 후 정혼자 신면은 승유가 죽었다는 소식을 전한다. 그 소식과 함께 세령의 생기도 다한다.

마침내 아버지 수양대군은 왕의 자리를 얻는다. 경혜공주 대신 진짜 공주가 된 세령. 권력에 미쳐가는 아버지를 보면서 겁에 질린 세령은 매일 밤 꿈을 꾼다. 이미 죽어버린 그 남자를 만날 수 있기를 바라며 죽음과 같은 잠에 빠진 세령. 꿈속에서도 그 남자는 그녀에게 등을 돌린다. 세령은 그 등이 하염없이 시려 울다가 깨고 울다가 잠이 든다. 그리던 그 남자를 만났을 때 그는 더 이상 세령이 알던 그 남자가 아닐 것이다. 이상한 말장난. 죽음으로부터 살아온 낯선 그 남자는 아버지를 무너뜨리기 위해 자신을 이용하려 한다. 무자비한 그의 목적을 알면서도 거부하지 않는 세령. 남자를 망가뜨린 아버지의 죗값은 자신이 치러야 한다고 생각한다. 이제 세령은 그 남자를 위해 제 아버지를 속여야 한다. 그 누구보다 무서운, 턱이 덜덜 떨릴 만큼 두려운, 아버지 수양을.

● 비운의 왕녀, 경혜공주

문종대왕과 현덕왕후 권씨 사이에서 태어난 장녀. 단종보다 여섯 살이 많은 누이. 어머니 권씨가 단종을 낳고 산후병으로 죽게 되자 문종의 사랑을 듬뿍 받고 자란다. 그 덕에 철없고 도도하고 안하무인에 오만방자하기까지 하다. 조선

제일의 미색이라 불릴 만큼 아름답고 화려한 외모. 아버지 문종과 동생 단종을 제외한 모든 남자들은 제 앞에서 고개를 조아려야만 하는 조선 땅에서 가장 드높은 여인네. 과연 이 여자를 감당할 사내는 누구인가.

아무리 고고한 경혜공주라 할지라도 왕가의 일원인 이상 결혼 상대를 제 멋대로 고를 수는 없다. 병약한 아버지 문종은 자신의 사후, 어린 세자의 안위를 위해 김종서 가문과의 정략결혼을 추진한다. 김종서의 막내아들 김승유를 부마로 삼겠노라 공언하는 문종. 그 무렵 절묘하게도 경혜공주의 강론을 맡은 김승유. 부부의 연이 될 두 남녀가 자연스레 가까워질 기회를 얻는다면 그야말로 금상첨화 아닌가. 허나 그들의 예정된 인연은 경혜공주의 사소한 장난으로 크게 엇갈린다! 궁 밖에 나가보고 싶은 경혜공주의 욕심이 제 자리에 사촌동생인 세령을 앉힌 것이다. 세 남녀의 사랑이 어긋나는 운명의 장난은 이렇게 시작되었다!

경혜공주가 문종에게 승유가 자신의 배필이라는 사실을 들었을 때는 이미 늦었다. 승유와 세령이 몰래 밖에서 만난 사이라는 걸 알고 나서 궁녀 복장을 하고 강론방에 들어가는 경혜공주. 거기서 승유를 처음으로 본다. 수려하면서도 지적이고 고루하지 않은 남자. 아버지 문종은 말했었다. 네 동생을 지키고 싶다면 김승유와 혼인을 해야 한다. 경혜공주의 유일한 아킬레스건은 세자 단종이다.

태어난 다음날 엄마를 잃은 동생을 생각하면 참 아프다. 세상에서 유일하게 저보다 더 예뻤던 엄마는, 죽을 만큼 아프면서도 어린 경혜공주의 머리를 손수 빗어주시곤 했다. "흐트러진 머릿결로 나다니지 마. 그냥 예뻐지는 사람은 없어." 끄덕끄덕하는 경혜의 눈에 강보에 싸여 누워 있는 갓 태어난 동생이 보인다. 그때, 무심함을 가장한 목소리로 툭 엄마가 던진 마지막 말들. "동생 머리는 아무래도 네가 빗겨줘야겠다. 그럴 수 있지?" 잠시 눈물 그렁한 눈으로 서로를 바라봤던 모녀. 이제 엄마는 어디에도 없다. '동생을 지키기 위해서'라고 자신을 기만하지만 실은 김승유가 싫지 않다. 더 이상 주저할 필요 없다. 세령이를 자신으로, 자신을 궁녀로 알고 있는 김승유. 하루 빨리 이 관계를 바로 잡아야 한다. 세령과 승유가 서로 이성적 호감을 느끼고 있다는 건 알지만 개의치 않는다. 임금의 명을 거스를 만큼 배포가 큰 관료는 이 조선 땅에 없으며 자신의 여성적인 매력을 거부할 만큼 눈먼 사내도 없기 때문이다. 승유를 불러 자신의 진짜 모습을 과감하게 밝힌 것도 그만큼 자신이 있었기 때문이다. 적어도 최종간택에 승유가 모습을 드러내지 않기 전까지는.

경혜공주에게 씻을 수 없는 자존심에 상처를 입힌 승유는 오히려 세령의 정체를 캐묻는다. 동생을 위해서도 정략결혼을 성사시켜야 한다. 승유를 설득하는 경혜. 그러나 승유는 요지부동이다. 승유는 이제 세령 외의 여자에게는 어떤 관심도 없다. 질투심과 모멸감에 사로잡힌 경혜는 거짓말을 해버린다. 세령은 궁녀이며 어딘가로 출궁해버렸다고. 경혜공주의 배필은 승유가 아닌 승유의 친구 정종으로 결정된다. 경혜공주의 아픈 몰락은 여기부터 시작이다.

이후, 장난 같던 경혜공주와 세령의 역할 놀이는 슬픈 진실이 되어버린다. 세령은 진짜 공주가 되고 경혜공주는 궁녀보다도 못한 노비가 된다.

● 은밀한 야망, 신면

조선 최고의 지성 신숙주의 둘째 아들. 현재 한성부 판관으로 도성 치안을 담당하는 중간관리 사내다움이 돋보이는 장수감이면서 아버지의 영향으로 학문의 조예 또한 부족함이 없다. 죽마고우인 김승유와는 학문과 무예 등 모든 면에서 선의의 경쟁자였다. 어디 가나 각광을 받는 김승유에게 보이지 않는 열등감을 가지고 있는 신면은 세상에 제 이름을 크게 드날리고 싶은 은밀한 욕망을 감추고 있다. 승유의 아버지 김종서의 뒤봐줌을 완곡히 거절한 것도 오로지 제 힘으로 이루고자 하는 신면의 자존심이다. 욕망은 더 큰 욕망을 알아채는 법. 유난히 바르고 대의에 집착하는 신면의 이면을 알아본 건 아이러니하게도 김종서의 정적인 수양대군이었다.

저잣거리의 왈패들을 수사하던 중, 우연히 기방 내실에서 맞닥뜨린 수양의 풍모는 가히 압도적이었다. 부마로 내정된 승유를 죽이려 하는 패거리들의 배후에도 수양이 도사리고 있다는 사실을 알게 된 신면. 그럼에도 제 목표를 향해 선악을 가리지 않고 날려느는 수양의 집념, 오로지 왕이 되기 위한 욕망으로 똘똘 뭉쳐진 어둠의 기운에 신면은 저도 모르게 점점 빨려들어간다. 이후 신면의 행보는 수양대군이라는 '주군'을 '왕'의 자리에 올려놓기 위한 여정이 된다. 그를 수양에게 향하게 한 또

한 가지의 이유, 바로 수양의 딸 세령이다.

처음 본 세령은 다친 승유를 온통 제 몸으로 감싸고 있었다. 곧 칼날이 저한테 떨어질 걸 알면서도 겁도 없이 복면한 자객들을 쏘아보는 앙칼진 표정. 그 표정이 신면의 머릿속에 각인된다. 그 여자는 승유의 배필이 될 경혜공주라고 들은 신면은 애초에 단념한다. 그러던 어느날, 수양대군의 집을 찾은 신면은 거기서 그 여자를 운명처럼 다시 만난다. 곧이어 알게 된 엄청난 비밀. 그 여자는 경혜공주가 아니라 바로 수양대군의 장녀 세령이다! 신면의 안에서 솟구치는 욕심은 알지도 못한 채 제 비밀을 지켜주는 신면을 고맙게 생각하는 세령. 신면은 세령에게는 따뜻하고 좋은 벗이 되어주는 한편 승유에게는 세령의 정체를 감춘다.

신면의 마음을 알아채고 신면의 아버지 신숙주에게 혼담을 건네는 수양대군. 세령을 마음에 품었지만 벗을 잃고 싶지 않은 신면은 승유가 세령의 정체를 모른 채 진짜 경혜공주와 혼인하길 바란다. 하지만 진짜 경혜공주의 존재를 알게 된 승유가 세령을 찾아 헤매자 점점 불안해진다. 그러던 어느날, 세령과 승유가 다시 만나고 있었다는 사실을 알게 된 신면. 두 사람의 사랑이 더욱 깊어졌음을 느낀 신면은 심한 배신감에 시달린다.

그동안 함께 어울리며 호연지기를 기르던 친구 승유가 아니던가. 그러나 이제 친구의 길과 신면의 길은 달라진다. 세령은 그의 여자가 아니라 내 여자가 되어야 한다. 신면은 결국 세령을 주겠노라 약조한 수양의 사람이 되기로 결심한다. 문종의 사망 이후 수양대군의 입지가 굳어지면서 승유와 신면은 점점 적이 되어간다. 처음으로 승유보다 주목을 받기 시작하는 신면. 자신을 봐주지 않는 세령이 서운하지만 언젠가는 돌아봐줄 거라 확신하며 수양대군의 거사 계유정난을 철저히 준비한다. 계유정난 후, 신면과 세령의 혼인이 예정되어 있지 않은가. 이제 신면은 예전의 승유처럼 거칠 것이 없다. 김종서를 제거하는 야합에 가담하고, 몰락한 주제에 무릎 꿇을 줄 모르는 승유의 숨통을 조여간다. 권력을 나눌 수 없듯 여자도 나눌 수 없다. 뺏거나 나누자고 하는 자, 누구든지 죽인다. 세령이 자신에게 냉담 할수록, 저에게 승유의 목숨이나 안전을 부탁하거나 애원할수록 더욱 독해지고 잔인해지는 신면. 김승유의 최후를 그녀에게 고스란히 보여줘야 한다! 그래야 그 여자의 머릿속에서 그놈을 싹 도려내지. 제 표정이 암흑에 물들어가고 있다는 사실을 알지 못하는 신면.

🏵 온화함의 위력, 정종

승유와 신면의 절친한 벗이며 경혜공주의 남편. 세종 때 동부승지와 중추원부사 등을 역임했던 정충경의 외아들. 몰락한 가세와 지병이 심한 어머니 탓에 자모전가(사채업자)를 들락거릴 정도로 궁색한 처지이지만 결코 웃음을 잃지 않는 호인 중의 호인. 튀지 않는 성품에 욕심이 없어 자칫 야망이 없는 한심한 사내로 보이기도 하나 온화하고 누구보다 평화를 사랑하는 사내이다. 김승유와 신면, 개성 넘치는 두 친구를 보듬는 넓은 아량의 소유자이기도 하다.

자신의 의지와는 상관없이 승유와 나란히 경혜공주의 부마간택 후보에 오르고 정치적 이해타산에 따라 승유 대신 부마도위로 간택되어 고속 신분상승을 하게 된다. 비록 제 의사와는 상관없이 결정된 공주의 남자이지만 경혜공주를 누구보다 아끼고 사랑한다. 실은 저잣거리에서 경혜공주를 처음 본 날부터 그녀를 사랑했다. 경혜공주가 친구 승유를 잊지 못한다는 사실을 알면서도 죽는 날까지 제 사랑을 보채거나 포기하지 않는 뼛속까지 멋진 남자, 정종이다.

애초 권력과 정치에는 뜻이 없던 그였으나 경혜공주를 대신해 단종의 마지막 버팀목이 되어주며 점차 비극의 주인공이 되어간다. 단 한 번도 본 적 없는 그의 분노가 수양대군을 향해 폭발한다. 사육신 사건에 연루되어 유배를 당하고 금성대군, 승유와 함께 단종 복위를 시도하지만 실패로 끝나면서 그의 얼굴에서 웃음기가 사라진다. 급기야 수양의 면전에서 욕설을 퍼붓다가 형장의 이슬로 비극적 생을 마감한다. "괜찮다면 내 아내를 지켜줘." 친구 승유에게 제 아내 경혜를 간절히 부탁하며.

| Power |

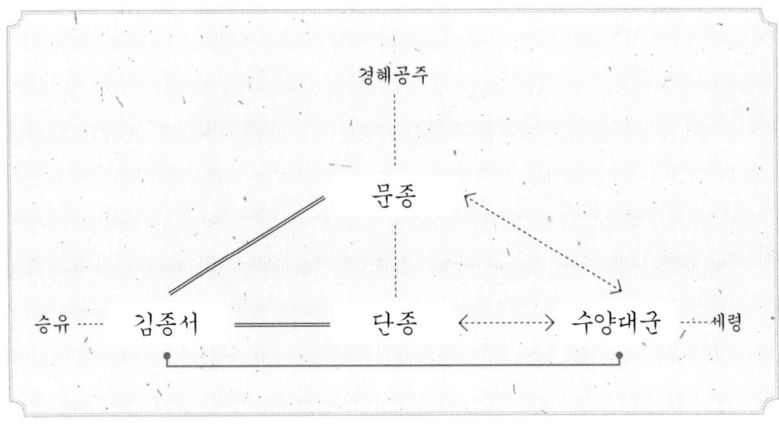

❋ 조선의 마키아벨리, 수양대군

군주는 나라를 만듦에 주저 없이 사악해져라.
때로는 배신도 해야 하고, 때로는 잔인해져야 한다.
인간성을 포기해야 할 때도, 신앙조차 잠시 잊어버려야 할 때도 있다.
무슨 짓을 했든 칭송받게 되면, 위대한 군주로 추앙받게 된다.
-마키아벨리, 〈군주론〉

고통은 나눌 수 있지만 권력은 나눌 수 없다는 마키아벨리의 화신. 왕좌를 얻은 후 권력의 분화를 두려워한 나머지 후궁조차 들이지 않았고 철저히 정략혼을 기반으로 한 측근정치를 추구했다.
"적들이 나를 베기 전에 그들 목에 칼을 꽂아라!"
잔혹한 철권통치 아래 왕권 강화엔 성공했지만 재위 기간 내내 정통성 시비와 내란은 끊이지 않았다. 수양은 유비의 덕과 조조의 교활함을 동시에 지닌 매력적인 인물인 동시에 평정심 속에 잔인함을 갖춘 야누스적인 인물이기도 하다. 계유정난 전의 그는 형인 문종에게 더없이 온화하고 따뜻한 동생이다. 실은 형의 죽음을 누구보다 애타게 기다리고 있으면서도, 절대 큰 소리를 내거나 화를 내는 법이 없다. 제 욕망을 쉽게 드러내지 않고 차근차근 목표를 향해 나아가는 주도면밀함, 달려야 할 때와 멈출 때, 드러내야 할 때와 숨을 때를 정확히 아는 승부사이다. 하지만 때때로 욕망실현을 위해 윤리나 도덕의 한계를 과감히 벗어나버리는 정신적 패륜의 속성도 엿보인다. 세상을 얻기 위해선 사람을 얻어야 함을 알고 있기에 타인의 속내를 읽는 '욕망의 독심술'에 매우 강하다. 수양은 상대방을 은근히 자극하여 감춰왔던 욕망을 드러내도록 야금야금 유도한다.

 병약한 문종의 죽음이 확실시되면서 은밀하게 움직이기 시작하는 수양대군. 어린 세자 단종의 왕권을 제 것으로 하려면 당대의 권력자 김종서를 제 편으로 만들어야 한다. 김종서가 단종의 뒤를 봐주며 왕권을 공고히 해주는 순간, 수양대군의 야망은 물거품이 될 것이다. 또다시 김종서의 사후를 기약해야 하는 것이다. 재빨리 김종서에게 협력을 제안하는 수양대군은 김종서에게 그의 아들 승유와 제 딸 세령의 혼담을 건넨다. 사돈의 연을 맺어 조선을 함께 경영하자고.

 답을 기다리던 수양대군은 의외의 소식을 듣는다. 김종서의 아들 김승유가 문종의 부마로 내정되었다는 것. 결국 김종서는 문종과 손을 잡고 단종의 배후에 서기로 한 것이다. 이제 수양대군과 김종서는 의심할 바 없는 적이 된다! 수양대군의 시도는 더욱 은밀해진다. 한명회로 대표되는, 야만적 왈자패들과 접촉하여 김승유를 살해할 것을 지시한다. 실패했지만 개의치 않는다. 물증 없는 의심은 김종서에게 오히려 두려움을 낳을 것이다. 힘을 쓰는 자를 얻었으니 머리를 쓸 자가 필요하다. 한성부 관리 신면을 제 편으로 끌어들인 것도 다 그 이유다. 신면의 아버지는 신숙주가 아닌가. 정해진 플랜대로 신면의 아버지 신숙주마저 포섭하는 수양. 이제 지상과제는 부마간택이다! 간택 과정에서 어떻게든 김승유를 누락시켜야 한다. 제1종친인 수양은 공주의 혼사를 담당하는 주혼이 되어 영문을 모르는 승유의 친구 정종을 은근히 추천한다. 제 뜻대로 되지 않자 수양은 기어코 길례청을 난장판으로 만들어버린다. 한명회 일파의 포악한 등장! 야만의 시대는 그렇게 시작된다.

 이후 수양대군의 행보는 더욱 포악해진다. 자신의 핏줄인 세령과 승유의 아름다운 사랑마저 핏빛 역모의 도구로 이용하는 악행을 저지른 그는 마침내 딸이 사랑하는 남자 승유와 그의 아버지 김종서 일가를 도륙해버린다. 죽은 줄만 알았던 김승유가 복수를 빌미로 세령을 납치하자 딸의 목숨마저 미련 없이 버리는 인면수심! 승유의 손에서 살아 돌아온 딸마저 달갑지 않다. 그 남자의 편이 되었을지도 모른다는 음험한 의심. 이제 그의 의심은 점점 커져간다. 아무도 믿을 수 없으니 언제든 눈을 뜨고 있어야 한다. 등 뒤를 조심하라! 늘 식은땀을 흘리며 모든 사람을 경계하는 불안한 눈동자. 피로 얻은 권력을 피로 뺏길까봐 노심초사하는 그의 속내는 기실 '두려움'이다.

● 조선의 대호, 김종서

대호大虎로 불릴 정도로 엄한 최고 권력자. 막내아들인 승유를 내심 대견하고 자랑스럽게 생각하는 엄하지만 따뜻한 아버지. 모두들 그를 '금상 위의 좌상'이라 불렀다. 임금보다 더한 권력을 가진 좌의정. 그의 권력 접수기는 특이하다. 그저 불사이군不事二君한 만고충신萬古忠臣의 길을 걷다보니 저절로 획득된 힘들. 선대왕 세종부터 시작된 충정은 문종에 이어 단종까지 이어진다. 허나 힘을 얻은 자에게 의심은 거둬지지 않는 법. 병약한 임금 문종 대신 조선팔도의 병권을 장악한 김종서를 곱지 않은 시선으로 보는 자가 있었으니, 바로 수양대군이다.

먼저 청해온 수양대군의 혼담을 거부한 것도, 경혜공주와 승유의 결혼을 문종과 암약한 일도, 전부 수양대군을 견제하기 위해서다. 어린 단종의 왕위를 수양대군에게 뺏기지 말 것!

내정된 부마를 포장하기 위해 형식적인 부마간택 절차를 시작하는 문종과 김종서. 강론의 스승과 제자로 만난 승유와 경혜공주의 호감까지 확인한 문종과 김종서. 중간에 수양대군의 딸인 세령이 끼어 있음을 알 리가 없다. 모든 일이 너무나 순조롭다고 생각하던 찰나, 승유가 최종간택에서 누명을 쓰고 잡혀간다.

강론에 참석하기 싫었던 경혜공주의 사소한 장난이 큰 정치적 위기를 초래했다. 아들 승유가 수양대군의 딸과 사랑에 빠진 것이다! 문종은 죽었고, 단종은 어리며, 한명회와 손잡은 수양의 힘은 나날이 커져만 가는데, 김종서는 늙어간다. 지쳐간다. 참으로 피로하다. 이때, 승유와 세령이 사랑하는 사이임을 알게 된 수양이 이를 미끼로 김종서를 제거하는 데 성공한다.

🌸 허약한 왕, 문종

세종의 맏아들이며 수양대군의 형. 실제로 즉위 3년 만에 승하하는 불운의 임금. 무려 29년간을 세자로 세종을 보필했다. 높은 학문과 온화한 성품으로 세종의 뒤를 이을 성군으로 칭송받기도 했으나 병약한 몸 탓에 오로지 어린 세자(단종)를 무사히 보위에 올릴 생각에만 사로잡힌 유약한 임금. 경혜공주 또한 끔찍이 아끼는 탓에 해달라는 대로 다 해준다. 어릴 때 엄마를 잃은 딸이 그저 안쓰러운 마음에 버릇을 잘못 들여놓은 아버지.

이미 절대 권력으로 군림한 김종서와 어린 시절부터 남달랐던 동생 수양대군 사이에서 깊은 시름에 빠져 있다. 두 거물 사이에서 억눌린, 안쓰러운 왕의 모습은 때로 신경질적인 성격으로 드러난다. 또 누구든 저를 무시한다 싶으면 더할 수 없이 예민해지지만 밖으로 표현도 못하는 탓에 속병만 깊어진다.

승유와 경혜공주의 혼사를 통해 김종서와 혈맹을 맺고 수양대군의 야심을 견제하는 묘수를 던지지만 무산된다. 죽을 때까지 편치 못했던 문종. 그는 수양대군을 제거하라는 고명(유언)을 김종서에게 남기고 39세 젊은 나이에 승하했다.

🌸 미완의 왕, 단종

계유정난 당시 13세. 태어난 다음날 엄마를 잃고, 10대에 아버지를 잃었으며, 내내 두려움 속에서 살다 결국은 숙부에게 살해당한 가여운 아이. 하지만 숨죽인 채 자신의 왕위를 되찾아올 기회를 모색한 품위 있던 아이. 매우 영민하고 지혜로웠다는, 어쩌면 조선 최대의 성군이 될 수도 있었던, 웃음이 밝고 예뻤던 아이. 슬픈 미완성의 왕이다.

| Enemy |

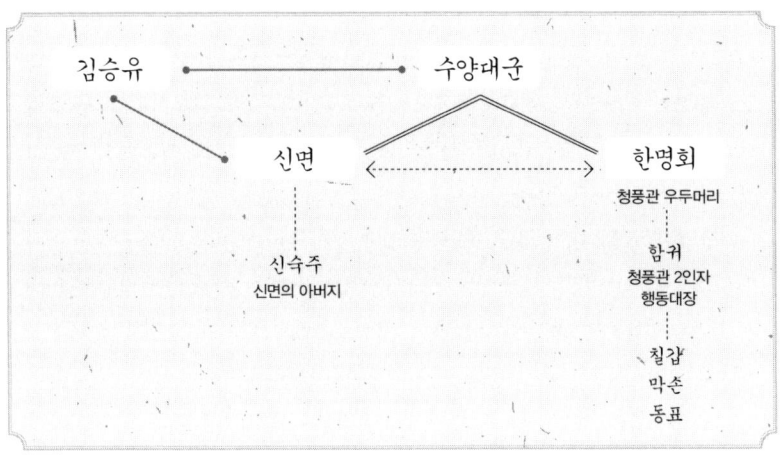

● **어둠의 자식, 한명회**

4대문 안 최고의 왈자패 소굴 청풍관의 드러나지 않은 실세. 작고 깡마른 체격이지만 눈빛만은 예사롭지 않게 번득인다. 명문가의 혈통으로 태어났으나 곱지 않은 외모와 축복받지 못할 탄생으로 세상에 등을 돌리고 어둠의 자식이 되었다.

자신을 경멸하는 세상의 시선. 그는 이제 지긋지긋한 음지를 벗어나 환한 빛 속에서 살고 싶다. 기어이 권력을 등에 업고 그토록 자신을 업신여겼던, 별것도 아닌 것들을 몽땅 짓밟아버리려 한다. 제 앞에서 머리를 조아리고 벌벌 떠는 그것들의 얼굴에 침을 뱉어줄 테다. 또 다시 그의 비상한 두뇌가 회전한다. 과연 누구일까. 누구를 얻어야 '권력'의 맛을 느낄 수 있나.

철저한 손익계산 끝에 가장 유망한 권력을 가진 자와 접촉한다. 수양대군. 수양과의 검은 커넥션에 성공하며 권력의 말단 하수인이 아닌 권력의 중심부로 향해가는 그. 승유의 벗인 신면을 또 다른 수양의 세력으로 끌어들이고, 또 다른 벗인 정종을 경혜공주의 부마후보에 올리는 데 갖은 노력을 기울인다. 높이 올라갈수록, 밝은 데 나아갈수록 수양대군의 꼭두각시 주제에 여전히 저를 멸시하는 신면이 마땅찮다. 새로운 갈등구도를 형성한다.

❧ 함귀

청풍관의 행동대장. 수십 명의 수하를 거느린 한명회의 밑에서 더러운 일은 다 도맡아 한다. 계유정난에 가담함으로써 벼락 출세가도를 달린다. 영의정이 된 수양대군을 등에 업고 라이벌 조석주를 제압하고 정치깡패에서 정치관료가 된다. 숙명의 라이벌 조석주의 싹을 완전히 자르기 위해 강화에 유배한다. 죽음의 섬에서 살아온 조석주가 김승유와 손을 잡고 복수에 가담했을 때, 제1의 희생자가 된다.

❧ 칠갑, 막손, 동표

청풍관의 조직원들. 행동보다 말이 앞서는 자, 칠갑. 말보다 행동이 앞서는 자, 막손. 계집이라면 사족을 못쓰는 제법 잘난 상판의 동표. 막손은 상상불가일 만큼 잔혹하다. 남녀노소 구별 없이 평등한 폭력을 행사한다. 그가 나타나기만 하면 같은 조직원들도 덜덜 떤다. 막손을 두려워하지 않는 놈이 장통방 출신의 칠갑이다. 어떤 상황이든 음담패설을 적용하는 놀라운 재능의 소유자. 저보다 잘난 동표의 외모를 시기한다. 잘생긴 동표는 예쁜 여자만 보면 눈알이 뒤집힌다.

❧ 실용적 변절자, 신숙주

어쩌면 수양대군에게 줄을 설 명분이 필요했던 신숙주는 아들 신면이 수양대군과 접촉하는 걸 내버려둔다. 그리고 우아하게, 줄을 갈아탄다. 살아남겠다는데 무슨 명분이 필요한가.

| Family |

❧ 조석주

마포나루의 유곽 빙옥관의 두목. 험악한 인상에 하루 종일 몇 마디 하지 않는 무거운 입. 청풍관 함귀의 모략으로 지옥의 섬에 끌려가던 중 배 위에서 승유를 만나 이후의 생사고락을 함께한다. 승유에게 정체를 알고 나서도 저버리지 않는 사내 중의 사내. 승유의 의지가 되어주는 바위 같은 남자. 위기 때마다 승유를 구해줄 뿐 아니라 유곽에 있는 여자들을 진심으로 아껴주는 멋진 남자이다.

◉ 전노걸

자신의 본명은 왕노걸이고 스스로를 고려 왕족의 후예라고 우기는 사내. 게다가 안평대군의 특급 호위무사였다고 자신을 소개한다. 한마디로 멋있는 건 다 갖다 붙인다. 실상은 안평대군의 별장인 담담정의 노비였다. 자신에게 처음으로 인간적인 대접을 해줬던 안평대군을 영원한 주군으로 섬긴다. 결국 승유와 석주가 도모하는 새 조직의 핵심 무사가 된다.

◉ 공칠구

도박, 위조, 변장, 소매치기 등에 능한 타고난 사기꾼. 입담으로는 진작에 조선 팔도를 제압하고도 남았을 왈패나 혁혁한 무공은 없다. 조석주가 없는 사이, 빙옥관을 삼켰다가 도로 내놓는다. 눈앞의 사욕에 빠져 승유를 번번이 곤경에 처하게 하지만 끝내 승유의 사람이 되어 그를 돕는다.

◉ 초희

전직 기생이자 유곽 '빙옥관'을 경영하는 수완가. 별명은 얼음선녀. 아름답지만 차갑다. 계유정난 때 죽은 어떤 대신과 기생 사이에서 태어났다. '빙옥관'은 승유와 조석주가 재기하는 발판이 되어주는, 일종의 핵심 아지트가 된다. 조석주와 불같은 사랑을 나눈다.

◉ 무영

빙옥관의 아리따운 검객. 생리학적인 성은 남성이나 영혼은 여성이다. 빙옥관 앞에서는 미모를 무기로 호객행위를 하지만 위기의 순간 냉혹한 무사로 돌변하는 매력의 소유자. 관심은 온통 여자들의 고운 옷과 장신구와 화장에 있다. 마음속에 전노걸을 흠모하고 있지만 고백하지 못한다.

● **소앵**

아직 머리도 올리지 않은 빙옥관 막내 기생. 거리에서 배를 곯던 아이를 초희가 데려왔다. 그만큼 거칠다. 철은 없지만 때도 안 묻었다. 소앵의 첫사랑은 승유. 저를 사랑 안 하면 죽겠다고 억지 부릴 만큼 무모한 십대의 첫사랑.

● **김승규**

김종서의 장자이자 승유의 큰 형. 계유정난 당시 병조참의. 아버지 김종서의 그림자와 같던 그는 끝까지 아버지를 지키려다 함귀의 철퇴에 쓰러진다.

● **류씨 부인**

꽃 같은 수려한 외모를 지닌 김승규의 처. 승유의 형수. 계유정난 후 딸 아강과 함께 공신의 노비로 살게 되나 신면의 도움으로 피신해 살다가 세령의 도움으로 빙옥관에서 승유와 함께 머문다. 세령이 수양의 딸임을 알게 되었으나 곧 승유와 세령의 사랑을 받아들이며 죽을 힘을 다해 살아간다. 죽어버리는 것보다 사는 일이 더 어렵다는, 죽어가던 남편의 말을 곱씹으면서.

● **김아강**

김승규의 외동딸. 유난히 깜찍하고 잔망해서 삼촌 승유가 지극히 예뻐했다. 계유정난 이후 엄마와 권람의 집에서 노비로 산다. 승유의 복수심을 더욱 지펴주는 계기가 되어주는 아이.

● **이개**

승유와 신면, 정종 세 친구의 하늘 같은 스승. 집현전 출신으로 종학의 교장 격인 사성을 맡고 있다. 단종 복위를 꾀한 사육신 사건으로 장렬히 최후를 맞는다.

● **금성대군**

세종의 여섯째 아들이자 문종, 수양대군의 동생. 수양대군 못지 않은 뛰어난 왕재이자 품격 있는 왕족. 가공할 화력을 지닌 조선 최고의 포병 부대인 총통위의 수장이다. 계유정난 당시에는 反김종서 전선에 서지만, 단종 양위 후 형 수양에게 맞서다 순흥에 유배된다. 거기서 승유, 정종, 순흥부사 이보흠과 함께 거사를 계획하나 내부의 고변으로 실패한 뒤 사사賜死 당한다.

● 이시애

함길도의 호족. 이시애의 난 주모자. 집권 말기 수양이 북방민 등용을 억제하고 중앙집권 체제를 강화하자 반란을 일으킨다. 승유와 조석주 무리를 적절히 끌어들여 그 세를 크게 확장한다. 민심을 선동할 줄 알고, 적의 내분을 조장하는 술수에도 능하다. 함길도 절도사 강효문을 제거한 후 그가 한명회, 신숙주와 짜고 역모를 꾸몄다고 거짓 장계를 올려 수양을 혼란스럽게 한다. 심리전에 능하여 의심 많은 수양이 급기야 한명회와 신숙주를 하옥하기에 이른다.

● 박홍수

조선 최정예 포병부대 총통위의 부장. 김종서가 함길도관찰사 시절 하급장교로 그를 모셨다. 주군처럼 모셨던 김종서의 아들이 살아 있음에 놀라고 승유의 계획에 동참한다. 승유의 편에 서서 가공할 화력을 지닌 총통위를 수양의 병권을 제압하는데 사용하려 하나 거사가 탄로나 실패한다. 간신히 생명을 부지하여 정처없이 도망자로 떠돌다가 함길도에서 승유와 재회한다.

● 안평대군

수양대군의 동생. 시, 서, 화를 사랑한 예술적 기질의 왕족. 문종의 사후, 김종서와 손을 잡고 수양대군을 견제한다. 계유정난 당시 유배되어 사사당한다.

● 윤씨 부인

왕위를 노리는 남편에게 눌려 사는 아녀자. 여염집 딸들과 다른 세령이 늘 위태위태하다. 왕위를 지키려는 남편 수양이 점점 잔혹해지면서 그녀의 자식들은 아프거나, 죽거나, 떠난다. 점점 병들어가는 어미의 마음. 수양이 딸 세령마저 미련 없이 버리자 남편에게서 돌아선다. 이제 윤씨 부인은 작고도 소심한 복수를 꿈꾼다. 경혜공주의 아들 미수를 몰래 들여와 키우는 것. 남편이 그렇게도 두려워하는 역모의 씨앗을 남편의 등잔 밑에서 기르는 일.

🟤 임운

수양대군의 그림자. 가노이자 개인 비서의 역할. 유일하게 수양대군이 경계를 푸는, 가장 신뢰하는 충복이다. 수양대군의 지시로 은밀히 세령의 뒤를 밟기도 한다. 계유정난에 참여한 다른 잡인들과 달리 절대 양명에 욕심을 부리지 않는다.

🟤 여리

세령의 몸종. 살집이 좋고 무던한 성격의 소유자이다. 걸핏하면 사라지는 세령을 찾느라 늘 바쁘다. 유달리 잘해주진 않지만 인간 취급해주는 세령이 좋다. 끝까지 세령과 함께하며 온갖 고초를 겪는다.

🟤 정미수

경혜공주와 정종 사이에 태어난 아들. 임신 중에 정종은 거열형車裂刑을 당한다. 죽기 전 정종은 아이의 이름을 남겼다.

🟤 은금

경혜공주의 몸종. 까다롭고 안하무인인 상전 때문에 마음고생이 심하다. 저를 사람이 아닌 물건으로 취급할 때면 특히 그렇다. 하지만 은금이가 삐진 척하면 못 이기는 척 한 번씩 던져주는 경혜의 예쁜 장신구들 때문에 울다가도 웃는다. 그러다 보니 미운정이 단단히 들었다. 궁 밖에 나갈 때도, 유배를 갈 때도 굳이 같이 갈 필요 없다고 우기는 경혜공주와 기어이 함께한다.

🟤 송자번

별명은 저승사자. 신면의 충복이자 행동대장이다. 피도 눈물도 없는 추격자, 한마디로 걸어 다니는 살인병기. 반수양세력을 색출하고 제거하는 저승사자 같은 존재이다.

공주의 남자 제작팀

책임프로듀서/제작총괄 최지영	**특수영상** 마인드풀 조봉준 김주성	**진행차량** 김우근
극본 조정주 김욱	김률호 김준호 장진아	**대마** 남양승마 유승규
프로듀서 이성주 김경원	이원호 김창연 황인원	**더미말** 셀아트 곽태용
제작 정승우 금동수	박보람	**대본인쇄** 아셈테크&슈퍼맨컴퍼니
제작이사 한상길	**컬러리스트** 김현수	**포스터** PLUG
제작부장 강봉관	**미술제작** (주)KBS아트비전	**사진** 맹정렬
제작지휘 윤세열 유상원	**미술감독** 박용석	**디자인** 유지채
촬영감독 손형식 이윤정	**세트디자인** 전여경, 이현준 박상범	**현장스틸** 안홍태
포커스플러 김영민	**세트** (주)아트인	**현장메이킹** 정상윤 박성철
촬영1st 유기종 황성필	**제작** 박광택 김경수 유균봉	**홍보** KBS 김성근 윤재혁 모스컴퍼니
조명감독 김상복 이창범	**장식** 김기현 우명훈	조경제 이규진 전은영
조명 오영삼 최중혁 안상진	**장치** 송종태 문제일 이상도	**온라인홍보** KBS미디어
문성관 윤동휘 임종호	이용학 남궁웅태	**웹기획** 차유미
이범성 김영환 이상민	**작화** 박준영 김홍현 박용석	**웹디자인** 박진규
발전차 이상범 권형일	**대도구** 김승운 박상범	**웹작가** 진영주
조명크레인 강성욱	**장식인테리어** 이정민	**웹메이킹** 정연규
동시녹음 천명호 김경습 이정수	**장식** 오기재 이현준 안지환 이봉준	**트위터홍보** 홍정윤
정우환 김동명 김민지	**장식제작** 이강요	**제작PD** 박병규 최한결 김지우 마태희
장비 쿨캠 이금상 김문수	**의상디자인** 이민정	**라인PD** 연철희
전명균 김승철 최재림	**의상제작** 신은자	**제작진행** 김혁준 주동희 권세라
지미집 최동화 정완진	**의상진행** 양광수 이석근 배수정	**제작행정** 박희연 김미선
렌트카 바로바로렌트카	김기형 신우현	**마케팅** 정인영 장수종
편집 김나영	**특수분장** 김부성	**보조작가** 박수현
편집보 윤이네	**분장** 김형곤 정해랑 오새리	**섭외** 로얄퀘스트 김행규 이진
제작편집감독 양세균 이태우	이인영 김현수 이진주	**스크립터** 고은정 최소희
제작편집 C.G 나유선	**미용** 손혜경 정현진 노선화	**FD** 허세민 금원정 권낙현 박세호
음악감독 이지용	**특수효과** 이동천	김준성 황인성 한영우 이루다
음악효과 고용혁	**진행** S/F시네마 민치순 김현준	**PA** 근희
음향감독 고광현	민창기 신종민	**조연출** 이나정 홍승철
음향효과 이지윤 정홍현	**무술감독** 박주천 한정욱	**연출** 김정민 박현석
김용대 박경수	**캐스팅디렉터** 최원우	**제작** 공주의 남자 문화산업전문회사
타이틀서체 강병인	**캐스팅지원** 유재일	어치브그룹디엔, KBS미디어
타이틀그림 남빛	**보조출연** 한국예술 소병철 이경락	**기획** KBS 한국방송
타이틀및예고 마인드풀	김진우 서해현	
	스테프버스 동신투어 강현석	

초판 1쇄 인쇄 2011년 10월 10일 | 초판 1쇄 발행 2011년 10월 15일

기획 김정민 | 원작 조정주 김욱 | 글 이용연
출판기획 김경원 유상원 | 펴낸이 오연조

편집장 신주영　디자인 고유경　마케팅 이정희　경영지원 도은아　북디자인 씨오디
펴낸곳 페이퍼스토리　출판등록 2010년 11월 11일 제 396-2010-000161호
주소　경기도 고양시 일산동구 장항동 846번지 센트럴플라자 9층
전화　031-900-9999　팩스 031-901-5122
이메일 paperstory@wisdomhouse.co.kr

ⓒ 공주의 남자 문화산업전문회사, 2011

값 12,000원　ISBN 978-89-965834-2-4　04810

페이퍼스토리는 (주)상상스쿨의 단행본 브랜드입니다.
이 책은 저작권법에 의해 보호를 받는 저작물이므로 무단 전재와 복제를 금하며,
책 내용의 전부 또는 일부를 이용하려면 반드시 저작권자와 (주)상상스쿨의 서면동의를 받아야 합니다.